JN239906

召喚士は最後に笑う
勇者パーティを追い出されたら魔王に「飼え」と迫られました

Oboro

おぼろ

Contents

登場人物紹介
セイリオス
世間知らずな貴族かと
思われたが
正体は北の魔王。
戸惑うリオンをよそに、
なぜか「飼え」と
迫るが…？
リオン
落ちこぼれ召喚士。
勇者パーティをクビに
なるが、威圧感のある
美丈夫セイリオスと
出会い、一緒に依頼を
こなすようになる。

アルデバラン
強い力を持つ南の魔物。
セイリオス曰く、
魔王の器ではなく、
資格を欠いている。
人間も魔物も見境なく
襲う。

カペラ
北の魔物。
セイリオスの配下。
セイリオスを
崇拝しており追いかけて
くるが、すげなく
あしらわれる。

ウィリアム
リオンの幼なじみで、
勇者の称号を持つ。
首都守備部隊に
在籍しており、リオンと
一緒に魔物の制圧任務に
あたる。

召喚士は最後に笑う

一章　出会い

目の前の血だまりに、男が倒れ伏している。俺達のパーティのリーダー、勇者だ。

勇者が殺された。


大陸の北東に位置するノール王国の中では、最も期待されていた勇者だった。力自慢の格闘家も、プライドの高い黒魔術師も、心優しい白魔術師も、皆が満身創痍(まんしんそうい)で倒れている。

格式高い大広間の床を、不気味な松明(たいまつ)の明かりがちろちろと照らしていた。濃い血の臭いを含むその空間の中で、唯一立っていたのは召喚士であるリオンだけだった。

リオンの体に傷はない。それはそうだ、こういう時にしか役に立たない自分は、交戦中、陰に身を潜めているしかなかったから。

入り口から奥へ続く赤い天鵞絨(ビロード)の絨毯(じゅうたん)に勇者の血が音もなく染みこんでいく。大広間の奥、まさに玉座と呼ぶにふさわしい豪奢(ごうしゃ)な椅子に優雅に座した影が、わずかに揺らいだ。それだけで、部屋の空気の質量が数倍にも膨れ上がった気がする。

その影こそ、北の魔王。

数本の松明の明かりしかなく、その相手の顔も姿もリオンからは全く見えない。ただその存在に圧倒されて、首筋に氷の刃(やいば)をおしつけられているようだ。

期待された勇者が率いるパーティは、難攻不落と言われた北の魔王城の玉座の間に到達した。勇者は、正々堂々と玉座に座る魔王に戦いを挑んだ。そして、ほんの数分後の結果がこの有様だった。

呆然と立ちすくんでいたリオンは、自分のなすべき役割を唐突に思い出した。心臓の鼓動が止まって時間が経つと、蘇生ができなくなってしまう。額から血を流した黒魔術師が、リオンを射殺さんばかりの目つきで睨んでいた。

(わかってる、俺の役割を忘れてはいない)

――すると、大広間、いや城自体が震え、人ならざる声が響き渡った。

『取引をしよう、人間。お前がこの城に留まるならば、他の人間は生かしてやるが、どうだ』

(!?)

まさか、この声は――魔王なのか。何を考えているのかは知らないが、そんな提案、乗るわけがない。北の魔王と言えば、人の血肉を好み、残虐で、これまで幾人の勇者ら一行を倒してきたか。田舎の子供ですら知っている話だ。

魔王の問いには答えず、すでに召喚獣発動の準備を済ませていたリオンは複雑に手を組みかえる。

(来てくれ、フェニックス!)

リオンの目の前に発生した炎の球が急速に膨れ、弾けると同時に巨大な炎の鳥が出現した。

長く煌びやかな尾羽を持ち、緋色の羽は目を焼くほどの光を放っている。炎の鳥の形をした召喚獣は倒れ伏した勇者の頭上でふわりと回転し、勇者は光に包まれた。

『ほう――』

感心するような声が聞こえ、初めて魔王に隙が生まれた。その隙を逃さず、血を吐くような声で黒魔術師は「戦線離脱（エスケープ）」の呪文を唱えた。

「リオン、助けてくれてありがとう。……でも、ごめん」

「いえ、こちらこそ十分な働きができず、すみませんでした」

ごめんというのは、もう雇えないので、パーティから抜けてほしいという婉曲（えんきょく）的な解雇通知に他ならなかった。リオンは深々とお辞儀をする。リオンの召喚獣の力で蘇生した勇者ライアンは、申し訳なさそうに眉（まゆ）を下げた。部屋の奥の壁にもたれていた黒魔術師が、リオンに聞こえるようにチッと舌打ちをする。

「ほんとだよな、まさかマジで戦闘中たった一回、しかも一体しか召喚できないとか思うかよ。確かに今までは召喚獣一体で乗り切れたけどさ。おれ達がやられてる間、陰にこっそり隠れてるから、アイツ何してんだろうって思ってたわ」

「こら、おれは命を助けてもらったんだぞ、そんな言い方はないだろう」

黒魔術師はいらいらと言い放って、人が好（い）い勇者はそれをたしなめた。

(ちゃんと自己紹介の時に言ったんだけど……忘れてたんだろうな。まあ普通じゃないしなぁ。魔王との対決では、フェニックスを発動できるようにしておいてくれって言われていたから、他の召喚獣を出せなかったたし)

大抵の召喚士は一度に複数の召喚獣を喚ぶことができるが、自分はできない。戦闘不能者が出たら蘇生する、それだけは絶対に遂行しようと思って、じっと待機していたのは事実だから何も言い返せない。

何も言わずに荷物を抱えて勇者パーティが集う部屋を立ち去った。

魔王を討つべく、多くの勇者達が仲間とパーティを結成して戦いを挑んでいた。『勇者』は、魔物を多く倒すと得られる称号のようなものだから、このノール王国にも数人の勇者がいる。その一つのパーティに、召喚士として雇われたのが三ヵ月前、北の魔王城から逃げ帰ったのが一週間前、そして今日解雇された。

「はぁ、また仕事探しか……」

辺りは暗くなりつつあるが、路銀も心許ないので、その足で中心街の酒場へ向かう。大きな酒場にはあらゆる求人情報が集まってくるため、職探しにはもってこいだ。中心街にはいくつもの酒場が乱立していて、看板に剣と盾のマークが入っていれば、戦闘に関する依頼を取り扱っているサインということになる。

マークを確認して、比較的大きな酒場の扉を開けると、店内からはむっとするほどの熱気と肉を焼くいい匂い、そして仲間と語らう楽しそうな話し声がどっと押し寄せてきた。まっすぐカウンターに行って、ふくよかな女将に声をかける。

「こんばんは。蜂蜜酒とおすすめ料理ください。あと、パーティメンバー募集の依頼がないか教えてほしいんですけど」

「はいよ、うちは特製のスパイスを練り込んだでっかい腸詰めが人気さ。依頼については、あっちの奥に座ってる男に聞いてみなよ」

男は五十代くらいだろうか、店の奥で一人、蜂蜜酒がなみなみと入ったコップを傾けて美味しそうに飲んでいた。この酒場を根城にする情報屋なのだろう。

「どうもこんばんは。パーティメンバーの募集依頼、はいってます？」

「ん？　おお、依頼探し？　じゃとりあえず、自己紹介してジョブとスキルを教えなよ」

すでに鼻の頭を赤くした情報屋は、荷物入れの中から分厚い帳面を出してきた。ぎっちりと依頼内容が書き込まれている。

「リオン＝シュレイ、人族、二十六歳、男。南方のモーゼル国出身。ジョブは召喚士、召喚獣のうちレア級はフェニックス、ペガソス、レビアタン、ナルカミの四体です。近辺でなにかいい依頼はいっていませんか？　魔物討伐パーティとか冒険家のパーティでもいいんですけど」

「へえフリーの召喚士！　レア級四体？　すごいね、あんた！　そんなのどこでも引く手あまたなんじゃないの？」

「いや、ええと……。一日に一回、一体しか召喚できないので、いろいろと制限があって」

つい先ほどなじられた事を、自分でまた言い直すと中々に辛いものがある。

召喚能力は遺伝要素が強く、召喚士自体が少ない。そのため、殆どの召喚士一族は国との雇用関係を結んでいる。フリーで活動する召喚士は、武者修行目的か、一族のつまはじき者か、そういった辺りだ。リオンは後者だった。

「へっ、一体だけ？　そんな事あんの？　あ〜、でも、討伐系の依頼は殆ど取り下げられてるから、今は良い案件ないよ」

「どうしてですか？」

「一週間前に勇者ライアンのパーティが北の魔王に負けて帰ってきたのは知ってるだろ？」

「あ、はあ」

知っているも何も当事者だ。

「あのあと、どうも北の魔王が死んだんじゃないかって噂が流れてる。魔物がざわついていて、森の獣なんかも異常行動を起こしているらしい。数日前に突然北の魔王の魔力がふっつり消えて、他の魔物の力が魔王城に満ちているって神官達が慌ててたんだと」

「北の魔王が死んだ!?　一体誰が討ったんですか!?」

「勇者パーティじゃないだろう。勇者ライアンの戦い以降は誰も挑んでいないはずだ」

この大陸には、東西南北の四方に、魔物の統括者といえる四体の魔王が存在する。南の魔王は百年ほど前に勇者に倒されて不在となっているから、現在は三体の魔王がいる。

そのうち、最も長い四百年という在位を誇るのが、北の魔王だった。それほど長い間北の魔物の頂点として君臨し、なおかつ勇者一行に敗北を喫していないということが、その魔王の力量を示していた。

その魔王が死んだ？

魔王城に他の魔物の力が満ちているのなら、配下の魔物に討たれたのだろうか。一週間前に相対した、この世のものとは思えないほどの力を秘めた魔王の影を思い出し、あんなものを超える魔物なんているのだろうかと思う。

「魔王が倒れたとき、魔物が暴走したり災害が起こったりするっていうだろ。何が起こるかわからないから、依頼主達もしばらく様子を見るって事で、依頼を取り下げてきた」

これからしばらく、北の魔王領に接する国々は混乱が予想されるって事か。

情報屋にお礼の銅貨を渡して近くの席に着くと、頃合いを見計らったようにお仕着せを着た女の子が蜂蜜酒と料理を運んできてくれた。肉汁のたっぷり詰まった腸詰めを咀嚼(そしゃく)しつつ、今後の方針をどうすべきか考えてみる。

(まさか北の魔王が同族にやられるなんて。しばらくこの国に滞在するつもりだったけど、仕事がないんじゃ仕方ない。東にでも行こうか)

リオンは流れの召喚士(よ)をしている。

召喚の力は遺伝に依るところが大きいので、基本的には一族ぐるみで出身国の仕事に従事する者が多い。召喚士はその特殊性から数も少なく、国に重用される存在だ。

けれど、制限つきの召喚しかできないリオンは、「できそこない」のレッテルを貼られ、優秀な親族の中で浮いていた。針のむしろのような生活に心身共に疲弊し、二十三歳で出身のモーゼル国を出て三年、諸国をぶらつきながら様々なパーティに加わってきた。

先日のように、珍しいフリーの召喚士ということで歓迎されてパーティに迎えられるものの、意外と役に立たないと言って契約を切られることは多々あった。

（もう慣れたけど）

　簡単な食事を終えて酒場を出る。もうずいぶん暗くなったので、近くの安宿に泊まることにした。

　翌朝。手続きを終えてノール王国東の国境を越えると、途端に鬱蒼とした針葉樹林帯が広がった。

　ここはもうタイレス国の領地だ。国境の守衛に、野犬と野盗に気をつけるよう忠告を受けた。

　タイレス国は国土の半分以上が森林地帯であり、大きな街に出るまでは半日以上歩かなければならない。密集した木々のせいで薄暗い道だが、旅人や商人の往来が多いので比較的綺麗に整えられている。ふと、道沿いの草むらが小さく揺れた。

　リオンは木の陰にうずくまる小さな生き物を見つけた。おそらく野良犬だろう小さな仔犬が、ぷるぷると震えながらうずくまっている。ウーッと、リオンに精一杯威嚇してみせるのに、なぜかそこから逃げていかなかった。どうも後ろ足を怪我しているようだ。

「よしよし。いてっ、噛むなよ。いま助けてやるから」

　仔犬を抱えると、かぷっと噛みつかれたが、たいした事はない。近くの水場まで運んで、怪我した後ろ足を洗ってみると、確かに切り傷がある。血はにじんでいるが骨には異常なさそうだ。化膿止めの軟膏を塗ってやって、舐めてしまわないように軽く布を巻いてやる。

「どうした、母さんとはぐれたか？　俺と来る？」

　抱っこしてやわらかな毛並みを撫でていると、警戒を解いたらしい仔犬がペロペロとリオンの手を舐めてきた。可愛いし、ふわふわのやわらかな毛並みは気持ちがいい。母犬とはぐれたなら、これほど小さな仔犬が一匹で生きてはいけないだろう。

本当に飼っちゃおうかな——。

しかし、すぐにその思いは潰えた。背後から低いうなり声が聞こえてきたからだ。すぐに飛びかかれるような距離まで近付いていた野良犬が、牙をむきだしてリオンを威嚇している。

犬は乳房の張ったメスで、おそらく、母犬だろう。

「良かったな、母さん、見つけてくれたぞ」

リオンは母犬を刺激しないようにゆっくりと仔犬を膝から下ろして、自分はそっと後ずさった。仔犬が甘えた声を出し、足をひょこひょこ引きずりながら母犬の方へ向かう。母犬はぎりぎりまでリオンに対してうなり声をあげていたが、仔犬が近寄ると途端にやわらかな表情を見せて仔犬を舐めた。

親子は茂みの中に消えていく。

（あ〜あ、可愛かったなぁ。どこか定住できたら、真っ先に犬を飼いたいな）

実家では獣を飼うなんて許されなかったから、小さい頃からの夢といえば、犬を飼うことだ。

六歳の時、遊んでいる最中に初めて召喚に成功したときも、見よう見まねで描いた召喚陣の中にいたのは仔犬っぽい魔物だった。ふかふかした黒い毛並みに宝石のような真紅の眼、小さい体の背中に黒い翼があった。

その時のリオンは契約のことをよく知らなかったので、契約を結ばないまま、ただ可愛い仔犬を飼うことが嬉しくて、家に連れ帰って三ヵ月ほど世話をして過ごした。しかし、仔犬は父親に見つかって取り上げられ、大人の監視もなく召喚したことを、それはこっぴどく叱られた。

リオンと引き離されたときに、仔犬の魔物はこつぜんと姿を消したらしい。その後、父親に聞いても、あんな魔物は見たことがないと言われたので、結局名前はわからずじまいだ。今は、無謀な召喚がいかに危険なもので、時には命を失うこともあるという事を学んでいるから、幼い頃の自分の行為が褒められたものではないとわかっているのだが、仔犬と過ごした三ヵ月はとても楽しかった。

水場にぼんやり突っ立って、懐かしい思い出に浸っていると、突然バサバサッと辺りの木々から一斉に鳥が飛び立つ。

「わっ、びっくりした」

誰か他の旅人でも来たのだろうか。急ぐ旅ではないが、日の高いうちに宿泊ができる街まで到着しておきたいので、思いを振り払って足を踏み出した、その時。

「おい、そこの者」

低く、深みのある声がリオンを呼び止めた。

(人の気配したっけ!?)

反射的に振り返ると、上背のある男が一人立っていた。一目で高価な品とわかる仕立ての良いローブに身を包んでいる。両手は手ぶらで、荷物一つ持っていない。艶(つや)やかな黒髪の男は遠目に見てもそうとわかるほど、整った容姿をしていた。男らしく、どこか貴族的な怜悧(れいり)さがあり、品がある。

男がリオンに近付いてきた。やはり背が高い。出身国では平均的な身長のリオンの、軽く頭一つ以上は大きい。男の顔が木漏れ日に照らされ、その瞳(ひとみ)の色を見て――ぞっとした。

赤茶色の瞳だと思っていたが、光の加減なのだろうか、暗い朱に見える。それは幾日も放置されて乾ききった戦場の血を彷彿とさせ、むっとする生臭い血のにおいまで漂ってくるような……。

思わず後ずさるリオンに、男は眉をひそめた。

「聞こえているのか？」

「は、はいっ」

男の威圧感に圧倒されて、びしっと直立不動で答えた。

「旅をしているのだろう。ならば私も共に行きたいのだが、よいか」

「はい？」

「私は道に慣れておらん」

「ええと、他の方はご一緒ではないんですか？」

「供は置いてきた」

かなり要領を得ない言葉だったが、なんとなく推し量る。やはりこの男は貴族か何か身分の高い者で、お供と旅の途中なのだろう。供は置いてきたというか、この男がはぐれてしまったと考える方が自然だ。なるほど、荷物も全部供の者が持っているというわけか。

「近くの街までは一本道だし、確かにこの辺りを探し回るよりは街へ出た方が見つかりやすいでしょうね。わかりました。人数が多い方が野良犬避けにもなりますし」

「そうか、よろしくな」

男がにっと口角をあげた。それだけで、先ほど頭をよぎった血の光景は霧散する。近寄りがたい雰

囲気はそのままだが、詰めていた息をふっと吐くくらいには緊張が解けた。

「俺はリオン＝シュレイといいます」

「私はセイリオス＝アル・シャラ」

ザァッ――。

男が名乗った瞬間、木々を揺さぶるような強い風が吹いた。リオンはとっさに顔を背け、男はチッと小さく舌打ちする。

「び、びっくりした。えと、セイリオ……」

「待て。聞かれると支障がある名なのでな、私のことは――セイとでも呼べ」

リオンがセイリオスに呼びかけようとすると、ぴしゃりと釘（くぎ）を刺された。他の者に名前を聞かれるだけでもまずいなんて、どこぞの王族か大貴族なのでは。道案内など安請け合いしない方がよかったかもしれない。

「セイ、さん？」

「さん、なぞいらんが」

「さすがにそれは……」

どこからどう見ても高貴な身分の男をぞんざいに呼んでいたら、後で供の者と合流したときに何と言われるかわからない。では行きましょう、と踵（きびす）を返すと、男が「リオン」と呼んできた。

「はい？」

「リオン。呼んでみたかった」

「はいぃ？」

（ちょっと不思議ちゃん系なのか？　大貴族ってこういうもん？）

二人、街へ繋（つな）がる道を歩き出す。男は道案内をしてくれと言うわりには悠々と歩き、足の長さの違うリオンの方が若干早歩きで行かねばならないほどだった。珍しそうに木々や草花、葉の隙間からこぼれる光を眺めている男を、横目でこっそりうかがう。

男の年の頃はリオンより上、三十代前半くらいとみるのだが、堂々としたその物腰から、もっと年上だと言われても頷（うなず）ける。年齢不詳だ。これほど美丈夫の貴族なら、おそらく相当な有名人だろうが、あいにく出身国から遠いこの辺りの貴族のことなど知るよしもなかった。

男の薄い耳朶（みみたぶ）を飾るのは小さなピアスで、血の色をした宝石だった。横目でこっそりうかがっていると、男もリオンに目を向けたのでばっちり視線が合う。

「どうした？」

「あっ、いえっ、すみません。あのー、この国のご出身ですか」

「いや、ちがう。ノール王国の北部出だ。お前はどうして旅を？」

逆に問われた。

「俺はですね、仕事を探しに。つい先日解雇されちゃって」

「どうして。お前はきちんと仕事をしただろうに」

「え？　俺の仕事をご存じなんですか」

「お前の手の甲の模様を見ればわかる。召喚士なのだろう」

よく知っている。召喚士は召喚陣を描く時間を省くために、簡略化した召喚陣を手の甲に記しておく。特殊な染料で描くので一旦描き込めば数ヵ月は消えない。

「そうです、よくご存じですね。まあ俺、召喚士としては結構ポンコツなんで。はは」

「そうは思わんがな」

「……」

会って十分にもならない見ず知らずの男に慰められてしまった。それからも、意外にセイリオスはよく話しかけてきて、リオンの出身だとか今までこなしてきた仕事だとかを聞きたがった。

突然、セイリオスが足を止め、後ろを振り返った。

「リオン、男が数人近付いてくるようだが、知り合いか」

「え？　この国に知り合いなんていませんけど」

(——野盗か!?)

守衛も、野犬と野盗が増えていると言っていたではないか。どこかでセイリオスの身なりを見た者なら、裕福な者だと一発で気づいたはずだ。まさかピンポイントで狙われるとは思わなかったが。

「セイさん！　走りましょう、野盗かもっ——」

「へへ、待てよ、旅のお方」

逃げるのが少し遅かったようだ。無精髭を生やした男が三人、後ろから走ってきてリオンとセイリオスを囲む。見せつけるためか、手には隠しもしないで短剣やナイフを握っている。

「そこのお方、お貴族様かなぁ？　そこの兄ちゃんはお供？　ちゃんとした護衛もつけずにこんなとこ歩いちゃダメだよぉ。狙ってくださいって言ってるようなもんじゃん？」

「わかるだろ？　金目のもん置いていきな、そしたらひどいことはしないからさ」

男達は三人でにやにやしながら品のない笑いを浮かべた。

（くっそ、運が悪いな）

リオンはすぐに手を合わせ、作法に則(のっと)って手指を組みかえる。心の中で強く念じた。

（来い、ペガソス！）

激しい突風が吹き、巻き上げられた落ち葉やちぎれた枝が容赦なく野盗達を襲った。隙をついてセイリオスの手を取って逃げ出す。

男達もすぐに追いかけてきたが、どこからともなくやってきた純白の翼を持った立派な馬が立ちはだかった。

「げえっ、これ召喚獣じゃねえかよ！」

「ハァ!?　召喚士がいたのか!?」

「三人じゃ無理だ、逃げるぞ！」

男達は余裕をかなぐり捨てて散り散りに逃げ出そうとする。純白の馬は高く嘶(いなな)いて翼をはためかせた。またしても突風が野盗を襲い、さらには刃と化した風が露出した肌を傷つける。致命傷を負わせることもできたけれど、リオンはとにかく男達の戦意を喪失させることを目的にした。

強い風に立っていられなくなった男達は、そこかしこに傷をこさえて倒れ込んだ。武器もどこかへ飛んでいってしまったらしい。三人とも、戦意は削(そ)がれてしまったようで、ひぃぃと言いながら怯(おび)えた目をして白い馬を見ている。

「ペガソス、もういいよ、ありがとう」

暴風がぴたりと止まり、白い馬は甘えるようにリオンの肩に鼻をおしつけた。

(どうせこいつら他に仲間がいるだろうから、さっさと逃げよう。街についたら警備隊に言っておかなきゃな)

逃げ出したときに、荷物を一つ落としていたので、念のためペガソスを待機させたまま、取りにいった。すぐに荷物は見つかり、走ってセイリオスのところに戻る。

「セイさん、戻りました。早く行きましょ……」

ぐぎ、と変な音が聞こえた。

セイリオスがとくに何の表情も浮かべず、太った野盗の一人をぶら下げている。片手で首をわしづかみにして、軽々と。野盗の顔は真っ赤に膨れ上がって、額の血管が怒張していた。変な音は、男の半開きの口から漏れ出た声だった。

わずかに痙攣(けいれん)している、危ない。

「何してるんですかッ！」

「何とは。お前に危害を加えようとした者を殺そうとしているだけだが？」

信じられないことに、美しい笑みさえ浮かべてセイリオスは答えた。

この人、なんかおかしい。

もう少しで森を抜け、街に着く。リオンはうつむき加減に歩きながら、考えていた。隣を、貴族然とした怜悧な容貌の男が歩んでいる。

数時間前、セイリオスはとっくに戦意を喪失した野盗をくびり殺そうとした。リオンが腕に必死にしがみついて野盗を下ろさせると、本当に不思議そうな顔をして、

「どうした？　生かしておいた方がいいのか？」

と聞いてきた。他二人の野盗は、泣きながら逃げ出してしまったらしい。

「もう戦意はないでしょう！　街に着いたら警備隊に報告しておきます。殺す必要はありません！」

「こういった手合いは、傷が癒えればまた同じ事を繰り返すぞ。殺した方が面倒がない」

「そっ、そうかもしれませんが、司直の手に委ねます！」

セイリオスの手から解放された野盗は完全に意識を失っていたが、なんとか呼吸をしている。死にはしないはずだ、きっと仲間達が回収しにくる。

今度こそ踵を返して街へ向かおうとすると、後ろでセイリオスが呟いた。

「何か気に障ったか？　難しい」

そうして、数時間黙々と二人で街へ続く道を歩いた。

（あ、街が見えてきた）

隣の男に知らせようと顔を向けると、すぐに目が合う。どうもうつむいているリオンをじっと観察していたらしい。

「喋(しゃべ)らんな。先ほどの事で怒っているのか？　同族が殺されるのを見るのは嫌か」

「同族って、セイさんもでしょう……。怒っている訳ではありませんが、あなたがあんな事するとは思わなくて驚いただけです」

「そうか。ならば、次があれば殺す前にお前に聞くようにしよう」

（いやいや、次なんかありませんけど！）

リオンが返事をしたことに気を良くしたのか、セイリオスはにこりと笑った。リオンの中で違和感が生まれる。

身分のある人だろうということは間違いないだろうが、この人は護衛に守られているだけの貴族ではないのかもしれない。大の男を片手でつり上げた腕力といい、躊躇(ちゅうちょ)なく自分で手を下そうとした事といい。武人なのか？

いずれにしても、次の街まで同行したら、さっさと別れよう。


そしてようやく大きな街にでた。タイレス国でも比較的大きな街である。セイリオスには、宿泊先の者にいくらか金を渡して、森の出口で供の者を探してもらえばいいと忠告した。

「では、俺はこのへんで」

「待ってくれ、金はどうすればいい？」

「アッ、お金も供の方が持ってらっしゃるんですか!?」

「いや、対価となるものは持っているが、これでいいのかわからん」

セイリオスは無造作に懐から輝く石をじゃらっと取り出してみせた。金に、紅玉に翠玉、蒼玉まで……。とても人の往来の多いところで見せるものではない。

リオンはばっとセイリオスの手を両手で覆い、石を隠す。

「セイさん！　誰が見てるかわからないところでこんな物出しちゃダメですよっ。また盗賊に目をつけられて襲われたらどうするんですか！」

（なんだこの人、世間知らずにもほどがある！）

半ばげんなりして、セイリオスを連れて宝石商の看板を掲げる店に入った。何をするにも金が要るから、供と合流するまでの資金は持っておくべきだ。本人は宝石店に入って物珍しげに商品を眺めているため、なぜかリオンが宝石商とやりとりする羽目になった。

「おお、これは素晴らしい！　これほど大きな蒼玉の原石は滅多に採れないんですぞ！」

保証書も出す堅実な店のようだから、信じてよさそうだ。蒼玉一個でかなりの値段が付き、金貨を小さな革袋に詰めてもらう。店を出てから、そのまま革袋をセイリオスに渡した。

街に出て、清潔で安全そうな、しっかりとした宿を探し、そこまでセイリオスを誘導する。なんでこんなことしているんだろうと思うが、道案内を了承してしまった自分が悪いので、諦めた。

「はい、セイさん、それだけあれば、ここに何日泊まっても大丈夫です。あ、因みに店の人に用事を頼むときは、銅貨五枚くらいで十分ですからね」

なんだかんだで辺りは暗くなっている。では！　と言って走り去ろうとしたのだが、全く先に進めなかった。後ろから、外套の裾をガッチリ掴まれていたからだ。

「もう暗い。お前も来い」

「えええ!?　なんでですか、俺こんなとこ泊まる金ないですっ」

「そんなもの私が出すに決まっているだろう」

そのまま容赦なく宿に引っ張っていかれ、宿の店主は揉み手をしながら「いらっしゃいませ〜!」と声を張り上げた。


広い部屋に案内されて、ようやく外套を放してもらえた。

「ちょっと、セイさん!　いいです、俺、近くの安宿探しますから」

「どうして。この宿の方が広いのなら過ごしやすかろう」

「過ごしやすいとかじゃなくてですね、今日初めてお会いした方の部屋に泊めてもらうなんてできません」

「私が良いと言っている」

(だぁぁ!　オブラートに包んで断ってるのに気づいてくれない!　あなた、なんか時々怖いんですよって言ってやりたい!)

お貴族様とは話が通じないのか?

リオンは失礼しますと言って、部屋から出て行こうとした。

「え」

扉が開かない。さっきは普通に入室できたし、鍵は内側に付いているから施錠されていないことは明らかなのに。取っ手を押しても引いてもびくともしなかった。

「リオン」

「あっ、はい」

意外と近くから声が聞こえて驚いた。振り向くとすぐそこまでセイリオスが近付いていた。

「一人でこういった所に宿泊なんぞしたことがないので勝手がわからん。お前がいてくれると助かるのだが。た、た……たの、む」

最後のたのむ、をとても言いづらそうに言ってきた。もしかして人にものを頼んだことがないのだろうか。大勢の従者にかしずかれて生きてきたのなら、一人で泊まったことがないというのも頷ける。どこか冷たい美貌(びぼう)の気品のある男が、少し眉を下げて、一介の旅人に頼みごとをしていると思うと、それ以上むげにはできなかった。

はあ、とため息をついて、「わかりました」と答える。

「セイさん、この宿は夕食付きなんですって。食堂は一階です、行きましょう」

「わかった」

セイリオスが先導して扉を押すと難なく開いた。先ほどは押しても引いてもダメだったのに、立て付けが悪いのかもしれない。

食堂で、セイリオスは葡萄(ぶどう)酒を飲み、他は果物をつまむくらいだった。節約根性が染みついているリオンが勿体(もったい)ないと思って出された料理を見ていると、これも食えあれも食えとセイリオスが皿を全部リオンに渡してくる。どうせ全部おごりだと割り切って、腹一杯食うことにした。目の前の料理をかきこんでいると、ふと視線を感じた。顔を上げたら葡萄酒片手に頬杖をついたセイリオスがにこにことこちらを見つめていた。

「なんですか？」

「リオンが物を食う姿は良いな。一生懸命だ」

「なっ」

かあっと顔に血がのぼる。他の人間からなら、馬鹿にされていると思っても仕方がないような言葉だが、セイリオスにそんな気持ちがないことは見ていればわかる。愛玩動物を愛でているような……。

気がつけば、食堂の半数以上の人々がこちらのテーブルをちらちらうかがっていた。女性が頬を染めて見ている先は、当然セイリオスだ。均整のとれた長身に、艶やかな黒髪と深く暗い朱の目、そして際立ったその容貌。近寄りがたい高貴な雰囲気も、どこかミステリアスで抗いがたい魅力となる。

ご婦人方だけのグループもあるようだし、セイリオスのお世話は彼女達に任せてしまった方がいいのではないかと思う。しかし、食事を終えると手を掴まれてさっさと部屋に連れていかれた。

この日、リオンの受難は続く。

店の者が湯浴み用の湯を運んできてくれたが、きょとんと首をかしげるセイリオスを横目に見ていろいろと悟ったリオンは、何も言わずに湯船に湯を張った。今日の宿代と食事代を奉仕で返してやろうではないか。

「さ、入浴の準備ができました。どうぞ、セイさん」

「お前も一緒に湯浴みを」

「なっ、なに言ってるんですかっ！」

思わず大声を出すと、なんだか相手はしゅんとしてしまった。もしかしたら従者に湯浴みも手伝わせているのかもしれないが、さすがにそれは断ってもいいだろう。石鹸はこれ、体はこの布で拭ってください、と教えて浴室に送り出した。

存外早く上がってきたセイリオスと入れ違いに、リオンは浴室に入る。くせっ毛でふわふわとまとまりがない金茶の髪は昔から藁色と言われていたし、目も薄い茶色の平凡な顔。目の前の姿見に映る自分は、かなりくたびれた表情をしていた。

（今日は朝からいろいろあったから疲れもするよな。明日はなんとしてでも隣町まで行って依頼探しをしよう）

この街は大きく、国境沿いから一番近い街であり、旅人の宿場街となっている。地元密着型のお得な依頼などは、タイレス国王都のお膝元に近い方が多いはずだ。東の魔王や魔物の動向、また未探索の遺跡などがないか、情報を集める必要もある。

久しぶりに豪華な湯船につかり、リラックスしたところで、風呂から上がった。

「リオン、こちらで寝ろ」

「いや、いいですよ、俺ここで十分です」

リオンは急遽運び入れてもらった幅の狭いベッドに横になる。大きく広いベッドが一つきりだったので、簡易ベッドを借りたのだ。店の者はリオンの事を貴族にお仕えする従者と思っているようで、従者も大変ですねと声をかけてくれた。確かに大変である。

「では私がそちらに行く」

「何でそうなるんですかっ!?」

「お前一人をそんなに狭いところで寝かせるのは嫌だ」

セイリオスは本当に狭い方のベッドに入り込もうとしてきた。体格の良いセイリオスとリオンの二人が簡易ベッドに寝ようとするなら、それこそぴったりくっついていなければならない。

(も～～大人なんだか子供なんだかわからない!)

「お、俺がそっちのベッドにお邪魔しますから!」

そうして、広いベッドの端っこにそそくさと入り込んだ。もう文句はあるまい。ベッド横のランプの火を消す。

「おやすみなさ――わぁっ」

背中からぎゅうと抱きしめられた。

「ちょ、え!? セイさん? 冗談やめてください!」

「何が冗談なんだ? お前を狭いところで寝かせるのも嫌だったが、こうして寝てみたいとも思った」

「いやいやおかしいでしょ、はなしてくださいっ」

「嫌だ。お前は温かくて気持ちが良い」

リオンはハッと気がつく。セイリオスの手がリオンの腕に触れているが、確かにひんやりと冷たい。

掛け物は高級な品で、薄くてどちらかというと風通しがいい。元々暑がりのリオンはこのくらいの掛け物で十分だが、セイリオスは寒いと感じているのかもしれない。

「あ、もしかして寒いですか？　俺の掛け物持ってきますね」

「お前がちょうどいい」

俺は温石（おんじゃく）扱いか。

寒い地方では、保温性に優れた石を温めて寝るときに抱き暖をとる。かなり不本意な扱いではあるが、奔放な貴人の気まぐれに付き合っていると思えば、一日くらい我慢できるだろう。

——正直なことを言えば、そんなに不快ではなかった。

人から求められて、その期待に応えられたことがない。有名な召喚士一族に生まれたのに、この中途半端な能力は、よく親族から笑いものにされた。誰かから頼られるという事がなかった。己の体温がそれだけで誰かの助けになるというのなら、それはそれで嬉しいかもしれない。

徐々に抵抗をやめたリオンを背後から抱いたまま、静かにセイリオスは言った。

「お前は本当に優しいな。温かいし」

「別に優しくはないですよ。まあ体温は高めな方ですけど」

「それに強い」

「は!?」

「ペガソスもフェニックスも、並みの召喚士じゃ扱えない。召喚獣もお前をとても慕っていた」

「それが一日一回一体までって制限付きでしてね、実戦じゃ役に立たないんですよ、これが」

親族から長年言われ続けたことを、自嘲気味に語る。

「実際に盗賊を退けただろう。十分に役に立っている。リオンは素晴らしい術者だ」

「……」

その後、セイリオスは「優しい」「素晴らしい」「良い人間だ」と、何のてらいもなく言い続け、根負けしたリオンは、後ろから抱きしめられたままじっと固まって、いつの間にか眠っていた。


（ベッドがふかふかだ）

リオンが目を覚ましたとき、カーテンから差し込む光が見えた。いつもの硬くてごわごわするベッドじゃない、体を包み込むようなベッドに自分は寝ている。そして目の前には、はだけた上着から露わになった立派な胸筋があった。

「え」

「おはよう、リオン」

「おはよう、ございます……？」

胸筋の持ち主を振り仰いで見れば、端整な男の顔にたどり着いた。光をうけてもなお暗い朱がリオンを見ている。

一瞬夢かと思ったが、違う。昨日偶然出会ってしまった迷子の貴族様だった。いつの間にか向かい合わせで寝ていたらしい。しかもまだ背中に腕を回されているので、体が密着している。慌てて男の腕を外し、ベッドから抜け出た。

「急がなくてもいいだろう。まだ朝日が出たばかりだ」

セイリオスは肘をついて不満げに宣った。

「いや、昨日は良いベッドで十分休ませてもらいましたから！　ありがとうございます！」

そう言いながら、風呂場横の洗面所で顔を洗い、歯を磨き、身支度を着々と整える。大事な旅の荷物はいつも革袋一つに詰め込んでいるので、それを持って扉まで進んだ。

「待て。どこへ行く？」

「旅の必需品の仕入れです」

なんとなく、さようならと言ったらまた引き留められる気がした。そして頼られたら、きっと自分は断りきれない。申し訳ないが、このままそっと出て行って旅を再開しようと、朝起きた時から決心していたのだ。

背中に視線が突き刺さる。リオンはできるだけ自然に、にこやかに部屋を脱出した。

二章　旅の途中

「じゃ、よろしくな、リオン」

「よろしくお願いします」

「良かったわ。念願の召喚士が私たちのパーティに入ってくださるなんて」

迷子の貴族と別れて三日後。タイレス国王都近くの街、ドノーの酒場にリオンはいた。

こぢんまりした酒場は満席で、声を張らないと向かいにすら声が届かない。料理の皿がたくさんのせられたテーブルの向かいには、無精髭を生やした四十代後半の男性がいる。リオンの右隣には眼鏡をかけた四十代の理知的な女性、左には十代半ばくらいの少女が座っていた。

買い出しだと言ってセイリオスと宿泊した宿を出て、そのままドノーに向かった。温石の代わりまでしたのだから、お高い宿代くらいは奉仕できたろうと思う。

ドノーの酒場で、遺跡探索のパーティメンバーを募集しており、相手の希望する条件に合致したので依頼を受けた。そして、パーティ結成の親睦(しんぼく)会ということで、今ここにいる。無精髭の男は冒険家。眼鏡の女性は遺跡学者、十代半ばの少女は黒魔術師見習いだった。

「でもぉ、レア級四体持ってるって言っても、一日一回きりって、相当不便じゃない？」

「いや、ま、そうなんだよね」

「こら、マリー。レビアタンを召喚できるって言うんだ、今回の探索にはうってつけだろ」

「そうだけど。一体だけじゃ臨機応変に対応できないでしょ」

ぐうの音も出ない。見習い黒魔術師、マリーは間違ったことを言っていない。冒険家と遺跡学者は夫婦で、娘が魔術学院に通う黒魔術師見習い。娘の学院の休みに合わせて、親子で湖に沈んだ遺跡の探索を予定し、依頼をかけたらしい。

「あたし、火の魔法得意なんだけど、水属性魔法はちょっと苦手なんだよね」

「じゃあ、レビアタンが役に立つかな」

「よろしくお願いね。私は水没した遺跡のレリーフを記録しておきたいの」

「おれは沈んだ遺跡の宝物庫に眠ってるってお約束の財宝な！」

「お父さん、今度行くのは小さい規模の祭殿だし、宝物庫なんてないって。そう簡単にお宝なんてあるわけないでしょ。今回は堅実にお母さんの研究に協力しようって言ったじゃん」

「そこはロマンだろ！」

家族仲がよさそうで、思わず笑ってしまう。自分の家族では望むべくもない親しさに、羨（うらや）ましいと思った。

召喚士一族の本家筋に生まれた母親の違う兄は、皆の期待を一身に受け、そのまま優秀な召喚士になった。小さい頃は同じように期待されていた自分は、十歳を越える頃から『落ちこぼれ』と呼ばれるようになった。実力主義の父親はすぐにリオンからそっぽを向いたし、周りの親族も同様だった。

自分を愛してくれる母は体が弱くて、今もモーゼル国のシュレイ家別邸に住んでいる。

召喚士としての自分を褒めてくれたのは、母親と、たった一人の友人くらいじゃないだろうか。いや、そういえば数日前に初めて会っただけの得体の知れない貴族も、褒めちぎってくれた。

（セイさん、ちゃんとお供の人達と合流できたかな）

　セイリオスの怜悧な顔を思い浮かべながら、その夜リオンは冒険家親子と食事を楽しんだ。


　そこは、青空がそのまま水に反射するほどの美しさをもつ広い湖だった。今回の仕事場である。

　異様なのは、たくさんの枯れた真っ白な樹木が水面から突き出している点だろう。その他には、明らかに人工物だとわかる加工された石が重なっていたり、崩れ落ちていたり。なるほど、完全に遺跡と化している。

　湖は驚くほどの透明度で、湖底がかなり深いことが見てとれた。広大な水たまりの真ん中ほどに、かろうじて建物の名残を残す鐘楼が姿を見せている。

「あの建物よ。二百年前の祭殿だと言われているの。なぜ水に沈んだかは、わかっていないわ」

　遺跡学者の母親が、頬を紅潮させて言う。それを横目に、リオンは枯れた木が立ち並ぶ水中に目を凝らして、自分が呼ばれた意味を悟った。

（水中、ものすっごい数の魚怪がいるんだが）

　魚怪とは人や動物を喰う水中の生き物である。魔力を持っているわけではないので、魔物とは区別されるが、それでも普通の人間には脅威でしかない。成人くらいの大きさの魚――口にはびっしりと牙が見える――が、うようよ泳いでいた。

げんなりしているリオンの背中を、景気よくパァンと叩いたのはマリーだ。薄い鋼の胸当てや籠手を装着していて、黒魔術師というより小さな冒険家のようだった。

「さあ頼むよー、召喚士！」

「は、はーい」

息を吸い込んで、両手を組み合わせる。両手の甲に描いた召喚陣が熱を持ち始めた。召喚陣を起動させるべく、複雑に手指を組みかえ、念じる。ずきっと胸元の古い傷が痛んだが、いつものことなので気にしてなんかいられない。レア級の召喚獣は召喚陣の起動も複雑で、神経を集中させなければ失敗する。

（ここだ、レビアタン。おまえの出番だよ）

白い枯木の突き出た水面が突然ぼんやり発光し始める。光は強まり、ごく狭い範囲にボコボコと気泡が出現した。その一帯だけ、激しく熱せられて熱湯になっているかのようだ。

ザバァッ――。

大量の水を押しのけ、遺跡探索パーティの前に姿を現したのは、異形ながらも美しい生き物だった。青白く発光する美しい鱗を持った大きな海蛇。胴回りはリオンの腰よりなお太い。湖の上を歩くかのようにするすると近付き、尖った鼻先をリオンに寄せてきた。その濡れた独特の感触の鼻に優しく触れて、召喚士として命じる。

「俺達をあの祭殿まで連れていって」

瞳孔のない、大きな青い宝石のような一対の瞳がきらりと光を放つ。その瞬間、沈んでしまった祭殿の入り口へ向かって、すうっと一直線に水が割れた。

　リオンのいる陸地から祭殿の入り口まで、パキパキと小さな音を立てながら表面の水が凍っていき、氷の道が現れる。割れた水の壁に、魚怪が引き寄せられるように集まってきた。魚怪の表情はまったく変わったように見えないが、獲物を目前で取り逃がすことに口惜（くちお）しく感じているのだろう。それもレビアタンが低い咆哮（ほうこう）を上げると、散っていった。

　レビアタンは特定の地域では守護獣とあがめられるほどの力を持った水属性の召喚獣である。

「あんたマジでレビアタン召喚できたんだ！　似たような偽物出すのかと思ってた！　すっご！」

（最初から嘘（うそ）つきと思ってたのかよ……）

　歯に衣着せぬ物言いのマリーの賞賛の言葉で、なけなしのプライドが傷つく。フリーの召喚士という時点で胡散臭（うさんくさ）さ満載なのだから、信じろと言う方が無理なのか。逆に過剰な期待をされていないことにほっとする自分がいた。

　期待外れだと言われるのはもう辛いから。

「さあ、行きましょう」

　レビアタンを出現させている限り、祭殿までの水は引き、魚怪は近付けない。一行は氷の道を辿（たど）って祭殿の入り口に着いた。二百年もの間、水中に没していた石の建物にはびっしりと藻や珊瑚（さんご）が付着している。

「ああ、憧（あこが）れの水中遺跡だわ！」

「よっしゃ、お宝見つけよーぜ！」

「うわっ、床ぬるぬるしててコケそう。ってか天井からめっちゃ水が滴ってくるんですけど！　濡れる！」

三者三様の声を聞きつつ、リオンは親子の後に続いて祭殿内に足を踏み入れた。具現化したレビアタンは水のない狭い建物には入れないので、湖の中で待機させておく。

ベテランの冒険家である父親とマリーはすぐに祭殿の奥部目指して走り出した。リオンは入り口付近の壁画に光を照らして観察し始めた母親の側にいる。

「マリーったら、財宝なんてないでしょって言いながら一目散に走って行くんだもの。血は争えないわね」

「冒険家の血ってやつですか」

「まっとうな職に就くんだって言うから魔術師の学校に行かせたのに、結局親子でこんなことしてるから笑っちゃうわよね」

「いえ、ご家族で楽しそうだなって思います」

母親は、ふふふと笑い声をこぼしながら、すごい速さで壁画をスケッチしている。さすがプロだ、ものすごくうまい。しかし、すぐに母親が呟いた。

「……変ね、このレリーフ、おかしいわ」

「どうしたんですか？」

「ここね、本当は太陽を示す白い丸が描いてあるはずなの。でも見て、この神殿のレリーフ、全部黒い丸に塗りつぶされている」

遺跡には疎いのでリオンはよくわからなかったが、母親は険しい顔をしている。少し先に進んでは壁画の装飾を観察し、首を捻っている。

遺跡に入って一時間ほど経った頃最奥部の部屋に到着した。途中で冒険家の父親と合流すると、

「藻ばっかで財宝ないわー」と残念そうだ。

「ねえ、あなた。なんだかこの祭殿のレリーフおかしいの。本来なら光のモチーフのものが、すべて黒々と塗りつぶされているわ。もしかしたらここは黒の祭殿――」

「嘘だろ、いけねえッ！　マリー！」

父親がいきなり血相を変えて叫び、リオンも突然の大声にびくりと体をゆらした。近くの小部屋から少女の返事が聞こえる。

「なにー？」

「そこ動くな、何にも触るな！　間違っても物を動かすんじゃねえ！」

父親が走って娘のもとへ向かい、リオンはその背中について行きながら尋ねる。

「どうしたんですかっ？」

「ここは黒の祭殿、魔物の祭殿ってことだ！　冒険者しか知らねえが、ここの物を盗ろうとすれば魔物が必ず取り返しにやってくる！」

「！」

父親が飛び込んだ小部屋ではマリーが、驚いた顔でこちらを見ている。手にはぼろぼろの古い杯を持っていた。

「どしたの？　なんか食器棚みたいなのの中からこんなの見つけたんだけど」

「それをすぐに放せ！　ここを出る！」

父親がマリーの手を掴んで走り出し、母親もリオンも後に続く。手から落ちた杯がカツーンと音を響かせて石床に転がった。

「え、なになに!?　どうしたのお父さん！」

「魔物の物を盗ろうとしたことがばれたら、必ず報復に来るんだよ、この湖から逃げるぞ！」

「魔物って……」


「わたしのことかしら」

場違いに妖艶な、女の声がした。

リオンの腕に鳥肌が立つ。仮にも数年間召喚士として多くの魔物討伐パーティに参加したのだ、魔物の存在は肌で感じる。

祭殿の唯一の出入り口から、音もなく濡れそぼった女が近付いてくる。濃い灰色の髪は長く、青白い顔に張り付いていて、髪の隙間からのぞく瞳は眼球が真っ黒なのに唇だけはいやに赤い。黒いレース地のドレスは透けているので、小さな乳房や腹が見えている。腹から下は――蛇のような腹鱗がびっしり。

間違いなく魔物だ。

「人間がここに来るのは久しぶりよ。退屈だったから嬉しいわ。わたしの物に触れたのはいただけないけれどね」

「もう返した。盗っていない。さっさと出るからそこを通してくれ」

さすがのベテラン冒険者は、手に祝福をうけた短剣を握り、堂々と言い返した。しかし、家族二人を庇(かば)っていては、どう考えても分が悪い。

「ダメよお、退屈って言ったでしょ。魔物の物に触っちゃったんだから、帰さないわ」

「あんなもの何の価値もないわよ！」

「マリー、だめだ！」

マリーが言い返してしまった。とっさにリオンが遮ったけれど、魔物の耳には届いている。魔物を初めて見た少女は、その恐ろしさを知らないのだ。目の前の女の魔物は多分、そこそこ強い。女の赤い唇が、にぃっと弧を描いた。

ザァッという音とともに、マリーに向かって放たれた黒い何かは、娘を抱きしめて庇った母親と、短剣を手にした父親に阻まれる。とっさに足を踏み出したリオンの目にも赤い血がぱっと舞ったのが見えた。背を向けた母親の肩がざっくりと切れている。父親の短剣で防ぎきれなかったものだろう。

「うるさい小娘は嫌いよ」

リオンもマリーのもとへ駆け寄り、庇おうとしたが、魔物の攻撃の方が早かった。真っ黒い巨大な泥の塊が、すさまじい速さで飛んできて親子とリオンをふっとばした。

「いやあ！　お父さん、お母さん！」

頭を強く打って、一瞬意識を飛ばしかけたリオンだが、甲高い叫び声で覚醒(かくせい)する。すぐに起き上がると、両親に庇われて無傷らしいマリーと目が合った。両親はまともに壁にぶち当たったようで気を失っている。

「召喚士っ、なんとかしてよお！　レビアタンで攻撃すればいいじゃないっ」

「だめなんだ、建物内には入ってこられない！」

「なによぉ、役立たず！」

「っ……」

召喚獣にも制限がつきまとう。特に力の大きな召喚獣の方がその制限は厳しい。自分を庇って両親が怪我をしている。泣きじゃくるマリーに冷静になって考えろとはとても言えなかった。他の召喚獣を喚べない自分が情けない。

「ふふ、あなたが召喚士？　レビアタンなんて大物、わたしも初めて見たわ。でも、何か弱っているのかしら。じゃなければ、すぐに他の召喚獣を喚ぶはずよね？」

（くそっ、他の召喚獣を喚べないのがバレた！　どうする！　祭殿自体を壊すか？）

魔物に気づかれないよう手を組んでレビアタンに命じると、入り口の外で「オォォォン」と、獣の鳴き声のようなものが聞こえた。すぐに祭殿が激しく揺れだす。祭殿の天井や壁を破壊すればレビアタンが建物内に入ってくることができる。

「祭殿ごと壊す気か！　許さないよ！」

くわっと赤い口が裂け、魔物がリオンに向かってくる。その瞬間に、魔物の体に炎の矢が一本突き刺さった。泣きながらも、リオンを助けようとマリーが攻撃したのだ。

「このガキが！」

「やめろ！」

顔を怒りにゆがめた魔物がマリーに向けて魔法を放った。激しく揺れる床を蹴り、リオンは魔物とマリーの間に立ちふさがった。しかし魔物の攻撃魔法はリオンの右腕をわずかに切り裂いて、方向を逸らしつつもマリーへ到達してしまう。少女の体は一メートルほど後ろに弾き飛ばされた。

「マリー！」

マリーに駆け寄ると、大きな怪我や出血は認められなかった。気絶しているようだが、呼吸はちゃんとしている。鋼の胸当てが守ってくれたらしい。ひとまずほっとした。

と、耳元にふぅっと生臭い息がかかった。冷たく細い指が血を流す右腕にそっと触れる。

「ふふ、召喚士さん。わたしと遊びましょう？　若い男の生き血は久しぶりだわ」

「！」

（やばい、喰われる）

レビアタンが建物を破壊するまで、あとほんの少しなのに。赤い唇が、リオンの血を舐めようと近付いてきた。

「それに触るな」

低く深みのある声が、聞こえた。

バシュッという音と、何かが焦げるようなツンとする臭い。そして女の魔物の絶叫。

リオンの目の前で、右腕を押さえて魔物がのたうち回っていた。腕が焼けただれ、煙が立ち上がっている。しかし、リオンは助かったとは思わなかった。

影の中に立つそれこそが本当に危険なモノだと、本能が訴えている。すさまじい威圧感でびりびりと体がしびれたようになり、足が床にはりついて逃げ出せない。いっそ暴力的なほど膨大な魔力。

——この魔力の感じ。俺、知ってる？

女の魔物はひきつった悲鳴をあげていたが、突然何かに気づいたように震えだし、床にうずくまって頭（こうべ）を垂れた。その先には、影に身を潜めた何かがいる。

「な、なぜあなた様がこのようなところへ……」

「それで遊ぶことは許さん。消えろ」

「は、はいっ」

先ほどまでリオン達をからかっていたものと同じ魔物とは思えないほど、恐れ戦（おのの）き、怯えていた。

言葉どおり、焼けただれた右腕を押さえながら女の魔物は祭殿の奥に消えていく。

（女より、明らかに上位の魔物がいる）

冷や汗で服がはりついて気持ち悪い。でも逃げ出せない。それは、影の中から一歩、足を踏み出した。

最も印象的なのは、今まさに流れ出ているかのような真紅の血の色をした瞳。整いすぎて怖いくらいの容貌のなか、目尻（めじり）から頬にかけての赤い美麗な文様が目立つ。耳は尖り、艶やかな黒髪は長い。背が高くて立派な体格をした男性形の魔物が、そこにいた。

真紅の瞳がリオンを見下ろす。縦に細い瞳孔が禍々しかった。目が合った瞬間、リオンの鼓動が激しくなる。体温が上がった。

（あれ？　この顔って。あれっ!?）

魔物は薄い唇を開き、不快そうに言った。

「なぜ置いていった」

「は……？」

「お前が出て行ったと思わず二日も待った」

「え？」

「探すのも大変だった。あ」

ぽかんとしているリオンを見て、魔物がハッと口ごもり、すばやく影に戻る。リオンの方からは後ろを向いた魔物の腰から下がなんとか見えるくらいだが、腰まであった艶やかな黒髪が魔法のようにすーっと短くなっていく。息が苦しくなるような威圧感も消えた。踵を返して影から出てきた男は。

「セッ、セイさんっ！」

「ああそうだ。リオン、そういえばレビアタンがお前を助けようと暴れているぞ」

ドゴォッ！

呑気な男の言葉とほぼ同時に轟音がとどろいて、祭殿の側壁が吹き飛ばされた。水を滴らせた淡く光る青い海蛇の頭がぬうっと建物内に侵入してくる。なかなかシュールな光景だった。

「大丈夫、三人とも大きな傷はないよ」

白髪の医師がにこやかに告げた。リオンは安堵の息を漏らす。

ここはドノーの診療所である。母親の肩は縫合が必要だったが幸い傷は浅かった。夫婦は脳震盪を起こし、マリーは一瞬胸を強く打ったことで意識を失ったようだが、骨には異常がないらしい。リオンの右腕の傷は、強く布でしばっていたらいつの間にか血が止まっていたので、医師には診せなかった。最初に意識を取り戻したのは冒険家の父親だった。

「すまねえなあ。おれ達のリサーチ不足だった。まさか黒の祭殿があんなところに沈んでいるとは思わなくて、迷惑かけた。家族を助けてくれて、ありがとうな」

助けたのは自分ではないし、そもそも自分も殺されそうだったのだが、詳細を説明すると混乱が生じるので、何も言わないでおく。しかし前金以上の謝礼は受け取らなかった。結局パーティの役に立てていないのだ。次に目覚めたマリーは、リオンの姿を認めて、痛みで顔をしかめながら言った。

「あんたが助けてくれたんだ。ありがと。役立たずとか言ってごめん……」

「ううん、マリーこそ、俺を助けるために魔物を攻撃してくれたろ、ありがとう」

(お礼なんて、要らないんだよ。俺、本当は誰も助けていないんだから)

しばらくは家族揃って体を休めると言う父親に挨拶をして、リオンは診療所を出た。一度きりの遺跡探索パーティ、解散だ。

(前回に引き続いて今回も役立たずだったな、俺。そろそろ本気でジョブチェンジした方がいいかも

しれない）

しかし自分から召喚を差し引いたら一体何が残るのだろう。魔力は微々たるものだし、腕力もなく、特別な専門知識もない。

とりあえず、今日の宿を探して、そこで一人反省会をしよう。そう決めて街の商店街に向けて足を踏み出した時だった。

「また置いていくつもりか」

後ろから男の声が聞こえ、振り返ると、仏頂面で腕を組む黒髪の男がリオンを見下ろしていた。

「セイさん」

診療所に家族を運び込むとき、両腕に夫婦二人を抱えて運んでくれた。いつの間にかいなくなっていたので、ちょっとほっとしていたのだが。自然と距離をとるように後ずさる。その様子にピクリと片眉を上げて、セイリオスは問うた。

「リオン、なぜ逃げようとしている？」

「あ、当たり前でしょう。あなた、魔物じゃないですか！　湖の祭殿での姿が本当の姿なんでしょ、一体何が目的なんだ」

「お前の見間違いじゃないのか？」

「あんなにがっつり人前に出ておいて、見間違える訳がないでしょ！　はっ、すみませ……」

思わずつっこんでしまった。すぐ我に返って謝る自分も自分だ。

「んー、やはり見ていたか、そうか。よし、もういい」

(何もよくないんだけど)

さらに後ろに下がるリオンに、セイリオスはにじり寄ってきた。

「仕方ない。確かに私は魔物だ。だがお前には絶対に危害を加えない。このとおり、人の姿でいれば市井で目立つことは何もないだろう」

「いえ、そういう話じゃなくて。というかそれでも目立ってます」

「だから」

セイリオスはリオンの呟くような声を無視して淡々と話を続ける。

「私を飼うといい」

本当にこの人——いや、この魔物は何かがおかしい。

「あのう、どうして部屋までついてくるんですか」

「宿の者に金を渡したら案内してくれたぞ」

あっけらかんとセイリオスは言った。ここは宿の一室で、リオンがいつも泊まるレベルの安宿だ。簡素な木の椅子の上で頭を抱え込んでいるリオンとは対照的に、気品漂う男は実に楽しそうである。

「宿の前で言ったでしょう！　絶対にあなたを飼うなんてことありませんから。飼うって意味わかってますか、人間の事をもっと学んでください！」

「人間もよく獣や幼い女子供を飼っているだろう」

「それはっ」

セイリオスの言っている女子供とは奴隷の事だとなんとなくわかった。確かに国によっては奴隷制度がある。しかし、獣と人間を同列に扱うようなセイリオスの言い方は、やはり魔物と人間との価値観の差だと思う。

「そもそも、なんで俺なんですか。飼うとかなんとか言って、俺を喰う気ですか。べつに魔力も強くないですし、特別な力なんて持っていませんし、何の腹の足しにもなりませんよ」

「私は人間の血肉で力を得ているわけではないから、喰わん。少し前に会ったとき、お前がとても気に入ったのだ」

「少し前って」

タイレス国に入国してすぐの森林か。あの時に、なぜ気に入られてしまったのか？　叶うならあの瞬間に戻って、全力で逃げ出したかった。

「お前の旅の邪魔はしない。お前は私を飼って、私はそれに報いよう。どうだ、良いだろう？」

「いや、ほんと何にも良くないいんですけど」

「よろしくな」

リオンの言葉は無視されて、完全に押し切られた。どうやら、セイリオスの中ではリオンの了解を得たことになった、らしい。華やかな宮廷にいる方が違和感のない男が、安宿の一室で、とても満足そうに笑った。

それから、どう言っても部屋から出て行ってくれないので、男をできるだけ視界に入れないように動いた。汗と埃だらけの体を清めるべく、階下から桶に湯を入れて運ぶ。安宿に風呂はついていないため、清拭（せいしき）くらいしかできない。

「湯を運んでいるのか、私が持ってやろう」

「……」

男をいないものとして扱おうというリオンの思いとは裏腹に、セイリオスは飄々（ひょうひょう）とちょっかいを出してくる。湯を桶いっぱいに汲（く）んでしまったので、こぼさないようにゆっくり階段を上っていたら、セイリオスに横から桶を取り上げられた。相当重いのに軽々と、危なげなく階段を上っていく。

部屋の洗面所に桶を置いて、上衣を脱ぐ。

（うう、めっちゃ見られてる）

仕切りなどないから仕方ないのだが、セイリオスが腕を組んでリオンの一挙手一投足を凝視している。そのまま寝てしまうことも考えたが、べたつく体が不快だ。存在を無視して淡々と事を進めるしかない。

セイリオスには背中を向けて、湯につけた布を絞って体を拭（ふ）いていく。スッとして気持ちがよい。

「この傷痕（きずあと）はなんだ？」

「うわっ」

男が左腕を掴んできた。まったく気配を感じなかった。セイリオスはつつっとリオンの肌に指先を這（は）わせ、胸元に残る二横指ほどの丸い傷痕を撫でた。すでに上皮化して久しく触れたくらいでは痛みもないが、皮膚が引き攣（ひ　つ）れて少し盛り上がっている。古い傷痕だった。

「こ、子供の頃にケガしたやつです！　もういいでしょう、放してください！」

セイリオスの手を振り払って、急いで体を拭いて服を着る。この傷は他人に見られたくなかった。八歳の時に、シュレイ家本邸で正妻から真っ赤に熱された火かき棒を押し当てられた。モーゼル国の上流階級では一夫多妻が許されており、古い召喚士一族の本家筋であるシュレイ家の当主——リオンの父——にも二人の夫人がいた。兄を産んだ女性が正妻、リオンの母は第二夫人だ。なぜあんなものを押し当てられたか、もう覚えていない。というか、怪我をした前後の記憶が曖昧になっている。子供にはそれほどのショックだった。それから正妻とは殆ど顔を合わせず過ごしたが、五年ほど前に病気で亡くなった。

忘れたいのに、この傷を目にするたびに思い出される。苦いものがこみあげるような嫌な気分のまま、狭いベッドに横になった。

ギシっとベッドがきしんで、セイリオスが横に入ってくる。

(や、やっぱり一緒に寝ることになるのか)

ベッドは一つ、安宿で簡易ベッドを追加することなんてできない。そしてこの魔物は断固として部屋から出て行かないとなると、一緒に寝ることになる。しかも、前回の経験からすると。

するっと腹に腕が回された。背中に男の胸板が密着する。

「セイさん、あの、ちょっと離れてくれませんか……。狭いのはわかるんですけど、こんな密着しなくても」

「そういえばお前、腕の傷を医師に診せなかったな。まだ少し血がにじんでいるぞ」

寝間着にしている、ゆったりとした上着の袖を、いきなりまくられた。右腕には湖で女の魔物に傷つけられた一筋の切り傷があり、瘡蓋が一部はがれてじわりと血がにじんでいる。黒髪がさらりと腕に触れた。

リオンの目前で、赤いものがひらめく。それはリオンの血であり、男の舌で——。

傷を舐められている。にじんだ血は男の舌を汚して口の中に消えていく。傷をちゅっと吸われ、いたわるように舌で傷を撫でられた。

背中にぞくっと震えが走って、顔が熱くなる。

「な、なに！　——うわぁッ」

大きく身じろいだら、どすんとベッドから落ちた。

「大丈夫か？」

「な、セイさ、一体なにしてるんですかっ」

「腕を見てみろ」

「え」

腕？　リオンが目線を落とすと、セイリオスに舐められた傷が、完全に上皮化していた。先ほどまでピリピリしていたのに全く痛くない。

傷を治してくれた？

魔物が傷を癒やすなんてことがあるのか。その思考を読んだかのように、セイリオスは、ふふんと笑う。

「大抵のものは治せるぞ。あまりやったことはないけれどな」

「魔物ってそんなこともできるんですか？」

「いや？　治癒の力を持つ魔物は滅多にいない」

「一体何者なんですか、セイさんって」

床に座り込んだまま、リオンはかくんとうなだれた。傷をつけたのも魔物なら、傷を治したのも魔物。皮肉なことだ。しかしどういう流れであっても、傷を治してくれたことは事実である。

「セイさん、ありがとうございました」

苦笑しながら、ベッドで寝そべる男に礼を言った。セイリオスはわずかに目を見開いて、リオンの方へ手をのばした。

手を取られて、ぐっとベッドに引き込まれる。勢いが強くて、寝そべったセイリオスの体に乗り上げてしまう。後頭部に大きな手が添えられ、押さえられた。

「ん」

唇にやわらかくて濡れたものが触れる。目の前には暗い朱色の瞳。

(は、なにこれ)

反射的に頭を上げようとしても後頭部に添えられた手がそれを許さない。

――セイリオスに口付けされている！

「んーーっ！」

唇を啄（ついば）まれて、甘噛みされ、吸われる間も男の胸に手をついて体を離そうとするが、まったく歯が立たなかった。男の目は楽しそうに細められている。男の唇が少し離れた瞬間に、リオンは叫んだ。

「やめろっ、何考えてるんだッ、バカ！」

ふとリオンの頭に添えられた手の力が抜ける。至近距離から「ふっ」と空気がぬける音が聞こえた。

「ふ、ははははは！」

「なに笑ってるんですか！　はなせ！」

爆笑といってもいいくらいに大笑いする魔物から飛び退き、すぐに逃げ出せるよう扉に張り付く。

「私に、バカとは！　初めて言われたぞ！」

笑い続けるセイリオスを残し、とにかく外に出ようとしたけれど、扉が開かない。

「待て待て、すまん。ああ、これほど笑ったのは初めてかもしれん」

「ちょっと、この扉を閉めてるのあなたでしょう！　開けてください！　もう嫌だ、やっぱり魔物は何を考えているのかわからない！　出て行かないなら俺が出て行きます！」

「何って、お前が可愛いから口付けただけだろう」

「かわっ……!?」

「出てきて正解だった。お前といると心地良い。これが楽しい、というのか」

（だめだ、話が通じない！）

一人でうんうんと頷いている男を睨んで、ギリッと歯を食いしめる。

「俺は可愛くなんてない。百歩譲って可愛かったとしても、いきなり口付けとかあり得ない！」

「だめなのか？　では、そうだな。傷を治した褒美、でどうだ。飼い主は働きに応じて褒美を与えるものだ」

「飼い主なんかじゃない！」

「落ち着けリオン、お前は今日よく働いたのだから寝ろ。人間は眠らないと死ぬと聞いたぞ。――安心しろ、もう何もしない。おいで」

暗い朱色の目がじっとリオンを見つめる。静かなセイリオスの言葉がすうっとリオンの頭に染みこみ、徐々に興奮がおさまってきた。

「どうしても嫌なら、お前が寝ている間、そこの椅子に座っていよう。私は眠らずとも問題ない」

出て行くという選択肢はないらしい。いくら眠らなくてよいとは言っても、一人でベッドを使って、その間セイリオスを座らせておくのはあまりにも酷くはないだろうか。長身の男が本当にベッドを降りようとした。

「いや……、変なことしないなら、いいんですけど」

そうして、セイリオスと同じベッドにおさまる。狭いから、という理由では説明できないくらいに体を抱き込まれてはいるのだが、セイリオスにとっては、抱きしめて寝ることは「変なこと」に当たらないのだろう。

そういえば、この男がぶっとんだ事をするので、胸の傷で過去を思い出し、嫌な気持ちになっていたことすら忘れていた。大変な魔物に目をつけられてしまった。

男の腕の中で、はぁ、と大きなため息をつく。疲れ切っていたリオンは、そのまま、心地良い眠りに身を任せた。

ドノーの街で一番の繁華街、その一角にある酒場で、リオンは太ったひげ面の男と対面していた。

「へえ、兄ちゃんすごいね。その若さでレア級を四体も持ってるの、中々いないよ！」

「いや、でもいろいろ制限が付いてて、一体しか召喚できないんです」

「一体でもすごいじゃない。ちょっと待ってね、召喚士向きの依頼があった気がする」

男は情報屋だ。分厚い帳面をぱらぱらっとめくって、あるところで止まる。

「これこれ！　もっと東部にロワンって小さな町があるんだけど、タイレス国と東の魔王の支配領域の境に位置してるんだ。で、そのロワン、去年から極端に雨量が少なくて、大凶作でさ。今も雨期まっただ中のはずなのに、何十日も雨が降ってないわけ」

今年も雨期に十分な雨が降らないと、大勢の失業者、もしくは餓死者が出るという。異常気象に対して気象学者達も原因を探っているがわからず、町の者が勝手にうさんくさい祈祷師を雇ったりしているらしい。元々農業を生業にする者が多い町なので、非常に深刻な問題である。

しかも、問題はもう一つある。雨が降らないのは、なぜかロワンの町だけ。気象だけの問題ではなく、外因性の干魃なのではないかという噂がでているとのこと。外因性、すなわち。

「それって、魔物が原因の可能性もあるってことですか？」

「そうそう！　話が早いね。でも、国はその確証がないからってまだ本格的な対策を講じてない。人死にが出てから動き出すつもりなんだろうけど、町長から泣きつかれてね。良い人材を探していたわけ。兄ちゃん、ナルカミ持ってるんでしょ？」

ナルカミ——雷の化身とも言われるその召喚獣は、たちどころに厚い黒雲を呼び、自在に雷を操る事ができる。それに付随して、大量の雨を降らせることもできるのだ。

雨を降らせることはできるが、もし魔物が干魃の原因であった場合、その魔物とも対峙しなければならなくなるのではないか。

「でも、もし魔物が黒幕だった場合、召喚士一人じゃ手に余りますね」

「魔物が出てきたら、それは兄ちゃんの依頼にないから逃げればいいよ。町長からの依頼は、雨を降らせてほしいってことだけだしさ。魔物退治はまた別の件でしょ。兄ちゃん真面目だね～」

情報屋が、わっはっはと景気よく笑いながらリオンの肩をばんばん叩く。「処世術ってやつ身につけないと疲れちゃうよ～」などと言うから、意外に人が好いのだろう。そのまま情報屋はリオンの肩を引き寄せて、こっそり耳打ちする。

「それにさ、おれ、仲介料けっこう貰っちゃったわけ。誰か依頼受けてくれないと面目ないって感じでさ！」

かなりあけすけな性格らしい。まあ確かに、原因が何だろうと、雨を降らせるだけならば一人でなんとかなりそうだ。返事をしようとしたら、「ぐえっ」と潰れたような声をあげて、目の前の情報屋の体が浮いた。

「離れろ」

浮いたのではない、襟首の後ろを掴まれてつり上げられているのだ。太った猪首の男の喉に、服の襟が食い込んでいる。

「セイさん！」

やはり情報屋の背後にはセイリオスがいた。いつかの時のように片手で太った男をぶら下げている。

「この男、近付きすぎだ」

「何やってるんですか、その人を放してください！」

セイリオスはちらりとリオンを横目に見て、ぱっと手を放した。情報屋は盛大に尻餅（しりもち）をつき、げっほげっほと空咳（からせき）を繰り返して新鮮な空気にありついた。突然の闖入者（ちんにゅうしゃ）を怒鳴りつけようと振り向いて、そのまま固まる。

セイリオスが腕を組み、冷たい眼差（まなざ）しで睥睨（へいげい）していたからだ。

男はさすがの処世術を身につけていた。セイリオスを瞬時に「逆らってはならないモノ」と認識したらしい。冷や汗をかきながら、へらっと笑ってリオンに聞いてきた。

「こ、この方、兄ちゃんのお連れさんかな～？」

とりあえず、リオンは情報屋に依頼を受けると返事をして、必要な情報を貰ってから急いで酒場を出た。酒場の客の注目に耐えられなかったのだ。

「ちょっと、セイさん、いきなり手を出すのやめてくださいよ！」

「男の顔が近すぎて不愉快だった」

「あなたが不愉快になる意味がわかりません！」

「リオンは私の主（あるじ）だからな、他の者が手を出してはならんのだ」

ギリィと奥歯を噛みしめる。このままだと奥歯が磨（す）り減ってしまう。話がかみ合わなすぎる……。

そのまま無言で宿まで戻った。セイリオスも宿泊代を出すと言うので、部屋を二つ借りようとしたが、リオンが口をはさむ暇を与えず問答無用で昨日よりグレードアップした部屋を一つだけ借りることになった。

「ロワンという町へは、明日出発か？」

「そうですけど。や、やっぱり一緒に来るつもりですか」

「もちろんだ」

今日の部屋は風呂がついていたので、階下から湯を貰ってきて湯を張る。セイリオスは後で良いというので、先に湯を使わせてもらった。元々リオンは湯につかるのが好きだ。


今、二人はそれぞれのベッドに腰掛け、向かい合わせで話をしている。

「しかし、干魃の原因が魔物かもしれんとは。この地に限って、という感じはする。もしかしたら、ヴェガはこのことを知らない可能性があるな」

「ヴェガ？　誰の事ですか？」

「東の魔王」

「まおっ!?」

予想外の単語すぎて声が裏返る。人間にとって恐怖の対象である魔王のことを、まるで友達みたいに呼ぶから驚いてしまった。そうだ、目の前の男は外見こそ見目麗しい人間だが、中身は得体の知れない魔物だった。

「ヴェガはどちらかというと、珍しく人間に好意的だ」

そう。魔王にも個性があり、その魔王に統括された魔物も同じ傾向になる。

四百年の在位を誇った北の魔王——すでに先代となってしまった——は、冷厳。

自ら人族の生活域を侵すことはないが、人間が規律を破ると苛烈な制裁を与えることで知られ、恐れられていた。しかし、北の魔王の領地は鉱石などの資源が豊かで、昔から幾度となく人間は禁を犯し、魔物と衝突を繰り返してきた。一時的とはいえ、実際に勇者パーティの仲間として行動したリオンはよく話に聞いている。新しい魔王が立ったと聞いたので、今後どうなるかはわからない。

在位二百五十年の東の魔王は温和。

人間と確実に一線を引いてはいるが、比較的人族に好意的であり、魔物と人族の間の衝突が少ないと言われる。

在位百五十年の西の魔王は暴虐。

最も魔物らしいといえばそうだが、人族に対して好戦的で、支配下に置こうとしている。常に人と魔物の軍勢が競り合っている状態なので、人族の軍勢は精鋭揃いなのだそうだ。

南の魔王は百年前、勇者アーロンに倒された。リオンの母国、モーゼル国も南の魔王の領域に隣接している。次代の魔王は立っておらず、魔物も統制を欠いている状況だ。いうなれば、混沌。

確かに、ロワンの町に起こっていることは、東の魔王の意向にそぐわないように思われた。

「どちらにしても、魔物が出た時点で俺は離脱します。俺一人の手には余る」

「私が加勢するのだから、問題ないと思うが」

「魔物が人間の味方について同族と闘うなんて聞いたことがありません」

「そうか？　では私がそれをする初の魔物かもな」

「……」

一体どこまでが冗談かわからない。しかし、湖の祭殿でリオンを助けるために女の魔物を攻撃してくれたのも事実だった。今のところリオンを害する素振りもない。

まあ、ついてくるなと言ったところでセイリオスはついてくるし、やりたいことをやるのだろう。

明日も早いし、もう寝よう。

「さて、もう寝ます」

「そうだな」

「〜〜ッ、今日はベッド二つあるでしょ！　なんでこっちに入ってくるんです！」

「お前の体温と匂いが好ましい」

「ぎぇ！　なんてこと言うんですか！」

リオンは真っ赤になってベッドから降りようとしたけれど、もちろんそれを許す男ではなかった。

昨日同様すっぽり抱きしめられる形で身動きを封じられてしまう。

この夜、召喚士は諦めが大事だと悟った。

＊＊＊

夢を見た。

夢だとわかるのは、小さい頃の自分を、『自分』が天井ほどの高さから眺めていたからである。小さなリオンは、黒く小さな獣を抱きしめて眠っていた。あの小さな魔物がいるということは、六歳の頃か。今よりもっとふわふわとまとまりのない金茶の髪と、そばかすの浮いた顔。まだ、厳しい世界を知る前の自分だ。

黒い獣は、誰も見ていないときにこっそり召喚してしまった初めての魔物だから、大人が知れば絶対に怒られる。黒いふかふかした毛並みと翼、真紅の眼を持った、名前も知らない仔犬のような魔物だった。リオンは完全に眠っているが、小さな獣は起きているらしく、リオンの髪や首の辺りを嗅いでは、顔をペろペろ舐めている。尻尾が白いシーツをぱたぱたと叩く音が聞こえてきた。幼いリオンのことを大好きだと体全体で伝えている。

(ほんと可愛いなあ。あいつ、どこに行っちゃったんだろう)

名前も知らないままだったから、成長して、再び同じ魔物を召喚しようとしても喚べなかった。反動でというか、手に入りやすいコモン級の犬型の召喚獣とはたくさん契約している。力の制限さえなければ、召喚しっぱなしで旅のお供をしてほしいくらいだ。

黒い仔犬は飽きたのか、リオンの胸元にもぐり込み、しばらくもぞもぞしていたが、静かになる。眠ったのだろう。

久しぶりに、いい夢を見たな――胸が温かくなるのを感じつつ、『自分』は思った。

ドノーからロワンまで、徒歩で三時間ほどの道のりであった。東へ行くにつれて緑が多く、樹木の種類も増え、土地として恵まれた地域だとわかる。なのに、ロワンの町に入った途端、辺りの様相が一変した。

きっぱりとロワンの町のみ線引きされたように、木は葉を落とし、草花が枯れている。穀物の育つ田畑だろう区画の土にも、何も作物が植えられていない。今リオン達が歩く小道も、所々にひび割れが見られた。おかしい、あまりにもロワンの町と外で環境が違いすぎる。

これは——。

「魔物だな」

「あまり考えないようにしていたのにキッパリ言わないでくださいよ」

気象の乱れにしては、干魃の範囲が局地的すぎた。これではいくら気象学者が出張ったところで原因はわかるまい。セイリオスにつり上げられた情報屋によると、今回の依頼者はロワンの町長だ。道の脇で遊んでいた子供達に聞いて、なんとか町長の家までたどり着いた。

他の家より少し立派な木の扉をノックすると、中からごま塩頭の五十代くらいの男性が顔を出した。

「どうも、依頼を受けて参りました、召喚士のリオン＝シュレイといいます」

「おお、聞いていています。よく来てくれた。しかし、思っていたよりお若いですな」

そこで、町長はリオンの後ろに立つ長身の男に気がついたようで、ぎょっとした顔になった。セイリオスの品のある容姿だけでなく、佇まい自体が、この小さな町から浮いている。この方は誰ですか、お貴族様ですか、とリオンに視線で問うてきた。

「ええと、こっちは連れの……黒魔術師です。二人で依頼に当たらせていただきます」

セイリオスの事をなんと説明するか、まったく考えてなかったので、とりあえず黒魔術師と言っておく。まさか魔物ですとは言えない。アドンと名乗った町長は、自宅内へ招き入れてくれた。さっそく、詳しい現状を教えてもらう。

「町の様子をご覧になったでしょうか。元々、この土地はよく雨が降り農業に適した地で、米や茶などの栽培を主に行っております。これまで不作の年などはありましたが、ここまでの日照りに見舞われたことはありません」

昨年の干魃は、まあそういうこともあるだろうと、なんとか備蓄していた作物で乗り切ったが、今年はそうは行かない。農業に特化し、逆に言えば他の事業がないのだ。

「あの、この事は国の方にも報告されていますか？」

「もちろん。最初は調査のために騎士様や魔術師様がみえましたが、以降は気象学者に原因を探らせているがわからない、というお返事ばかりで」

(ん？　おかしいな。魔力に乏しい俺でも気がついたくらいだ。魔術師が来ていれば、この干魃に魔物が関与している事くらいすぐにわかっただろうに)

「おい町長、干魃の前に魔物と衝突した覚えはないか」

突然リオンの隣で足を組んで優雅に座っていたセイリオスが声をかけた。アドンは肩をびくつかせて、こわごわとセイリオスを見やる。

「やはり魔物が関与しているのでしょうか……。心当たりがないわけではありません。しかし、このことは既に調査の方々にもお伝えした内容です」

そう言って、アドンは昨年に起きた小さなトラブルを話してくれた。

農業が盛んなロワンの町でも、一部の者達は狩猟も行う。それは地元で消費されるくらいの細々とした狩りであった。しかし、血気盛んな若者達が東の魔王の支配域まで足を踏み入れ、誤って魔物を数匹殺してしまったという。獲物を町まで持ってきて、その勇猛さを自慢していたときに周囲の大人が気づき、アドンの耳に入った。

若者達の話によると、食用にしている猪(いのしし)と似ていたので、間違って狩ってしまったという事だったが、アドンの目には猪と似ても似つかない魔物に映った。豚のような形はしているが、額には角があり、長い尻尾が特徴的なそれは、魔物の領域でよく見かける魔力の弱い温和な魔物だ。それが数匹、執拗(しつよう)に射貫(いぬ)かれた末に絶命していた。間違えたのではなく、明らかに魔物狩りを楽しんだ様子であった。

長く魔物と人間との均衡を保っていたロワンの町長として、すぐに所属する領の役所へ問い合わせたのだが、事を荒立てるなと言われた。「たいした魔物じゃなければ、東の魔王も気がつかないだろう」と、係の者は言い捨てた。

「え、まさか、干魃が始まったのって、それからなんですか？」

「ええ、その後しばらくしてからです。異常な日照りが続いたので、もしかしたら東の魔王様が怒っていらっしゃるのかと気が気ではなかったのですが、役所からそう言われてしまうと」

「うーん、魔王が怒っているなら、直接的に魔物に報復させるものじゃないのかな。干魃とかまどろっこしい真似をするでしょうか？」

「魔王は末端の魔物の生死までを把握しているわけではないからな。これが北の領域の出来事ならば、手を下した人間どもはとっくにこの世におらんだろうが」

さらっとセイリオスが怖い事を言う。若者達はアドンが厳重に注意したそうだが、まったく反省していないらしい。リオンの中では、このトラブルはかなり今回の干魃の真相に近い気がした。

（いやいや、余計な事に首をつっこまない！　ナルカミを喚んで雨を降らす。それだけだ。原因解明は俺の仕事じゃない！）

少し間違えば、原因の魔物をあぶり出して倒してくれとでも言われそうな勢いだったので、軽く流すことにする。これも処世術だ。

「と、とりあえず、町を見渡せる丘とか山とかありますか？　召喚獣を喚ぶに適したところを確認しておきたいんです」

「それならば良い場所がありますので、ご案内します」

荷物を町長の家に置かせてもらい、小高い丘を案内してもらった。緩やかな丘の傾斜を登りきって町を一望すると、町の外の深緑と、町の内の赤茶けた色調のコントラストがはっきりとわかる。こんなの自然災害と考える方が難しい。

他にもいくつかの場所を案内してもらい、最終的に召喚場所は町を見渡せる丘に決めた。ただ、その頃には日が暮れていたので、決行日は明日とし、今夜は町長の家に宿泊させてもらうことになった。

「田舎なので古い家ですが部屋だけは沢山あります。娘も嫁いでいますし、気兼ねなく使ってください」


そう言って、アドンは隣り合う二部屋を提供してくれたのだが。

「一部屋でいいぞ。これまでもそうしていた」

「は、しかし部屋には夜具が一つしかございませんので」

「共寝するので問題ない」

「なっ！　いやちょっとアドンさん、誤解です！　今までお金がなかったから仕方なく一部屋しか借りなかっただけで！　二部屋貸していただけるのなら、それはもうありがたく使わせていただきますっ！」

「何を焦っているのだリオン。舌を噛むぞ」

結局セイリオスが主張したせいもあって大きめの部屋を一つ借り受けることになった。

「それは気がつきませんで」と言ったアドンの生ぬるい眼差しが、逆に辛い。そ、う、い、う仲だと勘違いされたかもしれない――。

アドンの妻が夕食を準備してくれたのでありがたくいただく。作物の不作で日々の食事にも困っているだろうに、根菜や鶏肉(とりにく)、木の芽を使った心づくしの料理が並んだ。

ここでも、セイリオスはアドン夫妻の目前であるにもかかわらず、リオンの食事する姿をじっと観察し、「幼子のように一生懸命に食べるなあ、可愛い」などと言い出したものだから盛大にむせた。

夫婦は心得たように目をそらし、聞いていないように振る舞う。完全にそういう仲だと思われたことだろう。ロワンの夜は更けた。

翌朝、日が出ると同時に町長宅を出発した。召喚に伴い、暴風雨や落雷などに気をつけるよう町の者に通達をしてほしいとアドンに指示し、リオンとセイリオスだけで丘に向かった。丘の一番高い所まで出ると、まったく湿気を含まない、かさついた空気を肌に感じた。

「セイさんも、突風とか雷に注意してくださいね。始めます」

(お願いだから、魔物とか出ないでくれよ！)

祈るような気持ちで目を閉じた。手の甲の召喚紋を合わせて、作法に則って手を組み、指を複雑に絡ませる。体が足下からふんわりと温まる感じがして、周りの雑音が聞こえなくなる。遠くにいる、自分と契約を結んだ獣に心の中で呼びかける。

(ナルカミ、久しぶりに出番だよ。雨を降らせてほしいんだ)

応え(いら)の代わりに、リオンを取り巻く空気が変わった。むっとするほどの湿気を含んだ風が吹き、耳元でパチパチッと小さな音がする。召喚を邪魔するように、リオンの周りに幾重かの膜が張られ、搦(から)め捕(と)られるような感覚があったが、それらの膜をすべて引き裂き、霧散させた。

目を開くと、晴れ渡った青い空を薄墨で消していくかのように、遠方から灰色の雲が流れてくる。みるみる雲は厚みを増しながら町の上空までたどり着いた。

リオンの鼻の先に冷たい水滴が落ちてきた。それを皮切りに、ロワンの町では実に十数ヵ月ぶりの雨が降り出す。

勢いを強くする雨音の中、町の中心地からワーッと歓声が聞こえる。町の人々には雨風に注意するように言ったはずだが、我慢できずに戸外に出てきたのだろう。丘の上からでも、大勢の人々が傘も差さずに空を振り仰いでいるのが確認できた。すでに黒雲の内では帯電し、放電が始まったようで黒雲が時折カッと光った。そして、暗くなった町を照らすように一筋の雷が山間(やまあい)に落ち、少し遅れてドォォオン！と体を震わす重低音が鳴り響く。

黒い雲間を分けるように、空を駆ける生き物がまっすぐにリオンのもとへやってきた。

「ナルカミ！　さすが！」

空を駆け回るその獣はナルカミといった。虎のような体躯(たいく)をしているが、その体高はリオンの倍、体長は五メートルをゆうに超す。足は六本で、黄色の被毛に覆われた長い尾は別の生き物のように優雅にくねっていた。ナルカミは久しぶりにリオンと会えたことを喜ぶように頭上を駆け回り、丘の上に降りてきて頭をトスッとリオンの胸にあてた。でっかいその頭をわしわしと撫でてやる。

「今日は俺の体力が続く限り遊び回っていいよ！　行ってこい！」

グルル、と甘えた猫のような鳴き声を残して空に駆け上がり、召喚獣は雨の中を悠々と走り回った。雨の強さはさらに増し、豪雨と言ってもいいくらいだ。

その日、朝から降り出した雨は一日中勢力を保ったまま何時間も降り続いた。短時間での度を越した豪雨は河川の氾濫や土砂災害に繋がるため、リオンは翌日から、一日数時間ずつナルカミを召喚することにする。

雨を降らせて七日目の夜に、それは起きた。

夜、黒雲の彼方にナルカミは帰って行った。召喚を始めて七日目も無事に過ぎ、乾ききった地面はもう十分に濡らされ、そこかしこに水たまりができている。しかし、また日照りが続く可能性を考えると、十分な貯水が必要だった。それにはあと数日の降水が必要だろう。

リオンはセイリオスと共に町長の家へと向かっている。召喚中は傘も差せないから、普段ナルカミを召喚した後はリオン自身もずぶ濡れになるのだが、衣服はパリッと乾いている。セイリオスが毎回、召喚中のリオンの周りに結界を張ってくれているからだ。

「セイさん、今日もありがとうございます。セイさんを魔術師ってことにしておいて良かった。魔法を使っても怪しまれませんから」

「そうだな。まあ、相当魔力を制限しているから、たいした事はできんが」

以前湖の遺跡で見た魔物モードのセイリオスからは、同じ空間にいるだけで息の詰まるような威圧感を感じたものだ。人間の姿だと、それを感じない。魔物は自在に魔力の制限なんかもできるのかと聞くと、セイリオスは自身の耳を指した。そこには、唯一の装飾品といってもいい赤い宝石のシンプルなピアスが飾られている。

「これで抑えているだけだぞ。私の魔力は人間にはかなり影響がでるからな」

ふふ、と笑って、セイリオスが流し目をしてきた。男らしく、なおかつ怜悧に整った容貌からは想像できないような色気がこぼれる。

「どんな影響か試してみるか、リオン？」

「いえ、なんか絶対やばそうなので、遠慮させていただきます」

町の家々の明かりが見えてくる。

（ん？　誰かいる？　子供かな――）

小柄なシルエットが遠くに見え、それは一瞬町の子供と思われたが、目をこらすとどうも違う。尻尾があり、全身に獣毛が生えている。猿のようだが、足が一本。猿はこちらを確認すると、一本足で飛び跳ねるように町の方へ向かっていく。

「魔物だ！」

干魃を起こした魔物か。リオンはとっさに手甲を合わせて召喚の準備をした。

ズキッ。

刺すような痛みが走り、胸を押さえうずくまる。そうだ、だめだ、今日はすでにナルカミを召喚してしまった。

「リオン！　何をしている」

「すみません、俺、もう今日は召喚できなかった。あの魔物、町の方へ行きました！　セイさん、あの魔物を追っていただけませんか」

「お前の守りが手薄になる。町はどうなろうが知らん」

「えっ、だってセイさん！　干魃の魔物だったら、町に悪意があるということですよ！」

「魔物が出たら逃げると言っていたろう？」

(そうだけど！)

この町には魔術師や剣士といった、対魔物スキルを持つ人間がいない。今はリオンも何の役にも立たないけれど、セイリオスがいる。逃げると言いはしたが、目前の魔物を放置するわけには。

「あの魔物、追ってください！　町の人に危害を加えそうになったら止めて！　俺はアドンさんに知らせてきますから。お願いです、セイさん」

情けないが、自分では何もできない。リオンはセイリオスのローブにすがりつく。眉根を寄せてこちらを見下ろす秀麗な顔の男は、根負けしたようにそっとリオンの手を外した。

「……わかった。しかしお前も危ないのだからな。町長の家に籠もっておけ」

リオンを気にしつつ、セイリオスは魔物を追ってすさまじい速さで駆けていく。リオンもアドンの家に向かって走り出した。

しかしすぐに違和感に気づく。誰かに見られている。

ばっと振り返り、背後に誰もいないことを確認する。なんだ、誰もいないじゃないか――。

「ウッ」

「ようやく一人になったな召喚士。強い魔力の人間がずっと側にいたから、手を出すのが遅れてしまったよ」

蔦のような何かが生き物のようにリオンに絡みついている。口にも首にも巻き付いてきて、声を封じられた。いつの間にかリオンの目の前に一人の男、いや人型の魔物が立っていた。

ぎょろりと大きな目の瞳孔は猫の爪のように細長く、髪は白い。鼻が高く尖っていて、何とはなしに鳥を連想させた。痩身（そうしん）のその体から立ち上る魔力は、明らかに人のものではない。

「お前、もう召喚できないんだろう？　魃（バツ）を見ても何もしなかったものな」

くくく、と冷ややかに笑って、魔物は身動きのとれなくなったリオンを荷物のように担ぎ上げた。

魔物の背中から、大きな翼が突き出る。まずい、どこかに連れていかれる。

「んんッ！　ん――――！」

リオンの必死の抵抗むなしく、白髪の魔物は空へ飛び上がった。


ロワンの町の境界となる川を越え、深い森林に降り立つ。物のように地面に放り投げられて、背中と肩を強か（したた）に打った。

「さて、ここは我ら魔物の領域だ。入り込んだ人間は殺す権利がある。ナルカミなぞ喚びおって。お前は邪魔だ、ここで殺す」

弁解も何もできないのか。リオンは蔦のようなものでぐるぐる巻きにされたまま、必死で考える。逃げるしかない。幸い蔦は口や手を強く拘束しているものの、足は動かせた。よろめきつつ体を起こし、どうにか白髪の魔物に背を向けて走り出す。魔物はにやにやしながら、それを見ていた。

「ははは、よし、逃げろ。お前らが弱い魔物を嬲（なぶ）ったように、我も楽しませてもらう」

ひゅっと風を切る音がして、拘束されたリオンの手や太ももに鋭い痛みが走った。白髪の魔物から放たれたものは羽根だった。しかしその羽根が鋭い刃と化して戯れのように浅い傷をつけてくる。魔物の言葉から、確信を得た。

（やっぱり、去年魔物を殺した事が原因だ！）

一生懸命走ってはいるが、いろんな方向から鋭い羽根が襲ってくるため何度も転倒してしまう。白髪の魔物は余裕を持って歩きながらリオンを追ってくる。ぶつぶつと誰に聞かせるでもない独り言が聞こえてきた。

「本来ならば我々魔物がお前らを虐げて然るべきであるのに、ヴェガ様はなぜ」

「いっそヴェガ様の耳に入る前にあの町の人間をすべて殺してしまうか。干上がるのを待つのはもう面倒だ」

物騒な内容だ。しかし、リオンにとってはそれどころじゃない。かなり走ったが、森の中に出口なんて見えない。額から垂れた血が左目にはいって見えづらいし、手足も複数箇所切りつけられていてピリピリと痛む。

木の根に足を取られて、派手に転んだ。受け身も取れず、右足を捻ったようで、容易に立ち上がれなかった。

「くそ、いってぇ」

いつの間にか猿ぐつわのように巻き付いていた口元の蔦がほどけていた。がさっと近くの枯れ葉を踏む音がする。

「もうおしまいか。我ももう飽きた。後で町の者共も血祭りにあげてやるから、お前はもう死ね」

白髪の魔物が口角をニイと上げるのが目に入った。

殺される。嫌だ、誰か助けて。誰か——。

「セイさん――――ッ！」

その時、突風が吹いた。突風という言葉では生ぬるい、暴風だ。辺りに密生する、決して細くはない木々がメキメキッと音を立てて幹から折れていく。しかし、リオンの周囲だけは目に見えない壁があるかのように、髪すらそよがない。

白髪の魔物はとっさに自分でバリアを張ったようだが、それでも吹き飛ばされ、今は腹ばいになって異常な暴風に耐えていた。

風がピタリと止み、白髪の魔物の側に空中から獣が落ちてきた。地面に落ちて「ギャッ」と叫んだものは一本足の猿で、白髪の魔物が「バッ」と呼んでいた魔物だった。

「リオン、大丈夫か」

身を丸めて頭を庇っていたリオンの頭上から聞き慣れた低い声が聞こえる。うずくまったリオンの視界に入ったのは上等なブーツ。視線を上げると、真紅の虹彩と目が合った。目尻に赤い美麗な文様のあるその目は、リオンの状態を一瞬のうちに察してすっと細まる。艶やかな長い黒髪は、風も止んだのにゆらりと揺れていた。

一介の人間には息苦しいほどの魔力を秘めたその生き物は、湖で見たセイリオスの魔物の姿だった。

ゆっくりとセイリオスが振り向いた先には白髪の魔物がおり、ただでさえぎょろっとした目をこれ以上ないほどに見開いていた。かすかに震えている。

「よくコレをここまで汚してくれたな」

「あな、あなたは」

「私が側を離れた隙をついたのは賢明な判断だったが、リオンに目をつけた時点で終わっていた」

ざしゅ、と軽い音が聞こえたと思ったら、直後に白髪の魔物の絶叫が響き渡る。魔物が片眼を押さえてもんどり打って倒れた。手の隙間からは人間とは違う赤黒い血がドクドクと流れ、草を黒く汚していく。

「おい、避けるな。お前の頭を開いて中身をえぐり出してやろうと思っていたのに」

「おッ、おやめくださいッ！　お許しを！」

セイリオスの声には何の感情もない。躊躇も、憐憫も。背後に庇われる形になっているリオンですら、背筋に冷たいものが走った。セイリオスは圧倒的に優位に立っている。

白髪の魔物は確かに町を窮地に陥れたけど、最初の原因をつくったのは人間だった。この件についていえば、一方的に魔物だけが悪いわけではないのだ――。

捻挫した足に力を入れないように、四つん這いになってセイリオスのもとへ向かい、ローブの裾を掴んだ。

「セイさん、待って、殺さないで。やっぱりこの干魃は去年殺された魔物の報復なんだよ。その魔物からも話を聞いた方がいいと思う」

「……リオン、お前殺されかけたんだぞ、何を言っている？」

「そうなんですけど、でも」

「だめだ。私が不愉快だ。――チッ、さすがに気がついたか」

セイリオスが舌打ちして、ふと視線を上空に向けた。

「わたくしからも、お願いします。この件はわたくしに預けてください、北のお方」

夜空から、鈴の鳴るような美しく澄んだ声がかかる。月明かりをうけて、白い翼をはためかせるその姿は、女神と見紛うばかりの女だった。

「ようやく気づいたか、ヴェガ」


リオンは壊れ物を扱うようにセイリオスに横抱きにされている。

翼を消し、地面に降り立った東の魔王・ヴェガは、とても美しい女性に見えた。白金の長い髪は癖がなく艶やかで、容貌は若く、清楚に整っている。魔物などではなく、聖女だと言われてもリオンは信じただろう。ただ、髪と同じ色の虹彩の中に細く光る瞳孔には、本能的に恐れを感じた。

白髪の魔物は光を失った片眼を押さえながら、ヴェガの足下に跪き、昨年からのロワンに対する行いを述べていた。ヴェガは白髪の魔物を「アルタール」と呼んだ。

アルタールは、リオンの思ったとおり、昨年起きた魔物殺しの報復として町自体を潰してしまおうと考えたらしい。以前から、魔物の領域を面白半分に侵す人間に敵意を感じていたのだ。ヴェガが人間に余計な手出しは無用と厳命していることもあり、表だった攻撃はできなかったが、干魃を起こす魔物・魃を使って町の糧を奪うことにした。しかし、魃の能力よりも数段強い力を持つナルカミが召喚されたことで、予定が台無しになった。

「わたくしは南部地方の問題で手が離せなかったので、この辺りの管理をアルタールに任せておりました。異質な魔力の気配を感じて来てみれば、まさかこのようなことになっていたとは。配下の者がご迷惑をおかけしました」

「私は人の町などどうでもよかったのだが、この人間に手を出されて不愉快でな」

跪いたアルタールの肩がビクッと震えるのをリオンは見た。

「配下の躾はわたくしが責任を持って行います。そして、わたくしを甘く見た人間達にも警告を」

「やっ、やっぱりロワンの町人を殺すのですか!?」

セイリオスの腕の中から、リオンはとっさに声を出してしまう。相手は美しい女性に見えるだけで、東の魔物の頂点、魔王だ。人間が気軽に声をかけていい相手ではない。

ヴェガは、それこそ汚れのない慈母のような微笑みをリオンに向けた。

「いいえ、タイレス国王に向けて警告をするだけですわ。人族の統治はあちらの仕事ですから。まあ、直接手を下した人間達には怖い目に遭っていただきますが、命は奪わずにおきましょう」

魔王の言う怖い目とは。リオンの脳内を危ない妄想が駆け巡る。しかし魔物殺しの若者達はまったく反省のかけらもないと聞いたし、自業自得だと割り切るしかない。

「それはそうと、北のお方。なぜあなたがこのようなところへ？」

「もう北に属するものではなくなった。ただのハグレだ。今はこの人間と旅をしている」

「この人間はいったい」

「私はコレに飼われてぃ――――」

「ぬぁ!?　セイさん、また何を言ってるんですかぁっ！」

ビタン、と音がするくらい勢いをつけてセイリオスの口を両手で塞いだ。ヴェガが目を丸くして硬直した。

（すぐ飼われているだの飼い主だの言うから困る！　冗談キツいんだよ、セイさんは！）

リオンに口を押さえられたセイリオスは何が嬉しいのか、ふふふと笑った。ヴェガが「嘘でしょう……」と呟いたが、リオンの耳には届かない。


そうして、ヴェガとアルタールと別れた。

川で血などの汚れを流したかったので、自分で歩いて行くとセイリオスに言ったのに問答無用で抱っこして運ばれた。セイリオスはまだ魔物の姿でいる。どうにか魔力を抑えてくれているのか、押しつぶされそうな威圧感は減じているものの、本能的な恐怖を感じるのはどうしようもない。だからあえて、明るく話しかけてみる。

「それにしても、東の魔王って大鷲だったんですね。ほんとびっくりしました」

「あれがヴェガの本性だ。よほど憤っていたのだろうな」

ヴェガ達と別れたあと、背後でバサッと翼がはためく大きな音がしたので振り返ってみれば、夜空に真っ白な鷲がいた。普通の大きさではない、数メートルはあろうかという美しい大鷲だ。それが、平身低頭しているアルタールに向けて咎めるような視線を送っていた。

その眼差しは、どう見ても別れたばかりのヴェガのものと同じで。

「高位の魔物は殆ど人の姿をしているが、その本性は人型ではないことの方が多い。感情の抑えがきかないくらいに憤ったり、または衰弱したりすると、本性が出てしまう」

「ということは、セイさんも本性は違うってことですか」

「まあな。本性をさらすのは私たちにとってよほどのことだから、滅多に見せない。川に着いたぞ、水浴びでもするのか」

「こんなぼろぼろな姿でアドンさんのところに戻るのもアレですしね。あ、やっぱり小屋があった！」

アルタールに空を運ばれたときに、この辺りに山小屋が見えたのだ。町人が時々狩猟もすると言っていたので、狩り拠点の小屋だろう。こぢんまりした小屋は鍵がかかっていたが、セイリオスが触っただけで鍵が外れた。不法侵入なので後でアドンに謝ろうと思いながら、リオンは小屋の中に入る。

「良かった。布も沢山あるし、火も熾(おこ)せそう」

小屋の中には簡単な寝具や布、保存食、火起しの道具などが一揃え置かれている。浅い傷とはいえ体の至る所から血がにじんでいるし、服も汚れたので、ざっと水浴びして服を洗おう。

「丁度いいな」

「はい、丁度よかった。――わぁっ」

トンっと肩を押されて、寝具に倒れ込んだ。開いた扉から月明かりが差し込み、ぼんやりとセイリオスの姿を照らしている。真紅の両眼と縦に引き絞られた瞳孔がはっきりと見える。

目が――離せなくなった。

「私が治してやる。じっとしていろ」

見つめられたまままそう言われると、すぐに起き上がろうとしていたのに途端に力が入らなくなる。

「ちょ、ちょっとセイさん！　動けない、です。俺に魔法でもかけたんですか？」

「魔法ではない」

衣擦(きぬず)れの音がして、セイリオスが仰向(あおむ)けのリオンに覆い被(かぶ)さってきた。リオンの頭を抱えるようにしてぎゅっと抱きしめられる。え、なに急に？　と頭の中で疑問符が浮かぶリオンが何も言えずにいると、しばらく無言の抱擁が続いた。

それからぽつりとセイリオスが静かな声で囁(ささや)く。

「私を呼ぶのがもう少し遅れていたら、お前は死んでいた」

「でもセイさんが助けてくれました。このパターン二度目ですよね。ほんと俺、ポンコツですみません、ありがとうございます」

「こわかった」

「はい？」

「お前という存在が消えるかもしれないと思ったとき、初めて恐怖というものを感じた」

セイリオスは少し身を離して、リオンの血や汗に濡れた顔をじっと見つめる。少し苦しそうに眉をひそめていて、茶化せるような雰囲気ではなかった。

どうして？　なんでそこまで心配してくれるのか。

見つめられていると、なんだか体が熱くなってきた。ドキドキと鼓動が速くなる。何かおかしい、この魔物の腕の中から、早く抜けださないと。

そう思った矢先に、セイリオスがリオンの額の傷に顔を寄せ、ぺろりと舐めてきた。

「あっ、いいです！　大丈夫です！　傷は全部浅いし、明日回復スキルを持っている召喚獣を出しますからっ」

　切り傷は顔だけでなく手足や背中、あらゆる所に及んでいる。まさかとは思うが、全部治すなどと言われたらかなり恥ずかしいことになる。しかし目の前の男は真面目な顔でリオンの額や頬に舌を這わせ、放す気はなさそうだ。困ったことに、じっとしていろと言われてから、まったく体に力が入らない。

「ほんといいですってば！　放してください」

「だめだ、動くな」

　脱力した体から、セイリオスはいとも簡単に汚れた服を脱がせた。

「やめてください！　なに脱がせてるんですか！　ちょ、ちょっと！」

　下着だけにされたリオンは焦って唯一自由に動く口で怒鳴り散らす。額、頬、耳朶を舐められると、ピリピリとした痛みがなくなった。魔物の艶やかな長い黒髪が胸元に触れてくすぐったい。セイリオスは傷の多い前腕の切り傷ひとつひとつに口付けし、ちゅっと小さな音を立てる。傷はすうっと閉じて、かさぶたができた。

　セイリオスは傷を舐めながらも、リオンを見つめている。その真紅の眼は、痛まないか？　大丈夫か？　と不安げに揺れていた。鼓動が速くなる。

（なんだろう、体が熱い。ドキドキする。どうしよう、セイさん、本当にやめてほしい）

　セイリオスは体をずらしてリオンの太ももの傷にも唇を押し当てる。ふと、その唇が弧を描いた。

「んん？　気持ちがよかったか」

「――！」

セイリオスの視線を追う。自分の股間だった。下着がもりあがって、勃起していることがわかった。なぜだ！

「ちがっ、これ違います！　どいて！　くそっ、なんで力入らないんだっ」

今すぐにでも男の下から逃げ出して、下腹部に溜まった熱を解放したかった。でもだめだ、体が言うことをきかない。

「私が出してやろう」

セイリオスが伸び上がってリオンの唇を己のそれで塞いだ。下着の中に入ってきた大きな手がリオンの性器に絡んで、体がびくんとはねる。

「んぅ！」

気持ちいい。長い舌に口腔内を優しく愛撫され、熱を持った性器を少しひんやりした手で上下に扱かれた。

（やだやだやだ！　なんで、なんでこんなことになってるんだよ！）

恥ずかしくて涙がにじむ。こんな情けない姿を、まだ出会って日が浅いセイリオスに見られている。

「おい、どうした泣くな。強すぎたか？　痛んだか」

「ちがっ、いつもは、こんなじゃ、ないんです……」

一瞬おろおろした様子のセイリオスは、それを聞いてリオンの耳に口を寄せた。

「気持ちよい事は恥ずかしくない。それに、お前が欲情したのは私が原因だろう。私の魔力は人族を蠱惑し服従を強いるらしい」

（え——蠱惑？　服従？）

だから動くなと言われて動けず、体に触れられて興奮してしまったのか。自分はおかしくないのか。

「お前の前では人間のナリをして抑えていたのだがな。これは私のせいだ」

性器への愛撫が再開された。先端をぐりっとねじられ、「やあっ」と引きつった声があがる。しだいにぬちゃぬちゃと水音が聞こえ、顔がさらに熱くなった。

「セイさん、セイさんっ」

よくわからなくなってセイリオスの名前を呼んでいると、美しい魔物はわずかに眉をひそめてリオンの唇に吸いついてきた。激しく舌を絡められ、同じように性器を扱くスピードも速くなる。

「うぁ、だめ、ごめんなさいッ」

「愛らしいな、リオン。いいぞ、いけ」

絶妙な力加減で追い上げられて、口腔を犯されながら達した。最後の一滴まで絞り出されるようにして吐精し、それは男の手やリオンの腹に散った。

朝からナルカミを召喚し、夜にはアルタールに襲われ、東の魔王に会い、そして深夜に体を慰められた。リオンの気力・体力はとっくに限界を迎え、泥に沈むように眠りに落ちた。

朝起きたらふかふかのベッドの上だった。アドン邸で割り当ててもらった広い部屋だ。なんだか体がスッキリしている。

（昨日なにしたっけ。今日なにする予定だっけ。えーと）

「あっ！」

徐々に記憶がよみがえる。半ば強制的に傷を治してもらっていたらセイリオスの魔力にあてられて勃起したあげく、扱かれて一人で達した。

最低だ。いや、傷を治してもらったのだから感謝しなければ。しかし魔物モードのセイリオスに無理矢理欲情させられたのだから怒っていいのではないか。

——それ以前に、恥ずかしすぎてもう会いたくない……。

「起きたかリオン、おはよう」

空気を読まない魔物は、タイミングよく扉を開けてきた。リオンはとっさに掛け物を頭からかぶってうずくまり、喋る気はないです！　と、わかりやすくアピールする。

「何をしている。顔を見せろ」

ばさっと足もとから掛け物を剥ぎ取られ、うずくまった体をいとも簡単にひっくり返された。目の前には、清々しい朝日をうけて爽やかに笑む怜悧な面差しの男がいた。瞳は暗い朱色、うなじまでの艶やかな黒髪、耳には赤いピアス、人間モードのセイリオスだ。

リオンはセイリオスの手を振り払って背を向けると、大きな枕を頭からかぶって顔を隠した。

「あなたを見たら変な事になる！　もう一緒に旅とか無理です！　お願いですから放っておいてください！」

「……」

――あれ？　返事がない。さすがに怒ったのか。

数分の沈黙ののち、ぎしっとわずかな音を立ててベッドが沈む。長い腕がするりと腰に回る。

ぎょっとして振り向くと、うずくまったリオンの腰に背後から抱きつくようにして腕を回すセイリオスがいた。リオンの背に額をおしつけているので表情が見えないが、大柄な男がすがりついているようにも見える。

「セイさん、聞いてました!?　放っておいてくださいってば！」

「お前を癒やそうと思って元の姿に戻っていただけだ。その方が効率がいいから。私の魔力の特性は自分でどうにもならない。わざとではない」

「うっ」

なんだかすごくしおれている。リオンの怪我を治そうと思って魔物モードのままでいたのか。

しかも実際にリオンが眠っている間に傷は全部が治癒しているし、リオンが欲情してしまったのは単なる副作用というか、セイリオスも望まぬことだったのだろう。

（う〜、これ、俺が悪い感じじゃないか？）

「きっ、傷を治してくださったのは、ありがとうございました。でも、あの時自分が自分じゃなくなる感じで怖かったんです。あんなのはもう」

「できるだけこの姿でいる。これならば、よいだろう？」

リオンの腰を抱く腕に、ぎゅっと力が入る。側にいてもいいと言わねば放してやらん、と言外に聞こえてくる気がした。殊勝なのか傲慢（ごうまん）なのかわからない。老成しているのかと思えば子供っぽい。なんとも捉えどころのない魔物だが、リオンに対する好意だけは疑いようがない。

元の姿に戻れば蠱惑と服従の魔力とやらで、リオンなんか思いのままに操れるのだろうに、そうはしないで、哀願するようなこの行為はなんなのだろう。本当にわからない。

けれど——嫌じゃない。

召喚士一族の本家筋に生まれたのに、なんとも使い勝手の悪い召喚士に育ってしまったリオンに、親族の者は冷たかった。味方は母親とたった一人の友人だけ。外の世界に飛び出して、討伐パーティに雇われても長続きしなかった。『なんか思ってたのと違うな、つかえねえ』と、面と向かって言われたり陰で言われたりもした。神経を磨り減らしはしたが慣れるしかなかった。

それを、種族として永遠の敵対関係にあると思われた魔族に、こんなに優しい好意を向けられるとは思ってもいなかった。

「なんで俺なんか」

「私はお前がいいと言っている。なんか、と自分を卑下するのはやめろ。お前は素晴らしい人間だ。なあ、この姿ならいいだろう？　怖くないだろう？」

確かに人間の姿のセイリオスには慣れて怖くはなくなった。抱きついたままじっと返事を待っている様子の男になんと声をかけるか迷う。

「その格好なら、慣れてきました、けど」

「よし！」

セイリオスはぱっと顔を上げて微笑み、腰に回した腕を外した。男でも緊張するほど整った顔が近付き、リオンより少しひんやりした唇が合わさる。ぽかんと開いた唇の隙間から長い舌がもぐり込んできた。ながい。喉まで届きそうだ。絶対普通より長いと思う――。

じゃなくて！

放して、と男の胸を渾身(こんしん)の力で押し返そうとしたときだった。

「リオンさん、起きられましたか？　朝食を――」

口を塞がれながら、声の方へ目だけ向ける。セイリオスが開け放したままにしていた扉から、この家の主であるロワンの町長アドンが顔をのぞかせていた。

アドンは笑顔を顔に張り付かせたまま、「失礼しましたー」とスッと姿を消す。

「セイさんッ！　今の、みっ、見られましたよ！　いきなり何してるんですかぁぁ！」

今度こそセイリオスの体を押し返して叫んだ。

「別に見られて困るものではなかろう。この姿でならお前に触れても良いだろう？　お前を抱きたいのだが、よいか？」

「いい訳あるか！」

どさくさにまぎれてなんということを。冗談も休み休みにしてほしい。一緒に旅することを断固拒否しなかった数分前の自分の言動を心底後悔した。

アドンに見送られて、ロワンの町を後にした。干魃は魔物がもたらしていたこと、その原因はやはり若者達の魔物狩りだったことをアドンに話した。その魔物を退けたので、もう不当な干渉はないだろうと安心させた。だが、若者達が近いうちに怖い目に遭うだろう事は言わずにいた。

今リオン達はロワンから出て南下した先にあるサルトの街へ向かっている。タイレス国南部の街であるサルトは、ドノーの街よりは小さいが、商業都市として知られている。ロワンからは途中の村を経由しながら約三日かかる道のりだった。なぜサルトに向かうかというと、ロワンの町で、ある情報を得たからだ。

魔物の干渉がなくなったロワンに、自然に雨が降るかを確認して町を去る予定にしていたら、本来雨期だったその地域にはすぐに恵みの雨が降り注いだ。

喜びにわいた町の人々が町長宅に押しかけ、どんちゃん騒ぎになったのである。リオンはいたく感謝された。さらわれただけで何もしていないリオンは複雑な心境だったけれど、そこで町長よりも年かさの初老の町人が話しかけてきた。

「おたくは北のノール王国から来たんだってね。今、北はどうなっている？　わしはかつてノールに住んでいたんだ」

「そうなんですか！　ノールは治安がよくて、活気のある国でしたけど、先日北の魔王が代替わりしたってことで、今後は不安定になるかもしれません」

「ほお！　ついに北の魔王が！　四百年以上の在位だったろうに。勇者パーティが討伐したのか？」

「いいえ、他の魔物にやられたのではないかという噂があります」

「そうか。また国が荒れないと良いがなあ」

「また？　以前にも国が荒れたことがあるんですか？」

知らないのか？　と、白い眉を片方くいっと上げて、町人が話してくれた。

今から二十数年前、北の魔王領周辺は非常に危険な状態だったらしい。北の魔王領に隣接する国々には魔物が跋扈し、多くの人族の血が流された。魔王がいるはずなのに、まったく魔物が統制されていなかった。人々は、長く君臨した北の魔王の力もついに衰退したのかと思ったそうだ。

「それが、ちょうど二十年前かな？　ぴたっと魔物の横行が止まって、完全に統制が戻った。北の魔王の復活さ。わしは商売をやっていたんだが、魔物に店をだめにされちまって、嫁さんの実家があるこの町に来ることになったけどね」

「魔王の復活？　病気でもしていたんですかねえ」

「さあなぁ。でも今は南の方が大変なことになってるな。南の魔物が逃げ出して、東の魔王領に入り込んできているらしいから。お前さん、流しの召喚士なんだろう？　南方へは行くのか」

「あ、いえ、まだ予定を立てていなくて」

南の魔王は百年前に勇者アーロンに討伐されてからずっと不在だ。魔王不在の魔物が統制を欠いて、他の領域にまで被害を及ぼしているのは想像に難くない。

南の方へ行ってみようか。魔物被害が増えているならば、依頼も多いだろう。それに実家のあるモーゼル国の情勢も、少しはわかるかもしれない。

そして今、タイレス国の南方にあるサルトの街は目前だ。

「あそこがサルトです。これまで通ってきた村には、魔物の被害はなさそうでしたね」

「領域を越えて侵入してくる魔物にはヴェガも手を焼いているようだったな。南に魔王が立てば、領域内の魔物も落ち着くものだが」

魔物は普通、自分の属する領域以外に出ることはないらしく、北に属していたセイリオスも南の状況には詳しくないという。とりとめもないことを話しながら、サルトの酒場を探す。

そろそろ日が傾きつつあるのにもかかわらず、人の往来は多い。住民というより、剣や斧(おの)を提げている者や魔術師のローブを身につけている者が多いのは、魔物関係の依頼を受けた者達だろうか。

リオンの歩幅に合わせてゆっくりと進むセイリオスには、道行く人の視線が集まっている。魔物っぽい要素はない。真紅の眼も尖った耳も、顔の文様も消えている。だが、いかんせん整いすぎた容姿と一般人からかけ離れた雰囲気が隠しきれていない。リオンは、自分にも好奇の眼差しが向けられていることに気づいていた。

(やだなぁ、セイさん目立ちすぎなんだよ)

さっさと依頼情報を扱っている酒場を見つけてもぐり込まねば。そうやってきょろきょろ辺りを見回していたとき。

「ね！　そこのあんた、召喚士？」

「へっ？」

早歩きで近付いてきたのは、二十代前半の痩身の男だった。リオンより少し年下に見える。赤毛の短髪だが、うなじの髪だけ長くして編み込んでいる。独特のこの髪型は、タイレス国の召喚士によく見られる慣習だった。

「召喚士でしょ、手に召喚紋あるし。おれも召喚士だよ。すげえカッケー人いるなあって思ってたら、隣のあんたを見つけた」

人なつこく、というか、なれなれしいくらいの勢いで話しかけてきた男は、やはり召喚士だった。

「おれ、ノア。ノア＝ルグランっていうの。あんたは？」

「俺はリオン＝シュレイ」

「シュレイ、って南のモーゼル国のシュレイ一族!? すげー、百年くらい前に大召喚士が出た名門じゃん。なんでモーゼルの召喚士がこんなとこ来てんの？ あ、あんたももしかして武者修行のクチ？ 実はおれもでさ！」

早口で良く喋る。リオンが口をはさむ隙もない。

召喚の修行で旅をしているのではなく、実家にいるのが辛くて飛び出してしまっただけだが、勝手に解釈してくれているようなので訂正はしない。ルグラン家という召喚士一族の名は耳にしたことがある。タイレス国には召喚士で有名な血筋が二家あって、そのうちの一つだ。

「じゃあアレでしょ、魔物の毒でやられちゃった土壌の解毒依頼を受けにきたんだろ？」

「毒？ 俺達、この街に着いたばかりで、情報をまったく持ってないんだ」

「そうなの？ 偶然フリーの召喚士が二人揃ったわけ？ ラッキー、おれらパーティ組もうよ」

「リオンはその依頼が何なのかわからんと言っているのだ。説明しろ」

「ぎゃっ」

リオンの肩越しにのびてきた腕が、ノアの顔面をむんずと鷲掴みにした。ノアは目を白黒させながら、腕の主を見、そのままリオンの方に視線を移して情けない声を出した。

「は、話します！　話しますから手ぇ放してください！　リオン、このイケメンおにーさん、どなた……？」

先日も見たような光景だった。というか、セイリオスに直接声をかければいいのに、なぜリオンに聞いてくるのだ？

ひとまずセイリオスに手を放してもらって、詳しい話を聞くためにノアと酒場に入ることにした。

「だからね、最近南の魔王領からどんどん魔物が流れてきてるわけ。んで、当然入り込んだ魔物は日々討伐されてるんだけど、有毒の体液を持った魔物の一群を殺したときに土壌とか近くを流れる川とかが汚染されて住人が困ってるんだよ。結構広い範囲だから、薬師もお手上げらしくてさ」

パクパクと口に料理を運びながらよどみなく喋るノアの話に、リオンはなるほど、と思う。毒物の扱いは薬師が秀でていて、解毒剤も薬師しか作ることができないが、土壌にばらまけるほどの解毒剤を作るためには何十日もかかる。

その点、解毒スキルを持った召喚獣ならば広範囲の土壌を回復させることができるだろう。比較的手に入りやすい召喚獣・シルフィもそのスキルを持っており、リオンはシルフィとも契約していた。国が動かなければ、国と正式に契約している召喚士達は動かないので、まだこの案件は公になっていないとみえる。

「そういうことなら、俺も依頼を受けようかな」

「一人じゃ大変だなって思ってたから、丁度よかった〜。黒魔術師の兄さんまで一緒だったらマジで安心だわ。明日依頼人に、三人で依頼受けるって言っとく」

「うん、よろしく」

セイリオスを一緒に旅をしている黒魔術師だと紹介してから、最初はびくついていたノアも慣れてきたらしい。酒場でノアと別れ、宿を探す。

そこそこの宿を見つけ、部屋を借りた。ロワンを出てから、どうにか二部屋とって別々に休むよう交渉し続けたが無駄だった。宿の部屋の前で背の高い男の方を振り向いて、何度言ったかわからない言葉を繰り返す。

「セイさん、言っときますけど、変なことしたら怒りますからね」

「変な事？　口付けや愛撫のことを言っているのか？　あれは変な事では」

「ちょっ、セイさんっ、声大きいッ！」

他の宿泊客も泊まっているのだ、どこで何を聞かれているかもわからない。慌ててセイリオスを部屋の中へ押し込んだ。

とても困っている事がある。セイリオスは『恥ずかしい』ということを理解してくれないのである。人の往来のある通りで平気で口付けようとするし、リオンに触れたがる。リオンが真っ赤になって抵抗すると、なんで？　という顔で見つめてくるのだ。出身国では同性婚が認められており、知り合いの中に同性のカップルもいたから偏見はないけれど。同性というか——魔物に言い寄られるとは思ってもみなかったので、どうすれば良いかわからない。

「リオン、召喚士は普通単独で行動する事はないのか？」

「ええ、召喚士は一族で国と契約している事が多いので、国の依頼以外で行動する召喚士は少ないんです。たまにノアみたいに、経験値を上げるために単独行動をする若い人がいますけど」

「お前は？」

「え」

「リオンはなぜ一人で国を出て旅をしているのだ」

「ええと……」

ノアと同様に、召喚士として経験値を上げるためだと適当に言うことはできた。しかし、暗い朱色の目でまっすぐに見てくる魔物に対して嘘を言うのは、リオンの中の何かがとがめた。

「俺の一族ってほんとみんな優秀なんですよ。百年前、南の魔王討伐を果たした勇者アーロンのパーティに加わっていたのも、シュレイ家の大召喚士でした。俺の曾祖父(そうそふ)にあたります。でも、俺っていろいろつかえないじゃないですか。ちょっと居づらくて、国を出ちゃいました」

それだけです、ははは と笑ってみせる。

この大陸に数体しかいない神獣の召喚を果たした召喚士を大召喚士という。大召喚士は大陸全土で見ても百年単位で現れないこともあり、大召喚士を輩出した家系は羨望(せんぼう)の眼差しを向けられる。それを裏切らず、兄含め当世のシュレイ一族もまた優秀な者が多かった。

これ以上何を聞かれても辛いだけなので話題を変えよう。

「あ！　俺からも聞きたいんですけど、魔物って、毒耐性は――」

いつの間にか目と鼻の先に近付いていた男から、そっと抱きしめられた。魔物のくせに慈しむような、優しい触れ方をする。

「お前は、私が見ても素晴らしい素質を持っている。なのに自己卑下が過ぎるのは、お前の一族が問題なのだとわかった。リオンに辛い言葉をかけた者を一人一人探し出して消してしまおうか。しかし、お前が旅をして北で依頼を受けなければ、私はお前と会えなかった。そのことを考えると、なんとも言えない気持ちになるな」

顔にかぁっと熱が籠もる。

一族の者を消すって冗談ですよね、とか、北で依頼を受けたこと話しましたっけ、とか、いろいろ脳裏を駆け抜けたが、結局は黙っていた。目にじわりと温かい涙の膜が張る。

「……セイさん、本当に魔物ですか？　なんでそんなに優しいんですか」

信用させて裏切り、人間の絶望を糧にする魔物も、この世界にはいると聞いた。もしかしてセイリオスはそれを狙っているのだろうか。そうでなければ、これほど優しいのはおかしいのではないか。

「これは『優しい』のか。そうか、よかった。お前は私の主だからな、憂いを払うのは私の務めだ」

ふっ、とかすかに笑った気配がして、左耳に温かいものが触れてきた。セイリオスが左耳に吸い付いて甘噛みしている。ぶるっと背筋が震えた。そのまま大きな手が顎(あご)をとらえて顔の角度を変え、斜めから男の唇が重なる。

しばらくセイリオスからの深い口付けを受けていたが、リオンも勇気を出して、自身の舌で男の舌をつついてみた。リオンだって何も知らないわけではない。

国を出て仕事をこなす中で、仲間に娼館に連れていかれ、初体験というものは経験した。それからは無性に人肌恋しくなったとき、ごくたまに。二十代半ばの男子としては性欲が薄い方だと思う。けれど、気持ちいい口付けを受けて、無反応でいるなんて難しい。

「お前は、愛らしい」

リオンが初めて口付けに反応したことにセイリオスは嬉しそうに笑い、その夜は体中に触れられて、ついには射精に導かれた。自分でも拒否感が薄れてきていることに焦りを感じる。

しかしさすがに尻を撫でられた時点で騒いでやめさせた。もしかすると、セイリオスは自分を本当に抱きたいのだろうかと疑問に思ったが、そこまで許容する勇気はなかった。いつものように、己より少しだけ低い体温の男にくるまれてぐっすりと眠る。


「そういえば、昨夜眠る前に毒がどうのと言っていなかったか？」

昼前、ノアとの集合場所に向かう途中でセイリオスから問われた言葉に、一瞬きょとんとする。

（ん？　毒？　あ、そうだ）

「そうでした。魔物って毒とか効かないんですか？　今から行く土地、毒で汚染されているという話ですから、セイさんは大丈夫かなと思って」

「正確に言えば魔物にも毒は効くぞ。毒耐性の高い魔物は多いが個体差がある。だいたい、人間より状態変化全般への耐性は高いだろうな」

「ですよね、セイさんはきっと、大丈夫なんでしょ」

「まあな、状態変化はすべて効かない。リオンがかかっても治癒の力で治せるから安心しろ」

そうだろう。この頃になってくると、さすがにセイリオスがその辺の魔物でないことは嫌でもわかる。これまでの魔物への対応や東の魔王・ヴェガとの会話を聞いて思ったのだが、北の魔物の中でもかなり名の知れた、上位の魔物のはずだ。

「ああ、しかし一つ、人間しか使わない『呪い』については無理だ。魔物(われわれ)には一切効かないうえ感知のしようがないから、治しようがない」

「呪い、ですか。さすがにそんなに恨まれることしてないので、俺は大丈夫ですよ」

『呪術』は黒魔術のなかでも特殊なスキルである。対魔物では効果がなく、もっぱら対人間で用いられる魔法だが、一定数の需要があると聞く。


「リオン！　にいさーん！　こっちこっち」

底抜けに明るい声がして振り向くと、待ち合わせ場所にしていた酒場の前でノアが手を振っていた。依頼の場所はサルトの街から数時間歩いた先にある村らしい。

出発早々、ノアは魔物が出たら怖いんで、と言ってコモン級の召喚獣・ガルムを召喚した。一般的に手に入りやすい召喚獣はコモン級と言われ、ガルムは鋭い牙を持つ大きな犬型召喚獣である。飼い主に忠実で、敵に対して勇猛果敢に攻撃を仕掛けていく。道行きの護衛にするつもりだという。

（犬だー。いいな、なんとなく最初に召喚したアイツに似てるし、俺も欲しいな）

触りたいが、召喚獣は基本的に契約者としかなれ合わないので、不用意に触ってはならない決まりがある。リオンも犬系の召喚獣と契約してはいるが、一日一体しか喚べない制限を考慮して滅多に召喚しない。

「リオン、何を見ている？」

「ノアの召喚獣、いいなあって思って。もふもふ触りたいなあ。俺、犬好きなんです」

セイリオスはなぜかムッとした顔をし、ずいっとリオンに顔を寄せてきた。

「許す。撫でろ」

「は？　いや、なに言ってるかわかりませんから……」

「ぎゃははは！　にいさん真面目な顔してウケるー！」

ノアがそれを見て爆笑する。二人の召喚士と一人の魔物、そして召喚獣は、なかなか騒がしく歩いていった。


「ん、なんか臭くね？」

「魚が腐ったような臭い、だね」

「風上に毒に汚染された川と土壌があるからな。おい召喚士、お前が言っていたのはあの村だろう」

ノアの事を名前で呼ぶ気がないらしいセイリオスはノアを召喚士と呼ぶ。生臭いにおいがまとわりつく中、目的の村に到着した。すでに魔物退治のパーティが何組か依頼を受けているらしく、剣士や斧戦士、魔術師に僧兵もいる。

「依頼された汚染エリアはどこだっけ。ちょっとそこら辺の住人に聞いてくるなー」

ノアがガルムを連れて駆けだしていく。他のパーティ達の剣や斧には赤黒い魔物の血の痕があり、魔物と闘った様子が見て取れた。家に閉じこもっているのか、住人の姿は見えない。この地域は、かなり魔物の被害が多いのだろう。

「……ん？」

（なんか、色んな方向から視線を感じる）

リオンはもう慣れてしまったが、敏感な者達は気づくだろう。一般人とは一線を画する雰囲気を持つ男の存在を。魔物退治に集まる多くの戦闘員達に、セイリオスの正体を知られるわけにはいかない。

リオンはセイリオスに近付いて小声で話しかけた。

「僧兵とか魔術師とかに、セイさんのこと気づかれちゃいそうですから、あっち行きましょうか」

「何を心配している？　魔力は十分抑えている。それに」

後頭部に手が添えられてぐっと引き寄せられた。耳に冷たい唇が触れる。

「気づかれても、一瞬で片付ける自信はあるぞ」

「！」

ぞくっとするほど低い声だ。

辺りから女性の声で「えっ」とか「きゃあ！」とか聞こえてきた。慌てて周囲を見渡すと、女性格闘家や女魔術師らが頬を染めてこちらを見ている。いや、女性だけではない、男性陣も相当な人数が驚いた顔で見ているではないか。

（～～うぉい！　さらに目立ってどうする！）

がばっとセイリオスの片腕を掴んで人の少ない所に避難した。慌てて逃げたので、そこが民家の敷地内であることに気づかなかった。家の扉の前で、五歳くらいの男の子が突然の訪問者を見て怯えている。

「あっ、ごめんね、君のおうちだって気づかずに入っちゃって。すぐに出て行くからね！　ん？　君、腕に血がついているよ。どうしたの？」

「レネがね、かまれて、たくさんケガしたんだ」

「レネ？」

「ぼくのいもうと」

リオンが怖い人間ではないとすぐわかったのか、男の子はおどおどしながら答えてくれた。

と、近くでワンッと犬が吠え、「おいおいリオン！　どこ行っちゃってんの～！」と、ひょうきんな声が聞こえた。すぐに赤毛の男が姿を現す。ノアだ。

「なに、この坊主、どうしたの？」

「いや、間違ってこの子の家の敷地内に入っちゃって。そしたらこの子の腕に血がついていたから」

「よぉ坊主、ケガしてんの？」

「ぼうずじゃない。ぼく、シャルっていうの」

ノアが気さくに子供に話しかける。兄弟がいるのかもしれない。しかし、会話の内容を聞いていると、ぐっと胸がつまる思いがした。

シャルの妹レネは、昨日の晩、この村に入り込んだ魔物に襲われた。シャルは無事で、腕の血は妹の体から流れたものだ。まだ意識が戻らず、両親は診療所に詰めているらしい。シャルは一人で留番をしていたが、妹が心配でならず、診療所に行こうとしていたところだった。

「おれら、今からひとっ走りお仕事してくるからさ、その間、家の中でこいつを預かっててくれよ」

ノアは手の召喚紋を合わせ、作法に則って簡単に手指を組み合わせた。ポンッと軽い音がして、小さな猫がすちゃっと二本足で着地した。コモン級の召喚獣・ケットシーだ。いたずら好きな召喚獣で、人語を解して人と遊ぶのが好きだ。シャルは走り回る召喚獣に目をきらきらさせている。

よろしくな、と言ってノアはリオンとセイリオスを促し、歩き出す。

「ノア、なんか慣れてるな」

「え？　子供の扱い？　そりゃ、兄弟多いから〜。ケットシーがついてりゃ、あの坊主も家で楽しく遊んで待ってるさ」

現状、子供が一人でこの辺りを歩くのは危険だ。遊び相手を提供し、外に出ないようにしたのだろう。意外と世話好きらしい。

「にしても、マジ魔物って最低だな。子供もなんも関係なく襲いやがって。さっき村のやつらが言ってたんだけど、動きが遅い年寄りとか子供から襲われてるってさ。魔物、片っ端からぶっ殺してやりてえ」

「……」

ちらっとセイリオスを見やると、全く気を害した様子はなく、すたすたと隣を歩いている。

「で、でも、まともな魔物もいると思うけど」

「え、なに、リオン、魔物共存派？　まじか〜。まあ東の魔物はちゃんと魔王が統制してるからマシだけど。基本、魔物なんかと相容れるわけないでしょ、人族が」

そうだ。つい先日まで、何も疑うことなくリオンもそう思っていたのだ。事実、湖の遺跡でも、ロワンでも魔物に殺されそうになった。けれど心のうちはモヤモヤしている。

（セイさんとか東の魔王とか、話せばわかってくれる魔物と会ってしまったから、魔物は全部悪者って思えなくなったんだよな）

セイリオスと旅をしていること、魔物は悪であると全肯定できなくなったことに、なんとなく背徳感を覚えてしまう。

「どうした、リオン。具合が悪いのか」

「いえ、大丈夫です。ありがとうございます」

うつむきがちになったリオンに気がついたらしく、背中をぽんぽんと叩いて、セイリオスが声をかけてきた。心配そうな顔だ。

（セイさんは、人殺しを楽しむような魔物じゃないはずだ。だからきっと、大丈夫――）

何が大丈夫なのか自分でもよくわからなかったが、頭をふってモヤモヤを考えないようにする。

しばらく行くと、どんどん生臭いにおいが濃くなってきて、息苦しい。

「うえ、ひでえ臭いだな～！　あの背の高い一本松周辺の森が毒で汚染されてるらしい」

鼻をつまみながらノアが指さす方向を見ると、その一帯だけ、明らかに草木が枯れていた。小動物や鳥が死に、腐れ、羽虫が集っている。幅一メートルにも満たない支流らしい小さな川が赤茶色になって、そこに魚の死骸が堆積していた。

この生臭いにおいは腐敗臭だ。

そして、その元凶となったのが、黒緑色のイタチのような魔物なのだろう。おびただしい数の魔物が、討伐されたまま転がっている。体液の毒素が強くて、死骸の回収が難しかったのだそうだ。

「毒にやられてる場所、かなり広いね。土壌と川に染みこんだ毒も解毒しなきゃだけど、有毒の死骸も、どう片付けるかな」

「あー、そうだ、グーロに喰わせよう。アイツ毒平気だし、いつも腹すかせてて、なんでも喰っちまうし」

召喚獣・グーロは見た目こそ大きな山猫だが、与えられたものは何でも喰う、恐るべき胃袋を持つと言われる召喚獣である。

「それと、解毒はカーバンクル喚ぼうかな。リオンは？」

「俺はシルフィを喚ぶよ。解毒スキルを持ってるから」

「了解。他には？」

そうだ、ノアに言っていなかった。

「あのさ、言うのが遅れてごめん、ノア。俺、召喚獣一体しか喚べないんだ」

「へっ、一体だけ？　なにそれどういうこと？　シルフィってそんな体力使う召喚獣じゃないだろ。あ、体調が悪いとか？」

「違う。体質っていうか、前からそうなんだ」

「えええ、そうなの？　シュレイ家っていうから、どれだけ召喚するのかなって思ってたわ」

　ぐさっときた。ノアに悪気がないのもわかる。言われ慣れていたけれど、久しぶりに同業の召喚士からの言葉は重かった。武者修行中だというノアはすでに、ガルム、ケットシーを召喚しており、さらに二体を喚ぶ。それは召喚士としてごく普通のことで、自分がおかしいだけ。

（仕方ないだろ。いちいち落ち込むな。もういい加減、自分のつかえなさ具合を受け入れろ）

「普通そう思うよね。俺の兄さんもレア級を召喚しながら他五体くらい平気で喚ぶし。ごめんな、あんまり役に立たなくて」

「あー、いや、役に立たないとか思わないけどさ」

　その時、背の高い男が足を踏み出し、枯れた枝がパキッと音を立てて折れた。

「何を謝ることがある？　お前達召喚士の『普通』の基準は知らんが、立派に依頼を果たせるだけの力を持っているだろう。いつも最大限の力で事を為（な）そうとするお前が、謝ることなど何もない」

　いきなり唸（うな）るような低い声が割って入ってくる。セイリオスはリオンを見つめて、少し怒ったように眉を寄せた。それからノアにも鋭い視線を送る。

「ひぇっ、そ、そうですよ。おれもそう思います、全力で。もうほんと」

　セイリオスの不機嫌な様子を察知したノアは肩を震わせ、「さ、さっそくお仕事頑張ろうかな～」

などと言ってギクシャクとその場を抜け出した。

　ノアの召喚した大きな山猫のようなグーロは、気持ちがよいほどの大食漢だった。大抵の動物の死骸は丸呑(まるの)みし、さも美味な料理を食べたようにゴロゴロ喉を鳴らすので、薄気味悪いというより、むしろ感心した。カーバンクルもシルフィも可愛らしい外見の召喚獣で、二体が解毒のスキルを発動しながら淀(よど)んだ森の中を躍る光景はさながら子供の夢の中のようだ。

　とりわけ、セイリオスの活躍が甚(はなは)だしかった。グーロが食べないような枯れた草や、毒に侵され根腐れを起こした木々を、浄化の炎で一掃したのである。毒に汚染された草木のみ、命あるものには一切のダメージなく、その青い炎は舐めるように静かに広がっていく。当の本人は腕を組んでその光景を見ていただけだったが、半日ほど静かに燃え上がった後、自然に炎は消えた。枯れ木が一掃された光景を呆然と眺めていたノアは、リオンの肩をちょんとつついて小声で話しかけてきた。

「ちょっと！　にいさんってほんと何者？　あれ浄化の炎でしょ、黒魔術師でも相当高位の遣い手じゃなきゃ使えないヤツだよね!?」

「そうなの？　ごめん、魔法についてはそこまで詳しくないや」

「絶対そうだって！　おれ聞いたことあるもん！」

　なんだか興奮しているノアの事はおいておいて、シルフィのスキル効果を見守り、その日を終えた。

やはり、どうしてもノアの仕事量とは明らかな差が出てしまうのを申し訳なく思った。

村の宿屋から通うこと一週間。

背の高い一本松の周辺は清浄な空気に包まれていた。獣や魚、魔物の死骸はなくなり、淀んだ川と毒が染みこみ変色していた土壌は元の色を取り戻した。枯れた草木も一掃され、次の芽や若木の息吹を待つだけだ。

今日、ノアの召喚獣・グーロが辺りを駆け巡り、何も食べるものがなかったらしく残念そうに戻ってきたことで、依頼の終了となった。

「終わったー！」

「けっこうかかったね」

「いやー、意外と範囲広かったもんな。なあリオン、今日は依頼完遂を祝して、ぱあっと飲もうぜー！　にいさん、いいでしょ」

「リオンが良いなら、私に否やはない」

村への帰途中、シャルの家に寄る。妹のレネは命に別状はなかったものの小さな体に無数の傷を残していた。この一週間、朝にケットシーを兄妹（きょうだい）に預けて、帰りに迎えにいくというのが日課になっている。

「ノアにいちゃん！　リオンにいちゃん！　ぼくたち今日はケットシーとかくれんぼした！」

「レネね、おにいちゃんをみつけたんだよ」

兄妹の両親もぺこりと会釈をし、感謝を示した。ケットシーと遊ぶことで、兄妹に笑顔が戻ったからだ。仕事を終えたからケットシーとはもう遊べないことを伝えると、子供達は大泣きしてノアとリオンにしがみついていた。セイリオスの事は怖がっているらしく、近寄ろうとしないのは、さすが感覚が鋭い子供といえよう。後ろ髪を引かれる思いで兄妹の家を辞した。

もう少しで数少ない村の酒場に到着するという時だった。十数人の剣士や魔術師、弓使いらしき面々とすれ違う。リオン達の来た道を、緊張した面持ちで駆けていく。

何かおかしい。少し遅れてやってきた贅肉が重そうな黒魔術師を捕まえて問う。

「どうしたんですか？」

「南から侵入してきた魔物が、森を突っ切ってあっちに向かってるんだ！　あんたらも手があいているなら手伝ってくれ。追加依頼ってことで金にもなる」

「え、あっちって……」

「ちょうどあんた達が来た方だよ。何軒か民家があるだろう」

「！」

リオンとノアは顔を見合わせる。シャルとレネが危ない！

リオンは踵を返して来た道を走り出し、ノアとセイリオスも追従した。

息を切らして着いた場所で、リオンは愕然とする。

（蜘蛛の魔物か!?　――あれはっ……、嘘だろ！）

森を移動して逃げてきたという魔物は蜘蛛の形をしていた。黄色と黒の縞模様が毒々しい。二メートルはあろうかという、巨大な蜘蛛だった。しかも五、六匹いる。兄妹の家と隣り合う数軒の家の壁や屋根に張り付いていた。

目を凝らして見てみると、軒先に数人の住人が白い糸でぐるぐる巻きにされてつるされている。動いているので、生きてはいるようだ。つられた影の中に小さな姿があり、顔を真っ赤にして泣いている。

シャルだ。

蜘蛛が、運悪く外に出ていた住人を捕獲したらしい。先に到着していた剣士や斧戦士、魔術師達は手を出しあぐねていた。

「なんで攻撃しないんですか！」

とっさにリオンは叫んだが、隣で淡々と蜘蛛を見ていたセイリオスが答えた。

「つり下げられている人間は、我々に対する盾のつもりだな。あれは仲間と連係攻撃をする。下手に手を出せば、獲物は残った蜘蛛に絞め殺されるか喰い殺される。やるなら全部一気に片付けるしかなかろう」

「なっ」

（どうしよう。全部、一気に？）

屋根の上や壁に這う蜘蛛に届く武器を持っているのは、弓使いか魔術師。集まった中には数人しかいない。近接攻撃タイプの戦闘員が多かった。

「くそッ、魔物のくせに人質を取ってるつもりかよ！　リオン、どうする!?」

ノアも激昂(げきこう)した様子だ。シャルの泣き声や、糸で締め付けられて苦しそうなうめき声が聞こえるなか、リオンは必死に考える。

ここにいるメンバーで一斉に蜘蛛を叩いて、捕まった人達の安全を確保しなきゃ——。

基本的に召喚士が戦いの指揮をとる機会は少ない。自分の力に自信のないリオンは、指示されたことをひたすらこなすだけだった。でも今は、シャルが危ない。

先ほどのセイリオスの言葉を聞いて思いついたことがある。戸惑っている暇はないのだ、自分ができることをしなければ。

「みなさん！　聞いてください、その蜘蛛は仲間との連帯が強くて、全部一気に攻めないと人質に取られた人達が危ないそうです。遠距離攻撃タイプの方と召喚獣で一気に蜘蛛を攻めましょう！　近距離攻撃タイプの方は同じタイミングで人質を取りかえしてください！」

リオンの声に一瞬ざわついた戦闘員達だったが、さすがにプロ達の動きは早かった。遠距離攻撃タイプ・近距離攻撃タイプにさっと分かれ、各々の果たすべき役割をすぐに理解した。

「さすがだ、リオン。もう一つ教えてやろう。アレの弱点は風魔法だぞ」

にやりと笑った美しい魔物は、同じ魔族であるにもかかわらず、そうアドバイスを加えてきた。

(風……)

「ノア！　風属性の召喚獣出せる？」

「お、おう」

今日は召喚獣を喚んでいないので、リオンも参戦できる。集中して両手の召喚紋を合わせる。胸の古傷がきりきり痛むのを感じながら、複雑に手指を組みかえた。さあっとリオンの周りに優しい風が巻き上がった。

(来て――!)

一陣の風が吹いて、戦闘員達が皆、空を見上げた。純白の翼を持つ美しい馬が優雅に飛んでいる。蜘蛛の魔物はそれに気づいていない。

「みなさん! 今です!」

こぢんまりした酒場は、十数人の戦闘員達でいっぱいになっていた。間を縫うように給仕の村娘が料理と酒を運んでいる。

蜘蛛の魔物を倒し、捕まっていた村人達を全員無傷で解放した。シャルももちろん無傷だ。シャルは安心したのか、リオンの腹に顔をおしつけて「ありがとぉ、リオンにいちゃん」と、わんわん泣いた。リオンも思わずへたり込んで、シャルを抱きしめた。これほど召喚士をしていて良かったと思ったことはなかったかもしれない。

ひとときとはいえ、共闘したメンバーには妙な連帯感が芽生え、今ここで打ち上げをしている。

「リオン~! なんで言ってくれなかったんだよ、ペガソスなんてレア級持ってるとかマジか~。ルグラン家のなかでもレア級と契約しているやつは数人だぜ? さすが大召喚士輩出の名門・シュレイ家！　超絶スキル、初めて見たわ〜」

すでに酔ったノアが感激した様子で声をかけてきた。すでに何度も同じ事を言っている。

「今日他の召喚獣を喚んでいなくて良かったよ」

「うー、ほんとソレな。ぶっちゃけ、リオンの召喚、一日一体とか使いづれぇ〜とか思ってたけど、こんな隠し球持ってるなんてな！」

酔って本音がこぼれてしまっている。やっぱりそう思うよな、と苦笑しながら、うとうとし始めたノアを見ていた。トン、と軽い音をさせて目の前に麦酒のグラスが置かれたので顔を上げると、筋骨隆々の格闘家がにっと笑っていた。

「今日のすごかったな、雨のごとく降る風の槍！　しかも人質には一切傷もつけないで、魔物だけ同時狙い撃ち！　レア級なんだろ、あの召喚獣」

「いえ、俺だけじゃなくて、魔術師や弓使いの方々の技もすごかったから」

「謙遜しちゃって！」

かわるがわるリオンの隣には誰かが座り、乾杯をしてくれた。今日の魔物退治の立役者だと、みんなが声をかけてくれる。初めての経験だった。

元々少し引っ込み思案なところがある自分にしてはたくさん話したと思う。酒にそこまで強くないリオンは、そろそろ帰ろうかと腰を上げた。

ちらっと店の奥の方に座るセイリオスに目を向けると、葡萄酒のグラスを傾ける男の周りには女性の取り巻きができていた。セイリオスは喜色も浮かべずに淡々と酒を飲んでいるようだが、女性弓使いや女性剣士、給仕をしていたはずの娘などが取り巻いて、何か話しかけたり、うっとりと眺めたりしている。

なんだか胸の辺りがもやっとする。久しぶりに飲みすぎたろうか。なんとなく声をかけそびれていたら、察したのかセイリオスの方から寄ってきて「帰るか？」と声がかかった。

女性達の残念そうな顔がいくつもこちらを向いている。

うつらうつらしているノアはこの酒場の二階に宿泊しているらしいので、放っておいた。酒場から出ると、さすがに人通りはなく、すでに周囲の民家の明かりも消えている。宿への帰り道、リオンはなんだかふわふわと夢の中にいるような感じでいた。酒の影響もあるだろう。しかし、それだけじゃない。

（自分の力で、シャルを助けることができた。俺だけの力じゃないけど、いろんな人達が良くやったなって褒めてくれた。召喚士やってて良かったな、……嬉しい）

そう、嬉しかった。自然と顔が緩む。

「機嫌が良さそうだな、リオン」

「そう見えます？　シャルを助けられて良かった。俺の召喚士としての力がちゃんと役に立てて良かったなって。でも、そうだ、全部セイさんのおかげですね」

「私のおかげ？　何がだ」

「セイさんも魔物なのに。本当は同族の弱点とか教えちゃいけないんじゃないですか？」

セイリオスは、一瞬冷たい顔でハッと笑った。

「私はハグレで、何にもしばられない立場になったからな。配下でもないものを守る義理はない」

「そ、そうなんですか？　でも、特性とか弱点とかを教えていただいたおかげでシャルや他の住民の方を助けることができたんです。ありがとうございます」

「飼い主に報いるのは当然だ。私は役に立っただろう。嬉しかったか？」

まだ飼い主などと言っている。人の姿でも魔物の姿でも隙がないほどの整った容姿を持つ、おそらく魔物の中でも上位に位置する男が。

一仕事を終えた喜びと興奮がない交ぜになって、無性に楽しい気持ちになっていた。子供のように満面の笑みを浮かべる。

「へへ、正直、すごく嬉しいです！　ほんとうに感謝しています、セイさん」

「――っ」

セイリオスはそのリオンの笑顔を見て、不意を突かれたような、変な顔をした。

「あれ、どうかしました？」

「……その笑顔だ。その顔を見たかった。お前は変わっていない。やはり良い」

「変わってないって、どういう」

ちょうど宿に着いた。遅い時間だが、宿の店主が起きていたので会釈をして借りた部屋に入る。パタンと扉を閉めた瞬間に、セイリオスが後ろから強く抱きしめてきた。

「ちょっ、セイさん！」

いつもの戯れかと、笑ってセイリオスの腕を外そうとしたが、存外強い力で外れない。セイリオスの吐息が耳の上くらいにかかった。

「もう少し待とうと思っていたが、難しいな――」

「なにを待つんです？」

「リオン、お前が欲しい。もっといろいろな顔を見せろ」


足をすくい上げるように横抱きにされて寝台に運ばれた。

「セ、セイさん！　なにっ⁉」

「抱きたい」

冗談かと思うようなシンプルすぎる言葉。やわらかなベッドに押し倒されながら、その真偽を確かめるべく男の表情をうかがう。いつも飄々とした男は、その時も余裕のある笑みを浮かべていた。暗い朱色の目はリオンだけを映している。

「抱くって、嘘でしょうっ」

「私は嘘をつかん」

確かに、セイリオスはいつも直球で嘘などつかない。本気だ。首筋に口付けられ、上着をはだけられた。無意識に抵抗しようとした両手は頭の上でひとまとめにされる。

どうしよう、男となんて初めてだ。いや、男というか魔物だ。

「震えている。怖いか」

怖い？　――いや、不思議と怖くない。セイリオスなら。

「い、え、でも俺、男となんて初めてで」

「優しくしよう」

「あうっ」

いつも召喚の時に痛む胸の古傷を舐められて、思わず呻く。痛くはないのだが、きゅっと胸が苦しくなるのだ。男はなだめるように優しく口付ける。口がずれて乳首を舐められて驚いた。

「やめてください。汗をかいてます、舐めないで」

「それがいいんじゃないか」


それからもセイリオスのペースで肌を舐められた。下着には大きな手が入り込んで、性器をいじられている。リオンだけ息が上がってきた。いつも自分だけが追い込まれて感じさせられていることに、少し申し訳なさを感じていた。

「ふ、ふぅ、んっ。は、あ、セイさん、セイさんのもします……」

「ほう」

密着していた体を少し離して、リオンの胸元から顔を上げた男は片眉を上げ、にやりと笑った。

今まで、そういえばセイリオスが脱いだところを見ていない。着替えも意識して目をそらしていたし、夜の愛撫は一方的で、すぐにリオンは眠ってしまうからだ。

セイリオスが上着を脱ぎ、中のシャツをはだけた。背が高くバランスの取れた体格だというのはわかっていたが、胸筋は隆起し、腹筋の割れた武人のような肉体だった。

（人型の魔物ってみんなこんなに恵まれた容姿なのか？　違うな。これまで見てきたけど、セイさんほど格好良い魔物っていなかった）

セイリオスが下衣の前立てをくつろげる。ぼんやり見ていたリオンは、完全に勃起した男の性器を目にしてびくっと尻でずりあがってしまった。

（うそ、で、でかい）

大きなそれは赤黒く、血管が怒張している。リオンのものと比べると大人と子供の差があった。セイリオスは獲物を定めた狩人のように舌なめずりをしてリオンに覆い被さる。

「お前がコレを可愛がってくれると言ったのだろう？」

リオンの手は男に導かれて性器を握らされた。大きい、重い、熱い、しっとりしている。他人のものなんて初めて触った。

「私がいつもお前にしているようにすると良い。お前のものは私が可愛がる」

「あっ、あ！　待って、触られたらできないっ」

セイリオスのものを一生懸命両手で上下にこする間に、相手の指がリオンの性器に絡みついて慣れた所作で扱かれると、脱力してしまう。でも、男も感じてくれているのか、先走りがつぅっと垂れてきた。セイリオスがいつもするように先端のくびれを強めに握って、先端をくりくりとこする。

男から、ん、と低い声が漏れた。

「リオン、よく覚えていたな。お前はこんなことも真面目なのか。はは、教え甲斐がある」

そう言いながらもリオンの性器を扱く手は緩めてくれないので、次第に息が上がってまともに両手を動かせなくなった。射精しないように耐えるのが精一杯だ。

「手が休んでいるぞ?」

セイリオスは自分のものとリオンのものをくっつけて、そこにリオンの手を導いて握らせた。そのまま男は性器をこすりつけるように腰を動かす。お互いの先走りでぬるぬると滑る。

「あっ、ん、はあっ、はあ」

この刺激には耐えられなくて、しばらくこすりつけられたあと、あえなく達してしまった。白濁はセイリオスの手を汚してしまうが、男は意に介さず、そのまま会陰部を撫でて後ろの蕾(つぼみ)に白濁を塗りつけた。

「!」

思わずセイリオスの体の下から逃げだそうと体をよじる。後ろの孔(あな)なんて触られたことがない。

「こら、リオン、逃げるな。お前を傷つけたくない」

「や、そこは怖い、です」

「お前の中にはいりたい。許せ――」

うつ伏せになって逃げようとしたリオンの腰を掴み、肩甲骨やうなじに口付けを落としながら、セイリオスはゆっくりと蕾に指を差し入れた。

「やっ、セイさ、それ気持ち悪いっ」

痛くはないが気持ち悪い。どうしても力を入れてしまって、自分の中に入ってきた指の形が否応なくわかってしまう。

「ゆっくりするからな。本来の姿の方がお前の体は楽なはずだが、嫌がるだろうから……」

「はっ、う、う〜っ」

頭をシーツに埋めて腰を上げさせられ、男の指で後腔を拡げられている。その間にセイリオスはうなじを吸い上げたり、乳首をいじったり、後腔に触れられた衝撃で萎えてしまった性器を揉んだりと、かいがいしく愛撫を続けた。

くちゅくちゅと濡れた音がして、だいぶん深くまで指が入っている事がわかる。ある所に男の指が触れるとビクンと震えるほど気持ちよくなる箇所がある。セイリオスは狙いを定めたようにその場所を攻め始めた。

「セイさん、そこ、へん！　あんまり触らないでくださ、やあっ、あう」

懇願は届かない。体をひっくり返されると、見上げたセイリオスにはわずかな違和感があった。黒髪からのぞく目の、暗い朱色の赤みが増している。抑えているが、息が上がっている。切羽詰まったような、初めて見る表情だ。

「あまり可愛らしい声を出すな。我慢、できんだろうが。もうほぐれたな……」

足を大きく拡げられて、セイリオスの体が割り込んできた。男の胴をはさむような体勢に羞恥がこみあげるが、今さら拒むわけにもいかない。

「リオン、リオン、愛おしく思う」

「え、ひぁッ！」

他人から愛おしいと言われたのは初めてだ。言葉の意味を噛みしめる暇もなく、体に経験したことのない衝撃がおとずれ、悲鳴をあげてしまった。

大きな熱いものが、さんざんほぐされた後腔に侵入してきた。男が言ったように、痛くはない。しかし、圧迫感がすごい。これ以上押し込まれたら裂けてしまうのではないかと、恐怖がよぎった。

「うう、あふ、ん、んぅ」

もういやだと叫び声をあげる前に、セイリオスの唇が口を塞ぎ、舌で口の中を舐められる。わずかに体の緊張が緩んだ隙をついて、ぐぐっと腰を進められた。

まだ入ってくるのか、どこまで中を暴くつもりなのだ。全身から汗がにじみ出し、すさまじい圧迫感を逃がすためにセイリオスの腕を力任せに握りしめている。汗で冷えていた臀部に温かいものが触れた。

「よく頑張ったな」

いつの間にか泣いていたらしい。目尻に溜まった涙をべろりと舐めとられて、男から褒められた。

あの長くて太いものが全部おさまったのか。

しかし、すぐに「動くぞ」と声をかけられて、引き抜かれたときにぞおっと鳥肌が立った。引いて、押し込まれて、後腔の敏感なポイントに性器のカリがこすれると信じられないくらいの快感が巻き起こり、何も考えられなくなる。開けっぱなしの口からも、あ、とか、や、とか喘ぎ声しか出せない。

徐々にストロークが長くなり、押し込む速さも増していった。ぬち、にちっと粘膜のこすれる音と肌がぶつかる乾いた音に、甘えているのか泣いているのかわからないような自分の声がかぶさって頭の中がパニック状態になった。

「あ、ハッ、ンぁ、セイさ、セイさん……」

「お前の声で聞きたい。私の名を呼べ」

「セッ、セイさん？」

「ちがう、本当の名前を」

（セイさんのなまえ。最初に呼ぶなって言われた気がする、あれか）

涙でぼんやりゆがむセイリオスの端整な顔を見上げながら、リオンは応えた。

「セイリオス、さん」

「そうだ、もっと」

「セイリオス、うあっ！」

何かのスイッチが入ったかのようにセイリオスが腰を打ちつける強さが激しくなった。膝裏を担ぎ上げられて、上からえぐるように中を突かれる。激しい交わりに、リオンの口から悲鳴があがった頃、腹の中に熱いものが放たれた。

宿の外は強い風が吹いているのか、閉めた窓からびゅうびゅう音が鳴る。

腹の中に出されたのだと気がついたリオンが荒い息をついていると、セイリオスが両手で顔をはさんで額をこつんとあててきた。真摯な眼差しがリオンをとらえる。

「リオン、私が何であっても、受け入れてほしい。お前といることが私の喜びだ」

「はぁ、は……、魔物なセイさんは受け入れたつもり、です」

「逃げないでくれ」

（まだ会ってそんなに時間が経ってないのに、どうして、そこまで俺を？）

セイリオスは人間の常識からすると少々突飛な言動をするが、リオンを助けてくれるし、間接的に人を救うことにも抵抗がない。良い魔物もいるのだと思えた。人を害する魔物しか見ていなかったが、共に歩めるような優しい魔物もいるのだと。

「セ、セイさん、あのぅ。抜いて、ください」

まだリオンは貫かれたままになっている。先ほど放ったばかりなのにまた中のモノが硬くなったのを、自分の体で感じてしまった。セイリオスは他の人間が見れば卒倒するような色気のある笑みを浮かべて宣った。

「何を言っている。これからだ」

抜いてもらえないまま、体を横抱きにされて抜き差しが再開される。中に出された精液をさらにかき回されて、ぐぷっ、ぐちゅっと卑猥な音が後腔から聞こえてきた。腹が突き破られそうだ。

「うそっ、やだ、セイさんっ、ぬいて、一回ぬいてくださいぃ！」

「もう一度出してから抜こう」

体中に口付けを落とされ、可愛い、愛おしいと言われながら、何度も魔物に貫かれた。

激しい交わりに翻弄され、最後は気を失うように眠ってしまったが、リオンは確かに幸せを感じた。

頬から唇にかけて、優しく撫でられている。感触を楽しむように唇をふにふにと押されて、思わず笑ってしまった。

「うん？　起きているのか、リオン」

「いま、おきました」

目をあけると、黒髪の美しい男がぴったりと密着して寝そべっている。その逞しい体の肌のぬくもりや感触を、全身で知ってしまった。目元が突っ張った感じがして、ふと、もう無理ですはなしてくださいと泣きじゃくった昨夜の事を思い出す。

（う、うわああああ）

言い逃れなどできないくらいにどっぷりとイタしてしまった。他の人はこういうとき、どんな表情で朝を迎えるのか。

「昨夜は気持ちよかったか？　私は良かった。ずっと繋がっていたいと思ったほどだ」

「〜〜ッ！」

なんと答えれば良いと言うのだ。真っ赤になっている顔を見られたくなくて、ベッドの端ににじり寄って足を下ろす。勿論というか素っ裸なので、床に落とされた衣類を掴んで浴室によたよたと入り込んだ。内腿や腰が、すさまじい筋肉痛になったようだ。

「うわぁっ」

ぬるい感触が後孔からどろっと垂れたのを感じて思わずへたり込んだ。

（うそ、なんか、もっ、漏らした⁉）

慌てて足を開いて垂れたものを確認すると、白濁した液体だった。

「どうした」

浴室の扉がギイッと引かれ、セイリオスが顔を出す。へたり込んで開いた足の間を見ているリオンを確認すると、いやらしく目を細めた。

「たくさん出したからな。掻き出して洗ってやろう」

そのまま問答無用で浴室に入ってきた男に、逃げようとする体を難なく押さえ込まれ、さんざん清められた。腫れぼったい後ろにも指を差し入れられて、中の液体を掻き出される。浴室から出てきたときには、リオンはもうぐったりと疲れ切っていた。


コツ、コツ、コツ。

セイリオスにすっぽり抱き込まれながら、ベッドでうつらうつら睡眠をむさぼっていると、部屋の窓から硬質なノックの音がした。びくりと体がすくむ。

(この音は)

「召喚獣のようだぞ。お前の知人か」

さすがのセイリオスはすぐに召喚獣だと気づき、声をかけてきた。窓を三回ノック、これは伝令の召喚獣の一般的な作法だ。セイリオスの腕の中から飛び出して窓に向かうと、真っ白でくちばしだけがピンク色をしている小さな鳥が、窓際にとまっていた。

間違いない。

指示された相手——名前や生年月日などを把握している相手——に伝令を届ける力を持つ召喚獣だった。どこにいても相手を見つける。これまで何回もこの鳥から伝令を受け取った。急いで窓を開けて鳥を迎え入れると、真っ黒な無感情の眼がリオンに向いた。

『モーゼルニ戻レ、手伝エ』

それだけ、甲高い声で述べて返事を待たずに鳥は飛び立つ。本来は相手の返事もきちんと聞いて送り主に届ける能力のある召喚獣だ。いつものように、返事は聞かずに帰ってきてよい、と指示がされているのだろう。反論なんて聞く気がない、命令には従って当然だと思われている。

でもそのとおり、リオンはいつも従ってきた。恥ずかしい落ちこぼれの召喚士名門家系の一人として。

(兄さん)

「聞き取れなかった。お前だけにあてた伝令だな？　なんと言われた」

スッと後ろに長身の男の立つ気配がして、振り返る。

「いえ、召喚士仲間からの定期連絡ってやつです。たいした話ではなかったですよ」

「ふうん？」

朱色の目が疑わしそうに見下ろしてきたが、へらっと笑って目をそらした。このことはセイリオスにはあまり知られたくない。

「リオン、ひでえなあ～。この前の飲み会、おれを置いて帰ったろ。ってか、もうサルトに戻るのか？」

「この前はちゃんと帰るよって言ったけど、ノアが寝てたんだろ？　幸い、ここ数日は魔物の侵入はないみたいだし、サルトでまた新しい依頼を探すよ」

皆で飲んでから数日が経過している。目の前でふてくされているのはノアだ。今は夕方で、リオンはノアに挨拶をしに来たところだった。

「なあなあ、せっかくフリーの召喚士同士、もうちょっとパーティ組んで依頼受けねえ？　なんか、他国の召喚士って流儀も違うし、新鮮って言うか」

嬉しい申し出だった。一族以外の召喚士とは殆ど接触がなかったので、リオンも、タイレス国の召喚士であるノアの作法には興味を持っていた。時々デリカシーのない言葉を発するけれど裏表がないので、ノアともう少し仕事をしてもいいなとは思っていたのだが。

ノアは魔物被害の多いこの村に滞在して、しばらく依頼を引き受けるつもりのようだった。

「うーん。でも、東のタイレス国でこの状況なら、実家の辺りはどうなってるのかって気になってね。サルトで情報を集めようかと思ってる」

「あ〜リオン、モーゼル国出身だもんなぁ。南の方は魔物が大暴れしてるっていうし、心配だよなあ。あーあ、それなら仕方ねえか」

本当に残念そうにしてくれるノアと、とても名残惜しかったが握手して別れた。別れ際に、ノアにしては真剣な顔で声をかけられる。

「リオンさあ、いつも自信なさそうな顔してるけど、けっこうすごいやつだと思うぜ？　もうちょい自信持っても良いんじゃね？　なんだかんだと、怖いにいさんも味方につけちゃってるし」

同業種の人間にすごいなんて言われるのは初めてで、思わず赤面してしまった。

今、隣にセイリオスはいない。保存食や水などの携帯食の買い出しをしてくれている。この短期間で、セイリオスは驚くほどの学習能力を発揮して人族の社会になじんできている。見た目と雰囲気が一般庶民から浮いているが、買い物も興味深そうにしていた。

(俺ももう少しノアと依頼を受けてもいいと思っていたんだけど、兄さんが戻ってこいって言ってたし。そうすると、セイさんになんて言おう？)

サルトに行きたいのは先ほど言ったとおり、モーゼル国の情勢聴取目的だ。あの伝令鳥は兄の召喚獣で、本当に時々、実家から命令を飛ばしてくる。大抵は人手が足りないときの雑用などが殆どであった。そしてその命令には盲目的に従っていた。できそこないの弟にできることといったら、それくらいしかなかったからだ。けれど、今回は伝令鳥から連絡を受けて、悩んでいる。

セイリオスに実家での自分の立ち位置を何と言おうか。

(できそこないの異母弟は、由緒ある召喚士一族シュレイ家の恥だから、せめて次期当主の命令に従わなければならない、って？　――言うの、情けないなあ。俺だって暇じゃないんだぞって、拒否してみようか……)

初めて、そう思った。

セイリオスは絶対ついてくるだろうから、軽々しく帰省はできない。百年前の南の魔王討伐パーティの一員であるシュレイ家は、当然のことながら、魔物を完全悪としている。召喚獣以外の魔物が敷地に入ったと知れたら即排除だ。

そう思いながら、買い物を済ませたセイリオスと合流し、サルトの街へ向けて出発する。

「見ろ、リオン。安くせよ、と言ったら倍に増えたぞ」

「こ、こんなに……」

ウキウキした様子の品のある美丈夫は、ぎっしりと袋に詰められた果実を誇らしげに持っていた。数日前にリオンが好きだと言った果実だ。酸味のあるさっぱりとした甘みが特徴のそれは、食後のデザートとして最適だが、一度にたくさん食べるものではない。幸い日持ちがするので、なんとか毎食後食べ続ければ腐らせずに済むだろう。

リオンが買い物の時に値切っていたのを見ていたらしい。明らかに一般人とは違った迫力のある長身の男に、真剣な顔で値切られた果物屋には申し訳ないと思う。相当焦ったはずだ。人間の真似事が楽しいらしい魔物は、なんだか浮かれた様子で市場の様子を話し、リオンはそれを聞いていた。

サルトの街までの道のりは森林の中にある広い道で、明かりを点(とも)しながら歩いている。サルトまでは滞在した村から二時間程度で着くので、夕方から出発して問題ないと判断した。薄暗い森の道を、心許ない明かり一つを持って歩くのは、以前のリオンであれば寂しく感じただろう。けれど、今は安心しきって「だいぶん日が沈みましたねえ」などと言いながら歩いている。歩調を合わせて隣を歩いてくれる男の存在が、リオンの中で大きくなっていた。

(不思議だな、敵としか思ってなかった魔物といるのに、安心するなんて)

しかも、その魔物に同意のもとに抱かれるとは。また数日前の情交の様子を思い出してしまい、カーッと顔が熱くなる。

ふと、隣を歩く男の足が止まった。リオンが隣に目を向けると、セイリオスが苦々しい顔で虚空を見上げている。

「セイさん？」

「やはり嗅ぎつけたか。私としたことが」

セイリオスの困った表情など初めて見た。何がどうしたのだろう。

たった今まで穏やかだったのに、突然風が強く吹いて周囲の木々を大きく揺らす。びゅうびゅうと風が渦巻いて、砂埃や木の葉が顔にあたるので、腕を上げて目を庇った。スッと大きな体がリオンを抱いて、風から守ってくれる。

「な、なんですかこの風ッ！　竜巻？」

「いや——、これは」

「やっと見つけましたよ、セイリオス様ぁああ！」

空から大声が叩きつけられ、リオンはとっさに上空を見上げた。薄暗くなった空に、翼のある黒い馬に乗った人の姿をとらえた。小麦色の肌に金の短髪、体つきは細身だが骨格がしっかりしていて明らかに男性である。

しかしそれは人ではなかった。耳が尖っていて、牙を持ち、ぎらぎらと金色に光る瞳は、猫のように鋭い瞳孔がある。魔物だ。

黒馬はものの二駆けでリオンとセイリオスの目の前に到達した。ひらりと黒馬から飛び降りた男は、セイリオスほどはないもののリオンよりは背が高く、むき出しの腕は鞭のようにしなやかな筋肉で張り詰めていた。両腕に赤い複雑な文様が浮かんでいる。

その男がリオンを庇うように立つセイリオスの前で――跪いた。

「探しました、セイリオス様。まさかこのような所においでになろうとは。大陸中に張り巡らせたわたしの耳に御名が届きました折には、我が耳を疑いました」

（えっ？　え、なにこの人……セイさんの部下？）

驚いて、跪く男とセイリオスを交互に見やるが、セイリオスは面倒くさそうに男を見下ろすだけだ。

続く男の言葉に、今度はリオンが自分の耳を疑うことになった。

「北へお戻りください、セイリオス様――、いえ、魔王陛下」

三章　セイリオス

北の魔王は四百年もの長きにわたり君臨した。

人族に対しては明確な一線を設けており、その禁を破った者たちには厳しい制裁を加えてきた。ある享楽的な貴族が遊びで魔物狩りを催したところ、狩りに加わったすべての貴族が翌日には無残に喰い殺されていた、というような恐ろしい言い伝えを山ほど聞いた。

北の魔王領の豊かな資源を求めて領域内に侵入する者、いたずらに北の魔物に害を加えた者、民衆からの期待を一身に受け魔王討伐を目的に掲げた勇者パーティ……四百年の長きにわたり、それらすべてを退けた。

それほどすさまじい強さを誇っていたのだ。一時期は魔物の統治が乱れ、力が減弱したと噂されていたが、二十年ほど前からは完全な統治が戻ったらしい。

北の魔王は、この大陸の中で最も多く人族を殺してきた魔物のうちの一体であった。

リオンは数ヵ月前に、勇者パーティの一員として北の魔王城まで到達した。パーティ一行の攻撃は赤子の手をひねるように封じられ、パーティは壊滅、命からがら逃げ帰った。玉座に優雅に腰掛ける魔王の姿は、影としてかろうじて認識しただけだ。姿は誰も見ていない。命ある人間で北の魔王の姿を知る者は殆どいないとまで言われていた。

しかし、その魔王の魔力が突然消えたと、魔王は死んだのだと言っていたのではなかったか？　他の魔物の力が魔王城を満たしたのだと。

先ほど突如現れた金髪の魔物は何と言った？　悠然と佇むセイリオスに対して「魔王陛下」と呼ばなかっただろうか？

（い、いや、セイさんは魔物だけど俺みたいなのにも優しいし、そんなはずないよ。北の魔王なんて残虐非道、人を害する魔物の頂点で——。やっぱり違う。そう、聞き間違えただけだ）

「黙れ、カペラ。もう私は違う。現王はプロキオンだろう、お前は主のもとを離れて何をしている」

「プロキオン様も了承されておりません！　そしてわたしの主は貴方だけです！」

「私はただのハグレになった。もうお前らとは関係がない。魔王城の魔力移行も速やかだったはずだ」

（——！）

セイリオスが、今はどうであれ、魔王だったことを否定しない。嘘をつかない魔物らしいその言葉は、カペラと呼ばれた金髪の魔物の言葉に偽りがないことを示していた。

リオンにだって、無意識に考えないようにしていたけれど思い当たる節はたくさんある。湖底やロワンで見た魔物姿のセイリオスは、そこにいるだけで息が詰まるほどの威圧感があった。湖底の魔物にも、ロワンの町に干魃をもたらしたアルタールに対しても、圧倒的優位だったではないか。そう、東の魔王・ヴェガと並んでも遜色がないばかりか、むしろ。

足下から崩れるような気がして、思わず後ずさると、ざりっと音がした。初めて気がついたように、跪いたままの魔物が金の目をリオンに向ける。

「お前——人間。何をしている、跪け、さもなくば消す」

殺気のこもった本気の目だ。リオンなど一瞬で殺される。血の気が引いたリオンをその背中で隠すようにセイリオスが立った。

「私は自ら望んでこれに飼われることにした。これに何かしたら、お前でも殺す」

「なっ！　か、かわれる？　一体何をおっしゃっているのですか」

目に見えてカペラは狼狽した。リオンより少し年上に見えるが、若々しい精悍な容姿の魔物が、眉尻を下げて途方にくれたような顔をする。

「どけ、カペラ。私たちは行く」

脚がすくんで動けないリオンの背にそっと手を添えて、エスコートするように歩き出したセイリオスの前に、それでもカペラは飛び出してきた。

「お待ちくださいっ、セイリオス様！　まだあなたには北の魔王領を統制する義務があります！」

「王城から私の魔力を抜いてプロキオンの力を染み渡らせただろう。城の状況は王領の隅々まで知れ渡る。魔物も従うはずだ。やることはやったぞ」

「突然城だけ明け渡されても、殆どの魔物は納得しておりません！　力の減衰に伴う代替わりならばともかく、前例がありません。族長らも城に押し寄せておりますし、末端の魔物も混乱して暴れ、人間を襲っております！　一度王領にお戻りください。どうか、貴方様からご説明を！」

（えっ、人間を襲ってる？　ノール王国の人たちを？）

庇うように立っているセイリオスの服を、思わず掴みそうになったがなんとかこらえる。すっとリオンに視線を流し、しばらく考えたセイリオスは答えた。

「……族長らはともかく、魔物の騒動がないように取り計らったつもりなのだがな。それは私の失策か。――よかろう」

セイリオスが振り返ってリオンを見下ろす。ゆっくり右手が上がって、リオンの頬に触れようとした。

「っ」

とっさにその手から逃れ、セイリオスから一歩離れた。無意識の行動だった。目の前の男が何者なのかわからなくなって、混乱している。出会ってからのセイリオスと、伝聞で知った北の魔王のイメージが結びつかない。

けれど、話の流れはどう考えてもセイリオスが北の魔王である、もしくは魔王だったと示している。

「リオン」

空をかくにとどまった右手を力なく下ろして、セイリオスは傷ついたような表情を見せた。

ごめんなさい、と口から出そうになったが、唇を噛みしめる。目の前の魔物が、魔物を束ねるものが、天敵である人間にどうしてこんな悲しそうな顔を見せるのか。もしかしたら人間の感情を揺さぶるための演技なのか？

わからないから、怖い。

セイリオスに問うように、カペラが小さく声をかけた。

「セイリオス様、その人間を気に入られたのならば、他の者がするように氷漬けにして飾るなり頭をいじって傀儡(かいらい)にするなりいくらでも方法がありましょう。貴方様が本来のお姿でひとこと従えと言えば、それを拒める人間などいない。一体、どうなされたというのですか」

セイリオスはその言葉を無視して、リオンを見つめる。

「リオン、きちんと話をしたい。私を怖がらないでくれ。急ぎやり残したことを片付けてくる。三日で戻るから、サルトの街で待っていてほしい」

「……」

セイリオスからの痛いほどの視線を感じるけれど、視線を合わせることはできなかった。口の中が乾燥して舌がもつれ、答えることもできない。

「リオン、たのむ」

なんらかの応答をしないと、立ち去らないつもりか。どうにか一人で考える時間が欲しい一心で、こくっと小さく頷いた。目の前に立つ男が、ふう、と息をついて踵を返す。

リオンから少し離れたセイリオスは、耳を飾る血の色をしたピアスを外した。するすると艶やかな黒髪がのび、瞳が真紅の色に染まる。背中には一対の黒翼。リオンを含め、森に棲む獣たちが一斉に息をひそめるほどの圧倒的な魔力が漂い、一瞬辺りはシンと静かになった。

「すぐに戻る」

バサッと音がして魔物はすっかり暗くなった空に飛び立った。慌ててカペラも黒馬に飛び乗り、追従する。

リオンはしばらく、虚空を見上げてその場に立ち尽くしていた。

サルトの街から南西へ向かい、いくつかの小さな村を越えた先にそびえる山脈が東のタイレス国と南のモーゼル国の国境になっている。山脈といっても急峻な山は一部で、高低差の少ないなだらかな山が多いので、国境沿いには山村が点在している。

モーゼル国へ入国するためには山を越えねばならず、そのために山の裾野の村で宿を求めようと思ったのだが、住居に明かりがついていない。というか、村に人がいない。

ピーヒョロロロ。

気が抜けるこの声はどこかで聞いたことのある鳥の声だ。リオンは夕日を背に、ため息をついて座り込んだ。少し離れた先にある人気のない民家の木扉を、黒い生き物が嗅ぎ回ったりひっかいたりしている。

「こら！　オルトロス！　不在だからって人様の家を傷つけるな！　戻ってこい！」

住人が残した食べ物の匂いでも嗅ぎ当てたのだろうか。主要山道から離れて村の奥まった方に走っていくから、リオンも慌ててついてきたのだ。しばらくその家の周りをうろついていた黒いものは、リオンの二回目の呼びかけでようやくこちらを向き、弾丸のように駆けてくる。

黒いものは黒犬だった。頭が二つある、異形の。あっという間にやってきた犬は、はっはっと荒い息をしながらリオンの顔をべろべろ舐めまくった。

「もー、オルトロス、舐めすぎ！　こら、ベロいれるな、うっぷ！」

大型犬くらいの体格に、ピンと耳の立った頭と垂れた耳の頭を持った双頭の犬が、尻尾をちぎれんばかりに振って甘えてくる。久しぶりの召喚で外に出られ、大好きな主に会えて嬉しさいっぱいだ。

オルトロスは敏捷性と攻撃力に富む犬型の召喚獣だが、好き嫌いが激しく、好みの召喚士としか契約しないので、コモン級の中でも契約しにくい部類に入る。リオンは最初から懐かれていて、喚び出すといつも二つの頭から顔中唾液まみれにされる。

「もう。おまえなあ、俺は今日もまた野宿かーってがっくりきてるところなんだぞ」

興奮して体をすりつけてくるオルトロスの体を、苦笑しながら撫でてやる。次の村まで足を進めようかと思うが、道に慣れていないので案内なしで山道に入るのは気が引けた。

突然、オルトロスの二つの頭が同じ方向をぱっと向き、辿ってきた主要山道の方へ猛然と走り出した。ガウガウッと吠える声が聞こえる。

「ぎゃあ野犬!?　って、きゃー！　頭が二つあるっ！」

「はあ？　何言って……うわぁっ魔物！」

(しまった、誰かいた！)

若い女性の声と、同じく若い男性の声だ。

「オルトロス！　やめろ、戻れ！」

吠える声はピタリと止まり、しばらくして何事もなかったような顔をしたオルトロスが戻ってきた。木陰から、男がおそるおそる顔を出し、さらにその後ろから女の顔がにょきっと出てくる。男はリオンと同年代のように見え、女はもう少し年下のようだ。

「すみませんでした！　これ、護衛用の召喚獣です。もう吠えさせませんから安心してください」

オルトロスには待てをさせ、リオンは慌てて立ち上がり、謝罪した。若い男女は軽装で、荷物も少ない。そして、顔立ちがなんとなく似通っている。まだオルトロスが怖いのか、男の方が及び腰で近付いてきた。

「あんた、召喚士か？」

「あ、はい、そうです」

「そうか！　あんたに頼みたいことがある！」

「えぇ？」

男の方はテオ、女はエマと名乗った。二人とも焦げ茶色の髪と緑色の目をしていて、やはり兄妹だった。

リオンは彼らの住むジロンという村まで案内してもらい、今夜の宿を借りることになった。ちょうど兄妹の家は家族で宿を営んでいたので、そこに宿泊させてもらう。

今、宿の食堂で兄のテオと夕食を囲んでいる。

「助かりました。裾野の村で宿泊しようとしたら、人っ子一人いなくて」

「南の魔王領からこっちの国にまで魔物がわいてくるんだ。守りが不十分な村は危険だから、多くの村人が避難してる」

「この村の人達はまだたくさんいらっしゃるんですね」

「ジロンは世帯数が多いから、みんなで金を出しあって魔物撃退のパーティを雇ってるんだよ。まあ自衛団もいるしね」

兄妹の村は山の中腹に近く、裾野の村より魔物の被害に遭いそうだが、どうにかみんなで村を守っているらしい。テオはちらっと食堂の真ん中のテーブルで騒いでいる屈強な男達の一団を見た。おそらく彼らが魔物撃退のパーティなのだろう。体格から格闘家や斧戦士だと思う。

（あれ？　すでに強そうなパーティがいるのに、俺に頼みごとってなんだ？）

てっきり、村の護衛を依頼されるのかと思ってここまでついてきたのだ。

「じゃあ、俺に頼みごとって何です？」

「それは」

「はーい、兄さん！　リオンさんもお疲れよ、今日はこのくらいにして休ませてあげなきゃ！」

給仕をしているエマは、通りすがりに兄の肩をぽんと叩き、リオンにはウインクをしてみせた。高いところで結んだ髪がくるんと揺れて、闊達（かったつ）そうな印象だ。

「あ、そ、そうだな。リオンさん、もう休んだらどうだ？　話は、明日聞いてくれると嬉しい」

それならばと、食事を終えて共同の浴室で湯を使わせてもらい、部屋に戻った。ベッドに滑り込んでオルトロスを撫でる。もう南の領域に近いのに、かなり冷えるのは山中だからか。どうせ召喚獣はリオンの意識がなくなれば消えるので、眠るまで側についていてもらおう。

あれから――セイリオスと別れてからひと月が経とうとしている。セイリオスが戻ってこなかったのではない。サルトには一泊しただけで、リオンはすぐに街を出て、周辺の村々に滞在しながら小さな依頼をこなして過ごした。

待っていてほしいと言われたが会うのが怖くて、逃げた。

逃げたはいいけれど、一人が寂しくてこうしていつも召喚獣を護衛役として側に置いている。一体しか召喚できない制限を考えて、これまではよほどの時がないかぎり常時召喚なんてしていなかったのに。

(ごめんなさい、セイさん。でも俺、セイさんにどう対応すればいいかわからない)

あれからずっと、ふと息を抜いた時にセイリオスに対する後ろめたさが頭の中をループする。目をつむって悶々と悩むリオンは額にペロリと濡れた感触を感じた。オルトロスの二つの頭が、心配そうにリオンを覗き込んでいる。

「大丈夫だよ、オルトロス。おまえは優しいな。おやすみ」

そうして、ジロンの村での一夜は更けた。


南の魔物の暴動と他国への流出は、日を追うごとに大きな問題となっていた。これまで経由してきた村々でも魔物に襲われた人を見てきたし、南のモーゼル国から国境を越えて逃げ出してきた人々とも会った。その人達から聞いた話でモーゼル国の内情が知れたが、状況は芳しくないものだった。

魔物の統制者たる魔王の不在がおよそ百年続いた結果だ。人間を苦しめる魔王を倒し、人族の栄華に浴して百年、結局は魔物の暴動に苦しめられている。

リオンはモーゼルにいる母が心配になり、一度顔を見に行こうかと考えていた。しかしモーゼルへ戻る一番の理由は違う。ある村の宿で再び窓辺に白い鳥がとまっていて、『何ヲシテイル、待タセルナ』と二度目の通達を受けたからだ。

兄の召喚獣だった。一度目の通達からひと月が経過し、しびれを切らして再度遣わしたのだろう。兄が怒っている。

『一族の命令には従って当然。ただでさえ出来損ないなのだから、なおさら』

そう言われたことを思い出した。それに今、リオンには明確な目的もなく、これ以上帰郷を拒む理由がなくなった。それで、モーゼルに帰ろうとタイレス国から国境に向かっていたのだ。


「行方不明の女の子達を探せ？」

「シッ！　声が大きいよ、リオンさん！」

エマが口の前に人差し指を立てている。朝、食堂の奥の方で、今度はテオ・エマの兄妹と三人で朝食を囲んでいた。普段給仕をしているエマも、朝は宿泊客の食事を摂る時間がばらばらで、比較的暇なのだという。声をひそめたテオが、リオンの方に身を乗り出して小声で話した。

「近くの村から避難している途中に行方不明になった女の子達がいるんだ。もう五、六人くらいいる。魔物に喰われたんじゃないかって言われてるんだけど、おかしいだろ？　若い女の子ばっかり消えるとか。うちにもエマがいるし、はっきりさせときたくて」

「それはかなり多いね。でも、誰か襲われたのを見た人くらいいそうだけど」

「それが誰もいないのよ。実は私の友達とも連絡がつかなくなって。山裾近くに駐屯している警備隊に捜索をお願いしてきたの」

「その帰り道にリオンさんと会ったってわけなんだ」

「で、俺にその友達の捜索を？　でも、そんなに行方不明者が多いなら、とっくに捜索されてるんじゃないのかなあ」

エマがそっと唇を噛みしめて、眉間に皺を寄せた。

「それが、魔物被害への対処で手一杯だし、魔物に襲われたところなんて誰も見てないんだから捜索に人手をさけないって言われて……」

このことはジロンの村長にも話したが、村を守るために皆が金を出し合って用心棒を雇っている状態で、よその村娘の失踪にまで手は回せないと言われたそうだ。

「昨夜、ここで飲んでたゴツいパーティ、見ただろ？　あいつらが魔物撃退のためにウチの村が雇ってるやつらなんだけど、なんか変なんだよ」

「給仕してたら、嫌でも客の話が耳に入るわけ。そしたら」

昨夜酒盛りで盛り上がっていた男達のパーティだろう。数週間前からこの宿に宿泊しているらしい。数日前に、酔った格闘家の男が言ったそうだ。

『あの人も魔物の混乱に乗じてボロい商売考えつくよなあ。田舎娘なんてさ。つか、女ひでりの俺達にも回してくんねえかなあ』

パーティ内の男達が下卑た笑い声をあげるのを聞いて、エマは疑いを持った。女の子の失踪はもしかして誘拐事件で、パーティの一団はそれについて何か知っているのではないかと。

「だから昨夜、この話を切り出せなかったの。あいつらのパーティってここ一帯の領域を仕切ってる元締めからの推薦だから、つまり裏には元締めが関わってるってわけでしょ」

　元締めというのは、かつては勇者としてその強さを讃(たた)えられた者だった。もう五十代になるとっくに引退した元勇者は、古くからの仲間と共に広い人脈を使って用心棒派遣のような仕事をしているらしい。

「元勇者なんだ？　なら、そんな犯罪に手を染めるなんて事ないんじゃないのかな」

　テオとエマが二人同時にリオンを振り返って、すごく嫌そうな顔をした。なんだかこの二人、双子のようにテンポが合っている。

「ダメダメ。勇者っていっても三十年も前の事で、正直、堕(お)ちに堕ちたって感じなんだぜ？　依頼金もバカみたいに要求してさ。でもここ一帯の村は完全にやつらの言いなりになってるから、誰も文句が言えねえ」

「反抗する村人は、事故を装って殺されるって話もあるの」

　何だそれは。それなら盗賊と一緒じゃないか。勇者というのは、もっとこう、人を守るために立ち上がる人族の救世主であるべきなのだ。現にリオンがこれまでに会った勇者達はみんなそうだった。

「元勇者って、イケオジ想像するでしょ!?　でも違うのよ、でっぷり太っていやらしい目で女の子を見るし！　いえ、可愛い男の子も好きって噂あるし！　私、絶対あいつが誘拐事件の首謀者だって思ってる！」

（容姿は関係ないよな……。まあ、俺も勇者は格好いいってイメージがあるけども）

　興奮して声が大きくなったエマは、食堂に旅人達が入ってきたので、慌てて話を中断した。旅人達はかなり厚着をしている。

「寒い寒い、この時期にこの寒さって異常だよ。サルトの方じゃ、何十年ぶりかの雪が降ったらしいぜ。魔物の侵入に異常気象ときちゃ、呪われてるのかって思うよな」

「ねえちゃん宿の人？　朝飯に熱いスープ出せる？」

「あ、はーい！　出せますよ、パンと卵もつけますよね」

エマがパタパタと厨房に走って行く。テオも席を立った。

「さ、オレも買い出し行かなきゃ。元締めらにバレないように捜索するのには、オレ達だけじゃ無理なんだ。あいつらの息のかかったやつもだめ。だから、なあ、リオンさん、考えてくれないかな」

報酬はどうにか工面するから、と頭を下げられた。

（うぅ、またしても力不足な依頼がきた）

テオが去ったあと、ジロン村をぶらぶらと散策した。適した召喚獣を出さねばならない状況がいつ起こるかわからないため、今日は何も召喚していない。

十代前半くらいの子供達が、幼い妹弟の面倒をみながら屋外で洗い物をしたり、薪を割ったりしている。素朴で牧歌的な風景だ。ここ一帯の子供達は、二つ隣の村にある学校に通っていたらしいが、魔物の横行がひどくなってから学校は休校になっているらしい。

エマから聞いた話では、行方不明になった子は十代から二十代の若い女の子達だという。目の前でせっせと家族の手伝いをしているような子供達が、良くない目的のために攫われているのだろうか。

女の子を攫う目的と言えば、多くが性奴隷としての売買行為である。無垢な子供をそこまで貶める人間の気が知れないし、知りたくもない。けれど、この世界に確実に存在している。

（人を食い物にする人間と魔物って、何が違うのかな。いい人もいれば、悪い人もいて。魔物だって、そのすべてが人に害なす悪い魔物だけじゃないはずだ――）

また頭の中を、黒髪の怜悧な美貌の男がよぎる。リオンに、「素晴らしい」「自分を卑下するのはやめろ」「お前は優しく、良い人間だ」と言ってくれた。

（このまま無視してモーゼルに入るっていうのも、なんか無責任だよな……）

自分は制限のある召喚士なので、一人で誘拐犯の首謀者を探して、一網打尽なんて真似はできないけれど、自分のできる範囲内でテオとエマに協力しよう。

そう決心した。


「灯台もと暗しっていうか」

「オレらなんて、ほぼ毎日くらいの勢いで通ってたのに気がつかなかった」

ピーヒョロロロ。

山鳥の鳴き声。今、リオンとテオは山裾の村にいる。最初にリオンがテオとエマと出会った所だ。

村人は全員が避難しており、リオン達の他に人影はない。

二人は、ぼろぼろの馬小屋の陰に身を潜めて、ある民家の出入り口を盗み見ている。国境へ続く主要山道からは離れているので、目的がなければ滅多に人が通らない区域だ。最初にこの村に到着したとき、オルトロスが異常に興味を示していた木扉の民家だった。

（オルトロスがなんか嗅ぎ回ってるなあとは思ったんだけど、まさかあの家にいるなんて）

双頭の黒犬は民家の木扉の前でうろうろしながら地面を嗅ぎ回り、ここだよ！　と言わんばかりに尻尾を振って隠れているリオンの方を見た。それから主のもとへタタ―ッと軽快に戻り、「褒めて褒めて」と二つの頭をリオンの体にこすりつけている。

「よしよし、よくやったな。てかお前、人がいるって気づいてたなら最初に言えよ～」

言葉を話す召喚獣もいるが、オルトロスは人語を話さない。しかも、最初の時点でそこに人が閉じ込められているとわかったとしても、リオンは混乱しただけだろう。わしゃわしゃと大きな二つの頭を撫でてやる。

「攫われた女の子達があの民家にいるって可能性が高いけど、どうしようか、リオンさん。こそっと入って確かめてみるか？」

「いや、あっちには護衛もいるだろうし、警備隊に知らせた方がいい」

「警備隊とか魔物被害の方が忙しくてまともに話なんか聞かねえよ。証拠もないのに」

ジロン村に宿泊して三日目、テオ・エマの依頼――失踪した女の子達の捜索――を受けることにしたリオンは、早速二人に提案した。失踪したエマの友達の匂いを辿ることができるかもしれないと。召喚獣の中でも犬型の召喚獣は、人間の何千何万倍の嗅覚を持ち、探索に適している。オルトロスは適任だった。

エマが失踪した友人から貰ったものだという手編みのぬいぐるみを持っていたので、その匂いをオルトロスに覚えさせて解き放つと、双頭の犬はすぐさま走り出し、山裾の無人の村へ誘導したのである。ついてこようとしたエマは説き伏せてジロン村に残している。

そしていま、こうして馬小屋の陰でテオとひそひそ話をしているのだ。

「もし攫った子達をあの家に閉じ込めているとして、食事や水の補給のため、外部からの接触があるはずなんだ。もうしばらく見張っていよう。こちらは二人しかいない。乗り込むのは危険だ」

「でもリオンさん、召喚士だろ？　召喚獣ってすごいんだろ？　さっと召喚して、護衛とかやっつけられないの？」

「……俺の能力じゃ一日一体しか召喚できないんだ。すでにオルトロスを出しているからこれ以上召喚できない」

「え、そうなの？　知らなかったー。でもその黒い犬も強そうだし、ちょっと探るくらいなら」

テオは戦いに縁のない生活をしているので、現実をわかっていない。オルトロスをリオンの身の回りから離してしまうと、リオンの身の守りはがら空きになる。そしてリオン自身が害され、意識を失う状況に陥ってしまうと、それこそ召喚獣は消えてしまうのだ。ここでも能力に制限があることが悔やまれる。

「とにかく、一度警備隊に報告しておこう。村で、協力してくれそうな人も探そう」

「うーん、やっぱダメか。わかった、このまま警備隊の所に行ってみるか」

しかし山裾の警備の返事はテオの予想したとおりだった。魔物被害のせいで失踪届けも多いらしく、犯罪組織で誘拐された可能性があるなどと証拠もないことには動けないと言われた。

とぼとぼとジロン村に帰る。今日はテオ・エマの両親が宿を仕切ってくれたようだ。

「兄さん！　なんで助けてくれなかったの!?　リオンさんがいるんだから、召喚獣でなんとかできたんじゃないの!?」

「いや、あっちもあっちで護衛を固めてるだろうからさ」

本日の結果を伝えると、エマが憤慨したように声をあげた。テオもたじたじで応答している。

「元締めの元勇者、ラファエル＝ゲランだっけ。あちらも護衛をたてているはずなんだ。少人数で乗り込んだら痛い目を見るだけだ。警備隊がだめなら、とにかく人数だけでも集めておくべきだと思う」

リオンは必死でエマにそう伝えたが、エマの怒りのボルテージは下がらず、夜間にもかかわらず友人や知人に声をかけていた。しかし、誰も彼も自分の家族のことで精一杯で、手を貸せる状況ではないと言われたらしい。諦めずに引き続き協力を募ろうと兄妹と確認し合った。


それなのに、朝方にエマがいなくなった。

「だーっ！　あいつ、絶対あの民家に乗り込んでる！　エマは昔から後先考えずに行動するところがあるんだっ！」

テオが両親に事情をかいつまんで話して飛び出した。仕方なく、リオンもテオを追う。元勇者、ラファエルが裏でこの誘拐事件に関わっているのなら、相当用心深く犯行を企てているはずだ。村娘一人で助けに行ったとして捕らわれるのは目に見えている。

戦いを知らない一般人の暴走がここまで突飛なものだと思い至らなかった。

朝日を見ながら山道を駆け下りると、この時期にしては異常な寒さの中にあってもハアハアと荒い息がこぼれて額に薄く汗が浮き出た。オルトロスを召喚し、山裾の村の奥にあるあの民家近くまでたどり着いた。嘘のように静かで、まさか人間を拉致監禁しているようには見えない。しかしオルトロスは家が近付くにつれてうなり声をあげた。敵意を持つ第三者がいるということだ。

「どうしよう、リオンさん。エマ、もう捕まってるのかな。オレ、行ってみるから、リオンさんはバックアップお願い」

テオが慌てて民家に近付いたとき。

ピーヒョロロロ。

気の抜けるような鳥の声が聞こえた。やはり聞いたことがある。

(どこで聞いたっけ？　この鳥の声。子供の頃、モーゼルで……)

そうだ、あれは召喚士として、魔物の特性を知る勉強をしていたときだ。確か、不審人物が近付いていることを主に知らせる役を担う警告鳥ではなかったか。

「いけない、テオ！　俺達のこと、相手にばれてるッ！」

それと同時に、木陰からさっと影がテオに近付いた。ガッ！　という鈍い音がしたかと思うと、テオの体が崩れ落ちる。

「オルトロス！」

反射的に叫ぶと、民家の周りを嗅ぎ回っていた召喚獣がすさまじいスピードで駆け寄ってきて、テオを害したその影に噛みついた。オルトロスは無属性で特定の攻撃魔法を持たないが、敏捷性が高く直接攻撃が強い。特にその顎の力は半端ではなく、一度食らいついた獲物は決して放さない。

「ぎゃあああ！」

太ったその影は叫び声をあげながら簡単に引きずり倒された。続いて木陰から三人の男が飛び出し、こちらに向かって猛然と駆けてきた。オルトロスも反応し、主を守るためにその三人の手や足に食らいつく。リオンには誰も手を出せなかった。

しかし。

「その召喚獣を止めろ！　お前の仲間を殺すぞ！」

男の一人が、意識を失ったテオの首に刃物をかざしている。間違いなく殺しに慣れた人間の手つきだった。他の召喚獣さえ同時召喚できれば制圧できたが、それはできなかった。

リオンの逡巡（しゅんじゅん）を嗅ぎ取って、賢い双頭の犬は攻撃の手を止める。主の後ろに近付いた影を見て、オルトロスは駆けてきたが、それより先に影が容赦のない一撃をリオンにみまった。

ガツッ！

目前にチカチカと火花が弾ける。それから後頭部にひどい熱さを感じて、目の前が真っ暗になり
——意識が暗闇に呑まれた。

「おらっ、起きろ」

背中に鈍い衝撃が走る。目をあけると、薄汚れた木の床板が視界に入った。頭が痛い、肩も痛い。

そして、寒かった。薄暗い部屋に、両手を後ろ手に拘束されて寝転がされていた。不自由な体勢で背後を見ると、屈強な背の高い男が立っている。リオンの背中を蹴ったのはこの男だ。

「ボスが、お前に用があるんだってよ」

ニヤニヤと締まりのない笑みを浮かべて、男はリオンの拘束された腕を掴んで無理矢理立たせてきた。よろめきながら立ち上がり、ざっと部屋を見渡す。

「テオ！」

少し離れたところに、同じように後ろ手に拘束されたテオが転がされている。胸がわずかに上下しているので、意識を失っているだけだろう。しかし、額に血がこびりついている。大丈夫だろうかと、とっさに足を踏み出したが屈強な男に引き戻された。

そして暗い部屋の奥にもさらに複数の人がいた。寝台の上で身を小さくしているのが三人、部屋の隅にも三人。猿ぐつわを噛まされ、拘束されているのは若い女性達だった。部屋の隅にいる女性の一人が大きく身動きした。

エマだ！

髪はほつれているが、着衣には特に乱れもない。大きく緑の目を見開いて、テオとリオンを見つめている。

（良かった……ケガとかはなさそうだ）

「女達はあとで躾してやるからじっとしとけ！　おら、お前はこっちだ」

リオンは引きずられるようにして部屋を出された。屈強な男が、「今回は処女をご所望ってことだから、手ぇだせないんだよなー。ちっ、楽しくねえの」とブツブツ言っている。これまでにも誘拐した女性を人身売買した経験があるようだ。

先ほどの部屋は地下で、階段を上って引きずって行かれた先は、広々とした部屋だった。窓がすべてカーテンで覆われ、蝋燭が部屋をぼんやりと照らす。ベッドが一つ。テーブルやソファが乱雑に置かれ、テーブルの上には食い散らかされた肉や酒のボトルがのっていた。そこに、屈強な男達が五人、肥えた男が一人いた。

「連れてきましたよ」

ドンと押されて、肩から硬い床に倒れてしまう。

革靴のつま先が視界に入り、視線を上げていくと、高級そうなシャツの腹がぴちぴちに張った肥満体の男がリオンを見下ろしていた。髪は白髪まじりの茶色で目は緑色、この辺りの出身者かもしれない。お世辞にも美男とは言いがたく、制御を失ってたるんだ脂肪が体を覆いつくしている。

「お前がこそこそ嗅ぎ回っていた召喚士か。どこからの差し金だ？」

周りの男達は控えている。ということは、この男が元締め、元勇者のラファエル＝ゲランか。

「どこの差し金でもない。ジロン村の娘、エマを探してここにたどり着いた」

「嘘だろ、偵察に送り込まれたんだろうが。警備隊の斥候か？　召喚獣一体しか召喚できなかったそうじゃないか、まだ見習いなんだろう。たかだか見習い一人で俺達にちょっかいだそうだなんて舐められたなあ」

他の男達から見下しきった笑いが聞こえた。

召喚紋のある手は、ぎっちりと拘束されていて動かせない。それよりなにより、意識を失ったせいでオルトロスが消えてしまったので、もう今日新たな召喚は不可能だ。

「エマを、女の子達をどうするつもりだ。わかっていると思うが犯罪だぞ！　今ならまだ間に合う、解放しろ」

「若いねえ」

ガツンと革靴で頭を蹴られた。また目の前に火花が散る。

「お前ら、適当に痛めつけてどこの差し金か吐かせろ」

ウーッスという複数の男達の声がして、ラファエルは最も豪華なソファに座る。にやついた屈強な男達が近付いてくる。弱者に対して暴力をふるうのに慣れた者達。

リオンの背筋が凍った。この日は、人生の中でも特に過酷な日となった。


ガタン！

何度目かの衝撃のあと、椅子をなぎたおして床に倒れ込んだ。

「ほらほら、言えよ。言ったら解放してもらえるかもよ～？」

「言っても殺されるかもしれないけどね？　あっはは！」

（いってぇ、どうしよう、逃げなきゃ。これほんとに殺される！）

まだ男達は遊び感覚でリオンを小突いている。腹や背部を軽く数発殴られただけでも、もう痛いというより本能的な恐怖が勝って全身が震えだしてきた。

「待って！　本当に村でお世話になった子の捜索を頼まれただけだ！　警備隊にはあやしいって言ったけど、相手にしてもらえなかった！」

とにかくこの場から逃げ出さなくては。

「召喚士が一人でタイミングよくぶらぶらしてるなんて信じるかよ。お前ら召喚士は国に飼われてるんだろうが」

「俺は違う！　モーゼル国に入国するつもりで村に立ち寄っただけだ！」

「もー、さっさと吐いたら楽なのになぁ」

男が拳（こぶし）を握って顔を狙っている。攻撃したとき、最も相手の心をへし折る部位だ。

「顔は待て」

男の拳が止まる。声はソファの方から聞こえた。ラファエルの声だった。

「顔を殴る前に、楽しませてもらおうじゃねえか」

「は、ボス、まさか？」

「少々年がいってるが、まあいいだろう。コッチの方が吐く気になるかもしれんしな」

他の男達が「ボスの悪癖でちゃったよ」「おとなしく吐いてりゃよかったのによぉ」と下卑た声で

はやし立てる。まさに今リオンに危害を加えようとしていた男が髪を鷲掴みにして、リオンの顔を無理矢理上げさせた。

「よかったなあ。ボスが直々に相手してくれるってさ」

生臭い吐息がかかる。

「は……？」

（なんだ、俺ラファエルに殴られるのか？　なんで皆ニヤニヤしてるんだ）

引きずられて寝台に放り投げられた。すぐに体勢を立て直そうとするも、他の男達から後ろ手に拘束された紐（ひも）を寝台の足にくくりつけられて殆ど身動きがとれなくなる。

「なっ、なんだよ⁉」

ベッドがきしんだ。ラファエルが重い体で座ったせいだ。ここまできたら、さすがにリオンでもわかってしまった。エマが先日言っていたことが頭をよぎる。

『男の子も好きって噂あるし！』

（嘘だろ、まさかだよな）

「なにしてるんだ！　ち、近寄るな！」

「トウが立ちすぎてるけど、最近女ばっかりだったから、まあ起（た）たないこともねぇな」

ぶよぶよの大きな手がリオンの体をベッドにおしつけ、その巨体がリオンに乗りかかる。背筋が凍りついた。

「やだ、放せッ！　あんた、元勇者だろうっ、こんなことして恥ずかしくないのかっ！」

ゴッと音がした。それは自分の顔からだった。一瞬遅れて左の頬に激痛が走る。殴られたのだ。

「うるさい」

だらけていたラファエルの表情に怒りが見える。男達の誰かが「ああ、言っちゃったなぁ」とのんびり小声で漏らした。

気遣いの欠片もなくシャツが破られて胸がはだけられた。ベルトも引きちぎられ、下衣が引きずり下ろされる。

「いやだっ！　やめろ！」

大声で叫び、身をよじるが、うるさいと再度言われて頬をはられた。体の上に乗った重い体をどかせない。

（やだやだやだやだッ）

自分は男に抱かれたことがある。最後までしたのはたった一回。あの時の情交は、こんな悲惨なものではなく、愛情にあふれていた。

脂ぎった手が体を這い回り、乳首をぎりっと摘まみ上げられる。

「いっ！」

吐き気がする。殴られたときに口腔内を切ったのか、唾液は鉄の味がした。涙があふれて醜悪なラファエルの顔がぼやけるのは、救いなのか。

（気持ち悪い……いやだ！）

そうだ、前も同じように命の危機に陥ったとき、助けを求めたのだ。本当はずっと呼びたかった。

会いたかった。でも自分から逃げ出してしまったから呼べなかった。

逃げたと思えば頼るなんて、最低だ。でも。

「――セ、セイさんッ！　セイリオス！」

「はは、誰も来やしねえよ」

黙れと言わんばかりに股間にラファエルの手がのびて性器を強く掴まれると、握りつぶされる恐怖で全身に緊張が走る。

だめだ。助けになんて来るわけない。約束したサルトの街から、自分の意志でずいぶんと離れてしまったのだから。

それならせめて、体を蹂躙されるときも相手を愉しませぬよう、泣き声を漏らすまい。そして脱出の機会をうかがうのだ――。


そう決心して唇を強く噛んだときだ。ふいに室温が急降下し、ぞくりとする。体の上に乗っていた巨大な重しが突然なくなった。次の瞬間にドスンという音と「うおっ」という声が重なる。

これから開かれるショーをにやにやと見ていた男達が、一斉に慌ただしく立ち上がった。

「誰だお前！」

「てめえ！　どこから入りやがった!?」

「なっ、こいつ、魔物だ――！」

その部屋は、一瞬にして息苦しくおぞましいほど濃厚な魔力に満ちた。

リオンの目には艶やかな長い黒髪と天鵞絨の光沢を持つ黒い豪奢な外套しか見えない。長身の何者かが、リオンに背を向けて立っている。

「お前らはそこで見ているがいい」

何の感情もこもらない、徹底して冷たい声。

尻餅をついて転げているラファエルと六人の屈強な男達は呆然と闖入者を見つめている。ラファエルはハッとした様子で、どうにか「おっ、お前たち！　魔物だぞ、殺せ！」と裏返った声で叫んだが、誰も身動きしなかった。いや、ラファエルも含めてみな身動きなどできなかった。男達の足は震え、歯の根が合わずカチカチと小さな音を立てている。

いきなり現れた黒髪の男は静かな衣擦れの音をさせて悠然と振り向いた。

「――セイさん」

高い所から見下ろしてきたのは、一対の真紅の眼だった。目尻の赤い文様もなまめかしく美しい。細い瞳孔と尖った耳から魔物であることが知れる。完璧（かんぺき）に整った造形は何の表情も浮かべておらず、名のある彫刻師が一生をかけて彫った彫刻のよう。

リオンは拘束されて身動きできぬまま、美しくも異形の者を見上げていた。本能が悲鳴をあげている。

これが本当に怖いモノだ。逃げろ、殺されるぞ、喰われるぞ。

横たわるリオンに、すうっと魔物が覆い被さる。震えながら見ているしかないラファエル達には、大きな影にリオンが呑み込まれたように見えただろう。

美しい顔がリオンの目前に寄せられる。だらだらと傷から流れ出す血液を連想させる真っ赤な眼に射貫かれ、目をそらすことはできなかった。胸で跳ねる自分の鼓動がうるさい。

「リオン、私は、怒っている」

セイリオスはゆっくりと告げた。


「ひぃっ、セイさん、やめて、やめてください……」

リオンは後ろ手に拘束されたまま、うつ伏せにされて腰を高く上げている。破れた上着は腕に絡みつき、下半身を隠すものはすべて剥ぎ取られた。セイリオスに触れられるところがすべて性感帯のように感じてしまう。

今、後ろに立つ魔物は無言でリオンの秘孔を弄っている。くぽくぽと浅いところに二本の指を差し入れて、縦横に開く。明らかに太いモノを受け入れさせる準備だ。体に触れられただけで勃起し、漏れ出した自分の先走りを、潤滑油の代わりとして塗り込まれた。

怒っている、と告げられたあと、リオンはセイリオスに殺されるものだと思っていた。もしくは、ひどく痛めつけられるか。なのになぜかセイリオスの指は優しく動いた。

浅い呼吸を繰り返して快感をやり過ごす。ここで喘ぐのはあまりに恥ずかしい。こんな状況で感じる人間だと思われたくない。

「ここは、いや、です。はぁ、はっ、はあ」

だって、見られているから。

静かな部屋に響くのは、リオンの息遣いとセイリオスが後孔を弄る音と、男達が生唾を飲みこむ音だけ。

セイリオスは、ラファエルと男達がいる部屋でリオンに触れ始めたのだ。言葉もなく、ただ淡々とリオンの体を溶かしている。長い指が三本に増やされたが、さしたる痛みもない。セイリオスが本来の姿で側にいるだけで、異常なほどに体が愛撫に反応した。指が抜け、ようやく安堵の息をついたが、すぐに一度だけ経験したことのある硬い感触が尻に触れた。

くる。

「あうっ！　う、う〜ッ」

ずぐ、と硬くて太いものがほぐされたところを最大限に拡げた。腰を大きな手に固定されて、ぐ、ぐ、と容赦なく押し込まれる。きついのに、素直に受け入れようと本人の意志を無視して体がゆるんでしまう。

（キツい、キツいのに。溶けそうなくらい熱くて、気持ちいい）

これが本来の魔物の姿のセイリオスに宿る『蠱惑』の力なのか？　同性の性行為に慣れているわけでもない自分の体が勝手に快感を拾ってしまう。

「はアッ、ア、や、やあ……」

他人に声を聞かれたくなくて噛みしめていた唇がほどけ、押し込まれるたびに拒んでいるのか誘っているのかわからない声が漏れた。挿入半ばにして、背後の男が覆い被さってくる。うなじに吐息がかかり、ガリッと噛みつかれた。

ヒッと喉の奥が引きつる。

「逃げないでくれと願ったのに、逃げた」

うなじに語りかけるように低い声が届いた。後ろ手に拘束されて、獣のように後ろから犯された体勢で、セイリオスの右手がするっと汗ばんだリオンの腹に回る。そのまま、手にぐっと力が入ったかと思うと、強い力で上半身が持ち上げられる。繋がったまま、あぐらをかいたセイリオスの膝に後ろ向きで座らされた。

ずぷっと、まだ半分ほどしか埋まっていなかった性器が、リオンの自重で完全にはまる。目の前が一瞬真っ白になった。

「いっ!? ぁああ!」

衝撃で、リオンの性器からぴゅくっと精液が飛び出してしまった。

「待っていてくれと頼んで、お前は頷いたのに、待たなかった」

のけぞって小さな悲鳴をあげたリオンの耳を甘噛みしたセイリオスは、あろうことかリオンの両足を大きく開いた。

硬直しているラファエルと、その他の男達に向けて。リオンの屹立(きつりつ)した性器と吐き出される精液、そして限界まで拡がって健気(けなげ)に男のものを受け入れた場所がよく見えるように――。

「ああ……! やだ、お願い、見るなあ!」

泣きじゃくりながら、リオンは羞恥で心が焼き切れてしまうと思った。このまま消えてしまいたいと。今意識を失ってしまえばずいぶん楽なのにと。しかしそれは魔物が許さなかった。

「だからもう私の好きにする。ほら、よく見ろ人間ども。これは私のものだ」

ラファエルと護衛の男達は、突如始まった魔物の思いもよらない行動を見せつけられている。そこで見ていろ、と赤い目の魔物が言ってから、体が全く動かず、ラファエルは焦っていた。おそらく何らかの魔法を使われたのだろうが、自分も護衛も魔法防御のアクセサリを身につけていたのに、それが粉々に砕け散っていた。

魔物は、吐き気がするくらい濃密な魔力をまとわせている。これは危険だ、逃げなければならない。それなのにラファエルは冷や汗を垂らしながら、魔物と青年から目を離せない。

突然現れた魔物は、なぜか召喚士の青年をうつ伏せにさせて愛撫を始めたのだ。見せつけるように。どう考えてもあの魔物は淫魔(いんま)の類いではないだろう。格が違う。

しかし、青年はすぐに白い肌を紅潮させて快感を拾い始めた。十分な愛撫を受けて身悶(みもだ)えた青年を、魔物はゆっくりと犯し、繋がった場所をラファエルらの方へさらしながら、「よく見ろ」と言った。

「ッ……」

背後の男達の息をのむ音が聞こえる。最初は歯が鳴るほど震えていた者も、今は固唾(かたず)をのんでその光景に見入っている。男を抱く者も抱かない者もいたが、この部屋にいるラファエルと部下の男達は、みな明らかに興奮していた。

男性的な美の塊のような魔物が、色事に疎そうな青年を執拗に攻めている。背を魔物に預けて足を拡げられた青年は為すすべもなく揺さぶられ、白い肌は紅潮し、性器を受け入れた蕾も充血して赤らんでいた。

「ぃアッ、あっ、ああっ、ん！」

最初はやめてくれと泣きながら懇願していたのに、何度目かの遂情のあとは、喘ぎ声に変わったのがわかった。

ラファエルは違和感を覚えた。魔物の青年に対する触れ方にだ。喘ぎ声とともに、短いストロークで抜き差しされた場所から、じゅぷじゅぷと卑猥な水音がしている。しかしその行為は決して手荒なものではなく、激情に駆られてのものに見えた。体を這い回る長い指、青年の首筋や耳朶を舐める舌、それらはすべて青年を愛でる動きをした。

（一体何なんだこの魔物。精力を吸い取ってるんじゃなくて……これじゃまるで好きでたまらないやつを抱いてるみたいじゃねえか）

ラファエルはハッと我に返って、目の前の光景から無理矢理意識をそらす。

いや、今はそんな事どうでもいい。いつの間にか勃起してしまった股間も、この場所から逃げ出して存分に気に入りの女や男に慰めさせる。後ろの男達を囮にして、自分だけでも逃げてやる。幸いにも、地下には攫った村娘もいるのだから、囮は十分なはず。

ふと、正体をなくして喘いでいた青年の目に理性がともって何かを呟き、魔物はそれに応えたようだ。睦言を語り合う恋人のように見えた。

その直後、血を固めたような真紅の瞳がラファエルを射貫き、魔物の口角がニィッと上がった。

「んッ――――！」

もう何度目かわからないが、リオンは自分がまた射精したのだけはわかった。量はわずかだ。短時間で何度も追い上げられているのだから、仕方のないことだった。びくびくと震えながら、自分の中を侵略している熱いモノを体が勝手に締め付ける。

この痴態を余すところなく複数の他人に見られ、最初は羞恥と嫌悪でいっぱいになっていたが、今やそれどころではなくなった。

背後でふっと息をつめる声がして、リオンの細い腰を掴んでいた手が食い込み、剛直をさらに深くねじり込まれた。そして、腹部の奥の方で熱いものが爆(は)ぜる。

「はあっ！　あ、あつい……」

セイリオスが体内に射精したのだ、と頭の奥の冷静な自分が思う。これから、セイリオスは自分をどうするのだろうか。殺す？　少しでも自分が気に入ったのなら、氷漬けにでもして飾る？

しかしその前に。

体は情交でどろどろに溶けているが、絶対に忘れてはならないことを、冷静な自分は覚えていた。

「セイさ、セイさん、おねがい」

最後の一滴までリオンの体の中に吐き出しながら、背後から手を回して腹を撫で、首筋を甘噛みしていた魔物は応えた。

「なんだ」

「テオとエマ達を、助けて、ください」

「……」

「おねが――」

「お前は私に犯されながら他の人間を想っていたのか」

「ちがい、ます。ただ」

「私のお願いは聞かぬくせに」

「ご、ごめんなさい。ひゃあっ」

たった今放ったばかりなのに、まだ力を持っている性器を後腔でねっとりと揺らされて、思わず喘いだ。

「では、あいつらのことは私に任せてもらおう。いいな？」

「あいつら？　んあっ、ひ、あッ」

「はいと言え、お前の願いを聞いてやる」

ゆるく下から突き上げられて、くぷ、ぬぷ、と水音がする。

理性が瓦解しそうになる中で、セイリオスが耳元で何か囁いている。何を言っているのか、ぐずぐずの頭では理解が追いつかないけれど、とにかく願いを聞いてくれるときこえた。

「は、はいっ。あ、んぅ！」

藁にも縋る思いで応えると、魔物はふっとかすかに笑い、顔を上げて部屋の奥にいる男達に視線を向けたようだ。

（だめだ、もう何も考えられない。もしセイさんが俺を生かしてくれたのなら、ちゃんと謝って、そ

して自分の気持ちを)

リオンはそれから再び激しく攻め立てられ、セイリオスが二度目に吐精すると同時に意識を失った。

びくびくと痙攣して意識を飛ばしてしまったリオンを、壊れ物を扱うように大事に抱きしめたセイリオスは、その場に留めておいたラファエルと部下の男達に目をやった。

「さて、お前たち。良いものが見られて嬉しかろう」

「なっ、なあ！　お前は何が欲しいんだ？　若い人間の血肉か？　この家の地下には若い女を捕らえてある！　男がいいなら、後ろのやつらでもいいぞ！　俺を解放しろ、俺はお前の望むものを用意できる！」

「は!?　ボス！　あんた何言ってやがる！」

「あんた自分だけ逃げようとしてんのかよ！」

ラファァエルがセイリオスに取引を持ちかけようとしていて、しかもその対価に自分達の命が入っていると言われ、立ちすくむばかりだった男達は騒然とする。

「なあ、いいだろ？　絶対に損はさせないから」

「あんたなあ！」

言いつのるラファァエルと部下の男達を冷たい目で見下ろした魔物は軽い調子で告げる。

「リオンが起きてしまうだろう。うるさい、二度と喋るな」

突然屋内にもかかわらず一陣の風が吹き、ざしゅ、と何かを裂く音がした。

「〜〜〜〜！」

「ッ!?」

ごぽっ。ひゅうひゅう。がたん。

先ほどまでの喧噪はどこへいったのか、細い隙間を空気が通り抜ける頼りない音をさせながら、男達は喉元を押さえている。幾人かは指の隙間からこぼれてくる液体を見て、その場で体勢を崩して倒れ込む。

むわっと濃い血の臭いが漂った。

「っ、〜〜!」

ラファエルも己の喉を押さえ、何が起きたのかを必死に把握しようとした。声が出ない、首が熱くて、痛い。喉からこぼれるこの赤いものはなんだ。

すぐ隣の部下の男が倒れ、のたうち回る。男の首は、前面が真一文字に切り裂かれていた。頸動脈を傷つけているわけではないので、噴出するような出血ではなく、だらだらと流れる血液にごぽりと気泡が混じっている。男の口は叫び声をあげるかのように大きく開いているが、裂かれた気管からひゅうひゅうと掠れた音が漏れるのみだ。

男達はみな——ラファエルも含めて——喉を裂かれていた。正確には気管を。一気に静かになった室内で、低い嗤い声が響く。

「ふふ。静かになったな。リオンから許可がおりた。さて、どうしようか」

寝台の上で、全裸の青年を抱きしめて優雅に座した魔物は微笑んでいる。そこから漂うのは、王族の品格、歴戦の古強者の威圧、そして濃厚な死の臭い。

ラファエルとてかつては勇者として幾多の魔物と戦った。しかしこれほど強大な力と相対したことはなかった。自分は、近付いてはならぬモノの、触れてはいけない何かに触れてしまったのだ。

「私はな、これに無断で触れられて機嫌が悪い。お前ら、ダンスでも踊って愉しませろ」

ぞぞぞぞ。

男達の足下の影が蠢（うごめ）いた。いや、影の中から小さく、奇妙なものが湧き出ている。真っ黒い鼠のようなそれは、鋭い牙と爪を持つ魔物だった。鼠は、飢えた先に見つけたオアシスの水のごとくに男達に群がる。足下から噛みつき、肉を食（は）み、血をすする。

「――ッ！」

「～～～！」

色めきたった男達は鼠を踏み潰そうと飛びはね、失敗して転倒し、今度は手や顔を喰われのたうち回った。自身も襲われながら、最も冷静にその光景を見ていた人間はラファエルだった。

まさに最期のダンス。

「ははは、そうだ。踊れ。しかしせっかく静かになったのにまた騒がしくなったな――。まあ、ものの数分でお前達はそいつらに喰い尽くされる。神のもとへなど召されぬように魂は私が喰ってやろう」

ラファエルは、自分の体が喰われていく音を聞きながら、美しくも禍々しいその存在に目を向ける。

そして唐突に理解した。

ああ、これが――魔物の王。

ゴリッという鈍い音と共に、ラファエルの思考は永遠に途絶えた。

＊＊＊

(あ、また子供の頃の夢だ)

背の高い木よりもなお高い場所から、小さな頃の自分を見下ろしている。ふわふわの金茶の髪の少年は、シュレイ家別邸の広々とした庭で遊んでいた。

相手は黒い仔犬だ。黒い翼と宝石みたいな赤い目を持っており、普通の犬ではないとわかる。最初に召喚した名も知らぬ獣だった。

母と数人の侍従とで暮らしていたリオンは、この家においてはのびのびと遊ぶことができた。シュレイ家本邸は、当主である父と正妻、後継者の兄がおり、催し物などがあると本邸に集まらなければならない。そこに呼ばれると、決まって正妻が母親とリオンに冷たい態度をとるので、できれば本邸には行きたくなかった。

きゃあきゃあと子供特有の高い声をあげて駆け回る幼いリオンに、仔犬もふさふさした尻尾を大きく振ってついてくる。仔犬から隠れようと木の裏に回りこもうとしたリオンは、張り出した木の根に足を取られ、すてんと転げてしまった。

リオンはのろのろと起き上がって、自分の膝こぞうからわずかに血がにじんでいるのを見るや、ふにゃっと顔をゆがめた。

「う、う、わぁぁ〜〜ん！」

（う、我ながら、そのくらいで泣くなと言いたい……。六歳ってもうちょっと我慢するだろ。俺、こんなだったっけ。もう覚えてないや）

苦笑しながら、鳥の視点でその光景を見ていると、仔犬がとてとてと近付いてきてリオンの涙を舐めた。

「いたいよう、うう」

仔犬は何度か涙や顔を舐め、リオンが泣き止まないのを知ると、今度は膝こぞうをぺろりと舐める。傷に触られてリオンは一瞬、「ひえっ」と怯えるが、仔犬が血を舐めとるように舌を這わすのをじっと見ていた。

（ん、あれ？　ケガが、消えた？）

リオンの小さな膝こぞうは、少しばかり赤みが残っているものの、もう出血するような傷はなくなっている。きょとんと膝と仔犬を見比べて、少年リオンはぱあっと満面の笑みを浮かべ仔犬を抱きしめた。

「ありがと！　いたいの、どこかへとんでいっちゃった！」

また少年と仔犬は追いかけっこを再開する。

俯瞰（ふかん）していたリオンは、何かひっかかるものを感じたが、それが何かを思い出せなかった。

（これは夢だ。殆ど覚えのない昔の思い出を、都合よく書き換えただけ――）

意識は夢のなかに溶けていく。

＊＊＊

ぽかぽかと暖かい。穏やかな風が吹き抜けていく。瞼に光があたって、リオンはすうっと覚醒した。

「あ……」

清潔なシーツと肌触りの良いブランケットに包まれ、オフホワイトに塗られた天井が視界に入る。

ジロン村の、テオ・エマの家族が経営している宿だ。

（朝、かな。あー、なんだろう、体がすごくだるい。水飲みたい）

昨日どうやってベッドに入ったのだろうか。覚えていない。仔犬と遊んだ夢を見たような。早くモーゼルに入国して兄の手伝いに行かなければ。ジロンの誘拐事件は結局依頼を受けたんだっけ。

夢と現が急速に混じりあって混乱していた。

（エマが飛び出していって、俺とテオでエマを探して。そして、捕まっ……！　そうだ！）

「テオ！　エマ！」

慌ててブランケットをめくって起き上がった。部屋の外で忙しない二つの足音が聞こえてきたと思ったら、バターン！　と扉が壊れる勢いで開かれる。

「起きたの？　リオンさん！」

「リオンさん、大丈夫かっ」

飛び込んできたのはエマと、額にガーゼをあてて包帯を巻いたテオだった。

「二人とも！　良かった、無事だったんだな！」

「リオンさんこそ、三日も眠り続けたのよ⁉　大丈夫なの？」

「えっ、三日⁉」

「大きなケガはなかったけど、頭とか打ったのかと思って心配してたんだ」

「あの、あいつらは？　他の女の子達も……」

確か自分が捕まっていた部屋にはエマ以外にも女の子達がいたはずだ。

「ありがとう、リオンさん達のおかげで無事よ。女の子の中には殴られたりして、精神的に不安定になってる子はいたけど、体の方は、みんな無事だったの」

「オレも警備隊が来てやっと目が覚めてさぁ」

「兄さん何にも役に立ってなかったわ！　ホント！」

「ね、ねえ、あいつらは捕まった？」

「リオンさん、ラファエル達に殴られて気絶したんでしょ？　警備隊が到着した頃にはあいつら全員逃げちゃってたみたいで、もぬけの殻だったんだって。今も警備隊が捜索してるけど見つかっていないみたい」

自分は殴られて気絶、したんだっけ。あれ？　どうだったっけ？　ある時点から記憶に靄がかかったようだ。

「眠ってるリオンさんをお医者さんにも診てもらったんだけど、大きなケガはないって。吐き気とかはない？　頭が痛いとかなら言って」

「大丈夫だと思う。すごくだるいけど」

「メシ、食ってないもんな。今からなんか作ってくるから」

「……あの、ねえ、リオンさん」

いきなりエマが頬を染めてもじもじし始めた。綺麗に化粧をしているし、上品な洋服を身につけている。数日間共にいたが、こんなエマを見たのは初めてだ。テオといえば、隣で苦笑している。

「なに？」

「あのお方は、リオンさんのお友達なの？　リオンさんのこと、『私の主』って言ってらしたのだけど。まさかね？」

「え？　あのお方？」

ざわざわと胸が騒ぐ。

「もう！　しらばっくれないでよぉ！　あのお方よ～！」

バンバンとけっこうな力で肩を叩かれ、若干身を引いていると――。

「目覚めたか、リオン」

低い男の声がした。

テオとエマの後ろにスッと人が立った。テオよりも頭一つ分背が高いのに、いつ近付いたのかわからないほど足音がしなかった。整った顔、品のある怜悧な面差し、暗い朱色の両眼。記憶にかかっていた靄が一瞬にして吹き飛ぶ。

（！）

「ほら、水だ、飲め」

驚愕で目を見開いたまま言葉も出ないリオンに何の気負いもなく近寄ってきたのは、庶民的な宿で完全に浮いている男だ。リオンに水差しとコップを差し出す。

「セッ……。セ、セイさんッ!?」

そうだ。ラファエルらに捕らわれ、暴行されそうになったときに本来の魔物姿のセイリオスが現れたのだ。そして——。

思い出した途端、じゅわっと全身に脂汗が噴き出した。ラファエルとその部下の男達の目の前で、激しく情を交わしたのではなかったか。目の前の魔物と。

ここ最近の寒さが嘘のような、暖かい朝の風が部屋の中に届く。硬直しているリオンの頬をするりと撫で、セイリオスは堂々と言い放った。

「もう逃がさんぞ」

宿にはその直後、エマの「きゃー！　どういう関係なのっ!?」という悲鳴というか歓声が響き渡った。

リオンはとりあえず現実から逃避しようと、もう一度ベッドにもぐり込もうとした。

「チッ、生きてやがったか」

とげとげしい、若い男の声がする。扉の方を見ると、小麦色の肌に金の短髪の男が腕を組んで立っていた。

（ええと、誰だっけ）

リオンを睨みつけているその男に見覚えがあった。セイリオスを追いかけてきた配下らしき魔物だ。今は尖った耳もなく、金の目の瞳孔も丸い人間の姿になっている。すらりとした細身の見目のよい青年はたしか、セイリオスから「カペラ」と呼ばれていたのではなかっただろうか。

「おい、そこの人間。セイリオス様が直々にお声をかけられたのだ、寝るんじゃねえ！」

「カペラさんったら〜。リオンさん、まだ本調子じゃないんだし、もう少し眠らせてあげましょうよ。兄さん、リオンさんのゴハン作りましょ。カペラさんも手伝ってね！」

「なっ、なぜわたしがそんな事をしなきゃならん！　お、おい、娘！　はなせ！」

エマはカペラの腕をむんずと掴んで部屋を出て行った。まさかその青年が魔物とは知らないエマは大胆な行動をしていて、リオンははらはらして体を起こす。

しかし、テオがまあまあと笑いながらリオンをベッドに戻した。

「リオンさんは休んでろって。食べやすいもの作ってきてやるからな」

「いや、テオ、あの人は」

テオもさっさと部屋を出て行ってしまった。なぜカペラがここに？　呆然と座っていると、すぐ側から声がかかった。

「心配するな、カペラには私の許可なく人間を害するなと言ってある」

気がつけば、部屋にはセイリオスと二人だけになっている。セイリオスがベッドの端に腰を下ろしたことで、二人の距離はぐっと近くなる。無言で顔を見下ろされていて、居心地が悪くなったリオンはとりあえず口を開いた。

「どうしてカペラさんがこんなところに?」

「あれは何度まいてもついてこようとする。まあ、気にするな」

「――なんで、俺がここにいるってわかったんですか」

「探したからに決まっているだろう。サルトから始まって近隣の村をしらみつぶしに。お前が私を呼んで、ようやく場所が特定できたのだ」

「じゃ、じゃあ、どうしてあんなことっ! ……違う。すみません、ああいう時ばっかり助けを求める俺が悪い」

　セイリオスは眉を寄せた。

「そういう事を言っているのではない。ひと月だぞ、その間、お前は一度も私を呼ばなかった。私がどういう思いでお前を探していたかわかるか? 呼ばれて飛んできてみれば、お前は他の男どもに体をもてあそばれていた」

「……」

「お前は私の主だというのに」

　セイリオスから逃げたことに引け目を感じていたうえ、結局危機に陥れば助けを請うという情けなさから、うまく言葉が出てこない。助けられたのは三度目だ。

　うつむいて白いシーツを掴む自分の手を見るともなしに見ていると、大きな男らしい手がリオンの手に重なった。

「リオン、私を見ろ。なぜ逃げた？　私が魔物だからか？　異形だから醜く、怖いか。――しかし、私が魔物であることは自分にもどうしようもないのだ。このように人の姿を模する事はできる。これではだめか」

「ち、違います。魔物の姿が怖いんじゃないです」

魔物姿モードのセイリオスを美しいと思いこそすれ、醜いなんて思った事はない。手を握られて体を離せず、また強い力を宿す朱色の目に見つめられ、見えない鎖にしばられたように身動きがとれなくなった。

「ではなぜ？　人を害するから？　だが人も人を害するだろう。ときに私たちよりも残虐に同族で殺し合っている」

「確かにそうですが、でも、違うんです」

「何が違う。言え、リオン」

セイリオスは真剣な面持ちでリオンの顔を覗き込んでいる。適当な返事は許されない雰囲気だ。喉に溜まった唾液をゴクリと嚥下(えんげ)する。

「セイさんは、北の魔王なのでしょう？」

「元、だ」

「北の魔王は、四百年もの間、人族の大いなる敵であると言われてきました。大陸中のどこの人間だって知っていることです。これまで多くの人間を殺してきた恐ろしい存在だと、教えられてきたんです。そんな魔王が、なんで俺に優しくしてくれるのか、わからないから、怖い」

それを聞いて、セイリオスが小さくため息をついた。そしてすぐにリオンの体はぐいっと引き寄せられ、抱きしめられた。

「わっ」

「確かに在位中は領地と配下を守るために人間を排してきた。もう数など覚えておらんが、これまでの行いは変えられない。けれど王という責務から逃れた今、お前の許可なく人を殺さないと誓った。私は誓いを違えることはないぞ。あと、何だ、どうして優しくするのかわからんだと？」

一回り大きな体に強く抱き込まれながら、耳元に吐息がかかるのがわかった。

「初めて会ったときにお前になら飼われてもよいと思った。嫌われたくない。それはお前に優しくする理由にはならないのか？」

「セイさん……」

飼われたいというのが人間の感覚として違和感があるが、セイリオスは嘘をつかない。本当に、裏などなく好意を持ってくれているのがわかった。一目見て気に入られるほどの容姿とはとても思えないし、能力的にも召喚士の平均以下なのに。

初めて会ったのは北の魔王城だったと思うが、あの時、好意を持たれるほど接触した覚えがない。何か声をかけられた覚えはあっても、極度の緊張の中だったのでその内容はすでに記憶に残っていない。自分を気に入ってくれる理由に、皆目見当がつかないのだ。

(俺だって、本当はセイさんが怖いとか思ってない。どうして魔物の統治者という立場のものから優しくされるのかわからなくて、不安で、動揺したのは確かだけど。でももう、そんなことで悩むんじゃなくて、実際に接したセイさんを、俺がどう思うかが一番大事なんじゃないか？）

しばらく抱きしめられながら、口を開こうとした時だった。廊下から兄妹の和気藹々とした話し声が聞こえてきて、リオンはそっと温かい腕の中から体を離した。

＊＊＊

魔物の外見は年齢と比例せず、カペラも若々しい青年の姿ではあるが齢二百年を生きている。

生まれ落ちたときは四本足で歩き、物心ついて人型に変化できるようになってから、自分が周りの魔物よりも抜きん出ていることを悟った。知力においても魔力においても、である。縄張りなども気にせず好き放題に遊び暮らし、衝突する魔物は気の赴くままに打ち倒した。誰もカペラに刃向かわなくなった頃、戯れに人族の群れる街でも壊してやろうかと思い至った。

敵対する者には徹底的に制裁を加えるが無為な人族狩りは禁止、という北の魔王領の不文律は知っていたが、脆弱な人間が恐怖に怯え逃げ惑う様を想像するとゾクゾクした。だから実際に大きな街のいくつかの家を破壊し、火の手が上がって逃げる人間達を、空から見て愉しんでいたのだ。なんと弱く、愚かな生き物だろうと嗤った。

しかしすぐにそれは自分の事だと思い知らされる。

翼のある馬の背に乗っていた自分が、一瞬にして地べたに這いつくばっていた。何が起こったのかもわからぬうちに頭にガツンと衝撃が走り、誰かからブーツで踏まれたのだとわかった。

なんとか目だけを向けた先に、めらめら燃える家を背にして、恐ろしい生き物が立っていた。艶やかな黒髪、したたる血の色をした目、目尻を彩る赤い文様を持つソレは、女のようなたおやかさは微塵（みじん）もないのに、素直に美しいと思えた。しかし同時に、下手なことをすれば、一瞬で頭を踏み潰されてしまうだろうことも、カペラにはわかった。

　ソレは睥睨しながら言った。

「なかなか元気なようだ。だが、躾がなっとらんな」

　死の恐怖と相まって、陶酔に似た震えが全身を駆け抜けた。己の主はこの圧倒的な存在しかいない。その日からカペラは魔王・セイリオスに服従を誓った。

　そのセイリオスに仕えて百五十年あまり、カペラは栄えある北の魔王の右腕とまで言われるようになった。そのいつも泰然自若とした敬愛する主が、今明らかに苛立（いらだ）っている。

「セイリオス様、もう暗くなりました。すでに人間も眠っておりましょう」

「もう半月だ。これほど探しても気配を感じ取れない。やはりもうサルトにはおらんのか」

　タイレス国の中でもサルトは有数の商業街だ。住民も多ければ、国内の商業の拠点の一つでもあるので旅人も多い。その街でもう半月、セイリオスは人の姿で、ある一人の人間の気配を追っていた。

　麦色のふわふわした髪と茶色い目をした若い人間の男。カペラの認識はその程度だった。その人間と別れたあと、セイリオスは北の魔王領に戻り、宣言どおりに三日で問題を片付けた。片付けたといっても、無理矢理力で押し切ったといった方が正しい。

次代魔王に推したプロキオンを説得し（脅し）、突然の代替わりに抗議に来ていた古い血族の族長達を一喝し、混乱して暴れていた低級の魔物を早急に取り締まるよう指示を出した。

力が最重要視される魔物の世界で、比類なき力を誇っている男はそうしてあっさりと魔王引退を宣言した。颯爽（さっそう）と一人サルトに戻るセイリオスに、カペラは迷わずついてきたのである。

「あの人間がどうされたというのです。容貌も平凡、魔力も低いただの人ではありませんか」

「お前達にはわからんだろう」

素っ気なく身を翻して歩き出した主に付き従う。今日は探索を諦めたのか、宿へ向かっているのだ。驚くべき事に、セイリオスは自分で人間の宿に泊まることを学んでいた。

ちらちらと白いものが空から降ってきた。北の領では当たり前のものだが、この地域では珍しい雪だ。カペラはセイリオスの機嫌の下降とともに周辺地域の気温が低下してきているのに気づいていたので、ついに降り出したか、と思う。

「……御身に不調はございませんか？　そのようなもの、外されてはいかがです」

「特に問題ない。元の姿では人に交じりにくい」

「交ざる必要などございません！　関係のない人間など見た端から殺していけばよいのです。そうすれば、いずれ残っているのは貴方様の探し人だけになるでしょう」

「私は人間を殺すときはあれに許可を得ると言ったからな」

ふふ、と久しぶりに口角を上げて微笑した主にひととき目を奪われる。

（なぜだ！　なぜご自分から魔力を削ぎ、あまつさえ人間に従うような言動をなさるのか！）

仮の姿になったセイリオスの耳朶に光る赤い宝石は『聖人の涙』と呼ばれる稀少なアイテムである。古い時代の高位の聖人が己の血と涙をもって作ったと言われている。

人間にとっては、悪しき力を寄せ付けない、対魔物用の最高ランクのアクセサリだが、当然、魔物にとっては非常に危険なものだ。人型になれないくらいの低級魔物だと、近付くだけで即死する。カペラですら、装着すれば立つことさえできないだろう。それを、セイリオスは魔力を人間レベルに抑えるために、身につけていた。装着しているだけで存在自体を抹消しようとしてくる力に対抗し続けるという、その疲労を慮るや。

とても悔しかった。忠誠を誓った主が、どうして、あんな人間の男のために。

結局、サルトを出て近隣の村々まで足をのばしてもその人間の消息は追えず、主の機嫌とともに周辺の気温は降下し、雪を降らせながらひと月が過ぎた。

そして、いくら追い払われてもずっと付き従っていたカペラですら気がつかないうちに、突然セイリオスは姿を消したのである。おそらく、あの人間の声を聴き取り、向かったのだろう。

そもそも、北の魔王城から忽然と消えた主を探すために、全大陸にカペラは耳を仕掛けていた。数ヵ月にわたって、魔力の宿る主の御名を聞き逃さぬよう神経を研ぎ澄まし、ついに東の魔王領に隣接するタイレス国南東部のサルトという街の近くで、その御名が囁かれるのを聞いたのだ。深夜といっていい時刻、人間が知らぬはずの主の御名、『セイリオス』と。

すぐさま使い魔を送り込むと、正確な場所も特定できた。気高い我が主が、人間の宿に宿泊しているらしい。そしてどうも主が人間に情けを与えているらしいことも知ったが、そんなことはどうでもよく、カペラは北の魔王領を飛び出した。探しもとめた主と出会えたのはその数日後だった。

(だから今回も、あの人間が御名を呼びセイリオス様が応えられたのだろう。しかし、人間風情がセイリオス様を呼びつけるなど万死に値するっ……！)

カペラは激しい怒りを感じつつ、とりあえず使い魔である有翼の黒馬を呼び出した。セイリオスは本来の姿で人間のもとへ向かったらしく、すさまじい魔力を辿るべに辿れば難なく居場所が知れる。

そうして、南のモーゼル国との国境沿いにある一つの村で、主と人間の男を見つけた。ぐったりした若い男を抱えたセイリオスが、ちょうど食事を終えたところだった。

セイリオスの食事、それは生き物の魂である。人間だけではなく、獣や植物の生気、同族である魔物の魂すら己の糧としてしまえる魔物は、おそらく大陸中にセイリオスだけではないだろうか。少なくともカペラは聞いたことがない。

「セイリオス様、その人間の魂を食されたのですか？」

「まさか。リオンに触れた汚らわしい輩(やから)がいたのでな。血肉は鼠どもに喰わせたが、輪廻(りんね)の歯車に乗らぬように魂は私が喰ってやった。まずかったが仕方ない」

濃厚な血臭はするのに、部屋の中は倒れた椅子や机のみで、人間がいた形跡など露ほども残っていなかった。血や肉、骨の一欠片ですら残さず貪欲(どんよく)な鼠の魔物に喰われたのだろう。セイリオスがその気になれば、街の一つや二つ、瞬時に消失させることもできるはずだ。カペラは主の規格外の魔力に恐れいり、改めて畏敬の念を持った。

その後、セイリオスはまた人の姿になって地下に捕らわれていた人間達を解放し、リオンを休ませるために人の宿に滞在することを決めた。

「カペラ、お前はついてこなくて良い。北に戻れ」

「わたしは、貴方様のお側から離れません。絶対にです！」

「……物好きなやつだな。ただし、人に害を為すなよ、リオンが嫌がる」

ため息をついた主から、それ以上の拒絶がなかったので、カペラも外見だけは人間の姿をとって同じ宿に滞在することにした。

本当は他の配下も北の地を離れてでもセイリオスに付き従いたいと望んでいたのだが、北の魔王領に一時的に舞い戻ったセイリオスから、次代魔王として指名したプロキオンを支えろと命が下ったため、北に留まっている。

それでもカペラは追いかけてきた。

(たとえあなたのご意向に逆らうことになっても、これだけは譲れない)

宿の、エマという年若い娘から皿洗いをしろだの買い物につきあえだの、憤慨ものの要求をつきつけられても、セイリオスの言いつけを守ってこらえている。

ある日カペラがエマに言われてシーツの交換に向かった際、こんこんと眠るリオンの体を、セイリオスが拭き清めていた。

「なっ、何をなさっておいでですセイリオス様!?　そんなことはあの人族の兄妹に任せておれば良いのです！　貴方様がそのような！」

「ん？　いや、汗ばんでいて不快だろうと思ったからな。私がやりたくてやっているだけだ、問題ない」

「ですが。おっしゃっていただけたら、わたしが何でもいたしますから！」

「不思議なことだが、コレのためにすることは何にしても面倒と思わない」

カペラは愕然とした。初めて見るような柔和な顔で平凡な人間の男を見下ろす主は別の生き物のようだった。カペラが仕えて百五十年、セイリオスは絶対的な力をもって自領を統制してきたが、その間感情らしい感情を見せることは殆どなかった。

いや、一度だけ笑顔を見たことがある。主は「この世界にも飽きたな」とぽつりとこぼし、それから一切の魔力の補給を行わなくなった時期がある。今から三十年ほど前だ。配下がどう進言しても魂を喰うことなく、徐々にセイリオスの魔力が衰えるのを感じ、カペラは床に額をすりつけて自分の魂を喰ってくれと請うたが、叶わなかった。

それから十年、糧を一切取り込まずに魔王としてなんとか統制を続けるも、ついに寝室に閉じこもり、淡々と消滅を待つ状況となったのである。

怜悧な容姿は全く損なわれなかったが、下級の魔物レベルまで魔力が低下した主を想い、カペラは涙にくれた。本来ならここで謀反が起きてもおかしくない状況であったが、北でも屈指の魔力を誇るカペラとプロキオンが全力で周りの動向に目を光らせ、それを抑えた。それでも下級の魔物は理性を失い、隣接する人間の街を襲う事件が頻発、また魔王領内も荒れに荒れた。

しかしあるとき――今からおよそ二十年前――突然、主が寝室から颯爽と現れ、配下のものを驚かせたのだ。

「なんだお前達、部屋の前になぜ集まっている？　さて、久しぶりに腹が減った」

その時の神々しいほど美しい笑みを、カペラは一生涯忘れないと思う。

それから、魔王の力の減衰を察知して暴動を起こしていた魔物や魔王討伐を目論む人族を怒濤の勢いで撃退し、喰らい、あっという間に北の統制が戻った。あとにも先にも主の笑顔を見るなんてあの時の一度限りだと思っていたのだが。


「セイさん、大丈夫ですっ！　食事くらい自分でできます！」

「じっとしていろ、私が食わせてやるから」

「いや、ほんと大丈夫ですからぁあ！」

目の前で騒ぐ人間の若い男と、我が主。三日眠り込んでいたリオンがつい先ほど目覚め、ミルク粥を食べようとしたとき、主が匙を横から奪い取ってしまった。セイリオスが手ずから粥を口に運ぼうとし、それを拒むリオンとの間でやりとりがあったが、もちろん主は難なく青年の手を押さえて口に匙をつっこんでいる。

主はとても楽しそうに笑っている。人間は好きになれそうにないが、主の楽しそうな姿はいいなと頬が緩むカペラだった。

＊＊＊

「な、なんだこれ」

リオンは自分の足下を見て絶句した。足に青々とした太い蔦が幾重にも絡まっている。

ここはそれなりに人通りもある小道で、わずかな雑草が生えている程度だ。山の中でもあるまいし、そこにだけ蔦が群生しているなんてことはなく、現に歩いている途中も蔦なんて影も形もなかった。

リオンをそこに留めるかのように、突然生えてきて両足に絡みついたとしか思えない。

（まただ……）

「もう！　セイさん～っ！」

もう何度目だろうか。毎回バラエティに富んでいるのだが、とにかく何か障害物が現れてリオンの足止めをする。しばらく蔦に絡まれたまま小道に突っ立っていると、道の向こうから小麦色の肌の男がやってきた。

「どこへ行く」

「カペラさん！　この蔦はなんですか？　外してください。テオに頼まれて酒屋へお酒の注文に行く途中なんです！」

「出歩くことをセイリオス様にご報告してないだろ」

「さっき頼まれたばかりですから、セイさんには言ってませんよ！」

「外出するときは言えと、セイリオス様から何度も言われていただろうが。お前は阿呆(あほう)か」

「ちょっとそこの酒屋に行くだけですって！」

「そうやってまた逃げてセイリオス様に面倒をかけるつもりか！」

「にっ、逃げませんってば！」

カペラははっきりと眉間に皺を寄せて睨んでくる。セイリオスに対する言葉遣いとは違い、かなり荒っぽい喋り方だが、こちらがカペラのいつもの喋り方らしい。出会いの時からリオンの事が気に入らないらしく、ツンツンした態度をとってくるのだが、セイリオスに命じられているためか害意は感じない。

裏表がなさそうなぶん、なんだかんだで話しやすい。エマにもいいように宿仕事を手伝わされているのを知っている。

そう、この蔦はセイリオスの仕業だった。ずいぶん体力が回復したリオンが宿から外出すると、一定の範囲を越えたところでいろいろな障害物が足止めをする。

(逃げたことを相当根に持たれているな、これは)

どうやらセイリオスについて行くことを決めたらしいカペラも一緒になってリオンを見張っているようで、魔物主従の目の届く範囲から出してもらえない。

「逃げては殺されそうになってセイリオス様に助けられているんだろうが。おとなしくしてろ、面倒をかけるな！」

ぐうの音も出ない。北の魔王城から離脱したのを含めると、セイリオスからは三度逃げ出したことになっているらしい。そして、害意のある魔物や人間から助けられること三回。どうやらいろいろと信じてくれなくなっている。

「しばらく寝ていたので筋力が落ちていますし、運動がてらに出ただけですよ。カペラさん、セイさんに言ってください、俺、逃げませんから」

「阿呆、自分で言え。だいたいな、逃亡を防止するなら足を切り落とすなり人族が踏み込めない領域へお前を監禁するなりしたらいかがか、とわたしは主に進言したんだ」

「は？」

今さらりと、とんでもなく恐ろしいことを言われた。腕を組んでリオンを睨んでいるカペラに、冗談を言っている素振りはない。

「え、いや、なんですかそれ。で、セイさんはなんて……」

「閉じ込めてしまいたいのはやまやまだが、そうするとお前が悲しむだろうから、どうにかこらえている、とおっしゃった！　我が主に心労をかけるな馬鹿者！」

話しながらまた憤ってきたのか、蔦に絡まれたままのリオンに人差し指をビシーッとつきつけて、「慈悲深いセイリオス様に感謝しろっ」と怒鳴っている。

（まじですか）

魔物の考えることはわからない。

日差しが燦々と降り注ぐ田舎の小道で、「監禁したらどうですか？」「いや、まだ我慢しよう」なんて話を聞くことになろうとは。それも監禁対象が自分ときている。

「そら、さっさと帰るぞ」

「だから蔦が絡んで動けないんです！　っというか、酒屋への使いをしないと」

「宿へ戻ろうとすれば蔦は自然に外れる。くそっ、酒屋はわたしが行ってやる！　主のためだ！」

使いっ走りを引き受けてくれるらしい。蔦は言われたとおり、宿へ帰る素振りをみせるとするすると外れ、溶けるように消えてしまった。

「わ、ほんとに消えた」

「さっきの蔦は低級の魔物だ。セイリオス様の命を受けて周辺の魔物が見張っているからな、逃げられると思うんじゃないぞ」

えーと思っていると、カペラはリオンの横を通り過ぎて小道を進んでいった。そのまま酒屋に行くのだろう。意外と働き者の魔物だ。

（ここ東の魔王領に近い場所なのに、その辺の魔物もセイさんの命令で動いちゃうのか）

基本的に魔物は能力主義で、自分より強いと認めた相手には従う存在だ。高位の魔物ほど自分の所属地から離れることはないそうだが、元魔王クラスになると、行く先々で配下を作り放題だろう。

とぼとぼと歩いて宿に戻る。宿の裏手で薪割りをしているテオを見つけて、カペラが代わりに使いを頼まれてくれたことを伝えた。

「カペラさんってちょっと怖いのかなって思ってたけど、意外と人が好いよな」

テオも同じ事を思っていたようで、リオンはうんうんと頷く。部屋へ戻ると、セイリオスが大きく窓を開いて、ゆったりとソファに腰を下ろしていた。宿の中でも最も広い部屋に、リオンとセイリオスは移っている。

「おかえり、リオン」

無断で外出し、蔦に妨害されていたことなどとっくにお見通しのはずの男は、やんわりと微笑んでリオンを迎えた。

「セイさん、お話があります」

「なんだ？」

（ちゃんと、伝えないと）

すっと息を吸い込んで、言うべき事を頭の中で反芻する。

「俺、もう逃げません。セイさんは北の魔王だったかもしれませんが、俺が知っているセイさんは全然怖くなくて、優しい。魔王に関するいろんな噂は、もう忘れます。でも俺、とっくにご存じでしょうけどいろいろとつかえない召喚士で、特別に力もありません。いつも助けてもらってるし、むしろ迷惑をかけると思います。それでよかったら、一緒に旅をしてください」

早口で言い切って、ふーっと深く息をついた。

（多分、俺はとっくにセイさんが好きだったんだ。二回も、あ、あんなことしておいて、ここで気がつくのも遅すぎるけど、セイさんともっと一緒にいたい）

これが恋なのか、愛なのかと聞かれると首をかしげてしまうが、それも共に過ごすうちにわかってくるはずだ。

セイリオスは珍しく、きょとんとした顔をしてその言葉を聞いていた。それから、ふわりと蕩けるような笑みを浮かべ言った。

「喜んで」

美しくも甘い微笑みに、鼓動がドクドクと外に聞こえてしまいそうになる。おかしい、魔物モードのセイリオスと相対した訳でもないのに、心拍がはね上がっている。

男がソファから腰を上げて、ゆっくりと近付き、リオンが固く握りしめていた左手を取る。魔物のくせにとても優雅な物腰でその左手に唇を寄せて、甲に触れるかどうかの口付けを落とした。

「やっと、ちゃんと私を飼う気になったようだな」

ふふっと笑った男に、リオンは『また飼うとか言ってますけど意味違いますから』と言おうと思ったが、それはできなかった。

魔物からの優しい口付けを受け入れたからだ。


「リオンさん、本当に行っちゃうの〜？　もうちょっとこの村に残って療養したら？」

「おい、エマ、リオンさんも実家の様子が気になるんだろ。あんまりわがまま言うな」

リオンの体調もすっかり良くなり、モーゼルへと旅立つ時が来た。テオ・エマの宿に泊まってひと月ほど経過している。セイリオスとカペラに相談して、荒れているという噂のモーゼル国へ出発することとなったのだ。

「今までお世話になりました。テオの言うとおり、実家のことが心配になって」

というのも、ここ最近、南のモーゼル国から逃げるように国境を越えてくる民が増えたのだ。およそ百年となる南の魔王の不在で、魔物と人間の長きにわたる均衡が崩れている。

魔物が領域を逸脱して人間を狩り、その報復に人間が魔物を狩る。そういった無秩序な世界で最も被害を受けるのは、老人や幼い赤子を抱えた家族、自分の身を守る術のない人々だった。命からがらモーゼル国を出て、ジロン村にたどり着いた民が、テオ・エマの宿に宿泊する頻度も明らかに増した。その宿泊者の言葉から、リオンはモーゼル国の実情を知ることになった。


「モーゼルはもうだめだ。所詮人間の力だけでは魔物を統制することなんてできないんだ。百年前の勇者アーロン一行は、先のことを考えずに魔王を討伐してしまった」

「強い力を持つ魔物が一体いるみたいだが、アレは魔物を統制する気配がまったくない。楽しそうに人間を殺しているだけ。魔物すら戯れに殺しているところを見たと言う者もいる」

「もうモーゼル国で生きていくのは無理だと思って、家族と出てきたの」

「アレを討つべく勇者達が向かっているが結果は散々。すでに勇者も何人か死んだらしい」

モーゼルから避難してきた人々は、リオンがモーゼルに入国しようとしている事を聞くと、口々にそんなことを訴えた。リオンはそれを聞いてとても焦った。

優れた召喚士一族のシュレイ家次期当主の兄から連絡を貰ったのは、かれこれふた月ほど前になる。帰郷を促す伝令もあった。今まで反抗したことがなかった異母弟が指示に従わなかったことに、憤りを感じていることだろう。

テオとエマが国境まで見送ってくれ、ついにタイレス国を出国した。

結局、ラファエル達の消息は未だ警備隊も掴んでいないという。

本当は、少しだけ覚えているのだ。

ラファエルの暴行から救ってくれたあと、怒ったセイリオスに激しく抱かれ、意識が朦朧としている状態で、確か自分は問われた。『あいつらのことは私に任せてもらおう。いいな？』と。

そして自分は、はい、と答えたのではなかったか。それからリオンはほどなく意識をなくしてしまったので、その後何が起こったのかは知らないが——、おそらくラファエル達はもうこの世にいないのだろうと、おぼろげにわかっていた。

セイリオスを問い詰める気はない。綺麗事だけで済まされる状況ではなかったのだ。

（魔物のすべてが悪いものばかりじゃないように、人間も良い人間ばかりじゃない。そこを、俺は自分の目で見極める必要があるんだ）

四章　モーゼル国

「どうした。家族が心配か？」

兄妹と別れ、モーゼル国へ入国を果たしたリオンと魔物主従（何の魔法を使ったかわからないが検問をなんなく通過した）は、モーゼルの首都サレドニを目指している。しばらく考え事をしていたリオンにセイリオスが声をかけてきた。

「えっ、ええ、そうですね。母は元から体が弱いし、兄も召喚士として出撃を繰り返しているでしょうから、大丈夫かなと」

「そうか。すでに勇者パーティもいくつか壊滅しているようだぞ」

「？　なんで知ってるんですか？」

「カペラに情報を探らせた。これは耳がいい」

一体いつの間に情報を取得したんだと、カペラを振り返る。セイリオスの斜め後ろに控えて歩く姿は、完全に貴族の僕（しもべ）といった体だ。その小麦色の肌の青年は、主に褒められて金色の目をきらきらと輝かせた。

「はいっ！　わたしの耳で探れぬものはございません！」

カペラは、どういう力を使ってか、先にモーゼル国の内情を調べていたらしい。鼻息荒く、得られた情報をリオンに教えてくれた。

「多くの魔物が魔王領から出て好き放題しているみたいだが、特にタチの悪い魔物が一体、野放図に振る舞っている。人間も魔物も見境なく、戯れに殺してまわっているらしい。力だけはそこそこあるみたいだから、厄介だな」

「じゃあ、その魔物が次の南の魔王候補なんですね？」

「違う、そんなんじゃない。あれは、魔王の器もなけりゃ資格もない」

「うつわ？」

　実力主義の魔物のことだ、最も強い力を持つものが魔王となるのだろうと思っていた。なにか条件があるのだろうか。

「魔王は、魔物を統制し導くことが使命だ。それができないやつには、いくら強くても他の魔物は従わないし、ついて行かないものなんだ。――それに比べ、セイリオス様は王たる資質にあふれた方！　そのような方を主として戴くわたしは誠に幸せだッ！」

　突然セイリオス賛美が始まってしまったので、若干引いたリオンはセイリオスをちらりと見やる。視線に気づいたセイリオスは、やれやれと苦笑した。

「強い魔力を持つ魔物の多くは、王として課せられる重責を果たす力を備えている。しかし稀に、殺戮と破壊だけを生存目的としている個体がいるのだ。おそらく話に聞くその魔物も、そういった個体なのだろう。南の魔王領は災難だな、しばらく統制はなるまい」

　感慨もなくドライに言い切るセイリオスの言葉に、言い知れぬ不安を覚えた。首都サレドニまでは国境から徒歩で四日かかる。サレドニの城下にシュレイ家本邸があり、父も兄もそこにいる。途中の街で宿泊しながら首都に近付く中で、モーゼル国の現状を肌で感じることになった。

「ひどい……」

「人間と魔物の死骸か？　腐ってやがる。はっ、セイリオス様、おみ足が汚れますので、こちらへどうぞ！」

「共喰いのようだな。他領のことなど関知していなかったが、相当混乱を極めているようだ」

目の前に広がる景色に眉をひそめた。小さな集落だったが、入った時からおかしな臭いがしていた。

宿を求めて人を探しても誰もおらず、ある家屋の横を通り過ぎたときにそれはあった。

性別はわからないが、小柄な体格の人間。そして三匹の角の生えた狸（たぬき）のような形の魔物。それらはすべて、すでに事切れていた。魔物はとくに、お互いがお互いを喰らいあったような傷が確認できる。

よく見れば、建物の陰にはひっそりと人や魔物の死骸がうち捨てられている。埋葬する暇もないほど、慌てて住民が避難した様子がうかがえた。

（タイレス国にも魔物被害は出ていたけど、モーゼル国は比じゃない。村がいくつか壊滅してる）

カサッと小さな音が聞こえた。カペラがさっと前へ出て、リオンの足を止めさせる。セイリオスもやんわりとリオンを自分の方へ引き寄せた。

「出てこい！」

カペラが硬い声で一喝すると、リオン達を取り巻くように一定の距離をとって木陰から異形のものが顔をのぞかせる。一匹ではなく、二十数匹はいるだろう。焦げ茶色のごわついた毛皮の猿のような生き物。下級の魔物だった。

「お前ら、数に任せて襲いかかるつもりだったか？　いい度胸じゃねえか。相手してや――」

『マテ、チガウ。ワレワレハマッテイタ』

人型ではないが人語を話す魔物のようだ。群れの中で一番体の大きい猿の喉から、しわがれた老人のような声が出る。ごわついた毛に埋もれた丸い黒目は理性的な光を放っていた。

（待っていたって、何を？）

当然カペラも眉をひそめて問い返す。

「何を待っていたか知らないが、関係ねえな。そこを通せ」

『ワレワレハ、ヨワイカラ、ワカル。アナタハツヨイ。ツヨイモノヲマッテイタ』

喋る猿の視線は対峙するカペラではなく、リオンを庇うように立つセイリオスに注がれていた。リオンは隣の男を見上げるが、セイリオスに表情の変化はない。人間モードのセイリオスは魔力も人間レベルまで抑制されていると聞いたけれど、魔物ならわかるのだろうか。

とたんにカペラの目がキラリと光る。

「やはりわかるか！　さすが、セイリオス様のお力は忌々しい装具で抑えきれるものではないものな！　仮の姿をしていてさえ、なおあふれ出る王たる品格……素晴らしいッ！」

「あっ。カペラさん言っちゃった」

「おい、カペラ。軽々しく素性をばらすな」

『セイリオス、トハ、キタノマオウ……！』

猿の魔物達が一斉にざわついた。しかる後に、群れのすべてがうずくまり頭を地にこすりつける。

『ドウカ、ワレワレヲオスクイクダサイ！　コノママデハコロサレテシマウ』

「よせ、私はもう王ではない。南を統べる魔王の誕生を待つがいい。――だが聞いておこう。お前らは何に殺されると言っている？　人族か」

こすりつけたままだった頭をそろりと上げ、リーダー格の猿は言った。

『――アルデバラン』


人の絶えた小さな集落を発ったリオン達は黄昏の中を次の町を目指し足早に進む。村や町を行き来する主要な道であるはずなのに、辺りに人の往来はない。リオンも飛翔可能な召喚獣を喚び、空を飛んで移動することを提案したが、空をうようよと鳥類の魔物が飛び回っていたので念のため、やめておこうと言われた。

「セイさん。アルデバランっていうのが、力は強いけど王の資格がないって言ってた魔物なんですね」

「そうだろうな」

「モーゼル国の勇者パーティがすでにいくつも倒されたって聞きました。配下もいないのに、よほど強いんでしょうか」

「従えてはいないだろうが、混乱して凶暴性の増した魔物をうまく操っているのかもしれん。頭もまわるらしい」

「南も不運ですね。前魔王が喪われ百年も経つのに、ようやく現れたのが同族すら殺して愉しむ輩とは。しかしあの猿たちもセイリオス様に忠誠を誓うとは頭が良い。強大な庇護のもとにあれば敵が手を出しにくいですから！」

南の騒動を完全に他人事のように話す魔物主従だったが、セイリオスがちらりとカペラに目を向けた。

「――ときにカペラ。お前は軽々しく私の名を出しすぎる」

ビクッと小麦色の肩が震えた。

「も、申し訳ありませんッ！　お、お許しを！」

「許してはやるが、その代わり使いに出てくれるな？」

「ハッ！　なんなりと！」

怜悧な顔に、にやりと人の悪い表情が浮かんでいる。

「プロキオンから伝令が届き、高位魔族の扱いについて相談したいことがあると泣きつかれた。カペラ、お前なら詳しかろう。北へ戻って補佐をしてこい」

「エッ、そんな！　わたしはセイリオス様のお側を離れないと！」

「使いに出てくれるのだろう？　終われば戻ることを許す」

「そんな……また離れるなんて。ぅぅぅ。……ぎょ、御意にございます」

カペラの握りしめた拳がぶるぶる震え、今にも泣き出しそうな顔だ。なんだか可哀相になってきた。

（カペラさんって、ほんとにセイさんのこと大好きだよなあ。崇拝って感じ。他の魔物がどうかは知

らないけど、セイさんは魔王としてよほどすごい存在だったんだな)

カペラはなんだかぶつぶつ言っていたが、早く行って早く戻ってきますとセイリオスの足下にすがりつく勢いで言い置き、使い魔の黒馬にまたがり飛び出していった。

比較的大きな町に着いたのは、すっかり辺りが暗くなってからだ。屈強な戦士が町の出入り口に立ち、昼夜魔物の襲撃に目を光らせている。検問を通り抜けるとき、ひやひやするのはリオンだけで、隣の男は淡々と役人の質問に答え通り過ぎる。屋台は出ていないが、酒場や宿は大いににぎわっているようだ。清潔そうな宿を探し、宿泊を決めた。

「カペラさん、ものすごくしぶしぶって感じで出られましたね」

「あれは長く私の執政を補佐していたから、本当なら北に残って次王の補佐をすべき者なのだ」

「セイさんのことめちゃくちゃお好きですから、それは無理でしょうねー」

「元来主を求める性質なのだろう」

(プライドの高いカペラさんがあれだけ心酔しているのに、セイさんもたいがい鈍感なんだな)

なんだかいろいろなことに突出していて、いろいろなことに鈍感そうだ。そう思ってニヤニヤしていると、部屋に先に入っていたセイリオスが向きを変えてリオンを見下ろした。

「最近カペラと仲がいいようだな。せっかく私といるのに他の者の話ばかりするな」

「へッ?」

「お前があれに懐いていて不快だ」

「え――」

もしかして、カペラを遠ざけるために北の魔王領へ飛ばしたのだろうか。なんと答えていいのか戸惑っていると、足音もさせずに男が近付いてきた。頬に大きな手がかかって、唇が親指で押しつぶされる。暗い朱色の両眼は目と鼻の先だ。

(アッ、そういや久しぶりに二人っきりだ。この雰囲気、や、やばい。なにか話を!)

セイリオスのことを好きだと自覚したけれど、性的なことをしたいかと言われるとそうではない。前回のように我を忘れるような快楽と、羞恥にぐちゃぐちゃにされる感覚に慣れた訳ではなかった。

「せ、セイさん! あ、あのっ。今日通ったあの村で、亡くなった方を弔(とむら)ってくださってありがとうございました!」

「なにがだ?」

「人も、魔物も、浄化の炎で清めてくださったでしょう」

「お前がそうしてほしいと望んだからだ。弔うという考え方は我らにない」

リオンは人と魔物の死骸が放置されたあの状況を痛ましく感じ、召喚獣を喚んで死骸を一か所に集め、人間と魔物をそれぞれ地中に埋めた。召喚獣一体では丸一日かかっても終わらない作業だが、カペラも使い魔を使って手伝ってくれたので存外早く終わった。

そして、こんもり盛られた即席の土墓を目の前に、セイリオスにお願いした。以前、毒された土地を浄化させたあの炎で土壌ごと清めてほしいと。セイリオスは了承し、熱さを感じない青い炎が死骸を土葬した一帯を舐めるように覆い、しばらくして燃え尽きた。腐乱臭のするひどい場所だったのに、臭いすら消え、清浄な空気に包まれた。

魔物なのに聖人のごとく浄化もやってのけるなんて本当に規格外の存在だと思う。しかしそのあと、息を荒くついて、少しだけ辛そうだった。初めてセイリオスが疲れたような様子を見せたのだ。

「あの魔法を使ったあと、セイさん少しきつそうでした。本当にすみません、ありがとうございます。今はもうきつくないですか？」

「……ああ、そうだな。もう大事ない。気にするな」

わずかに目をそらされた気がしたが、そのあとすぐに唇を奪われてしまい、それ以上考えることはできなかった。その夜はどうにか、息も絶え絶えになるような長い口付けだけで、解放してもらえた。


久しぶりのシュレイ家本邸の前で、リオンは立ちすくんでいた。

レリーフの彫られた大きな厳めしい扉は、幼いときからずっと、訪問を拒んでいるように思えてならない。中にいるあの人も、久しぶりの対面を喜んではいないだろう。

「入らないのか？」

「いえ、入ります。あの、セイさん。俺の兄、ちょっと怖い感じなんですけど、怒らないでくださいね」

「？　よくわからんが善処しよう」

ドアノッカーを鳴らすと侍従が出迎え、奥の部屋へ案内された。ギイときしむ音を立てて応接室に入る。

「遅くなりました、兄さ――」

「生きていたか。どこぞで野垂れ死んだのかと思っていた」

「すみません。タイレス国から戻る時に、仕事で足を止めてしまって」

「一族の大事だというのに悠長に仕事だと？　満足に召喚もできないくせによく言う」

「申し訳ありません」

腕を組んで大きなソファに腰を掛ける兄は、軽蔑も露わに顔をゆがめている。同じ金茶色の髪、茶色の目だが、顔立ちや骨格は母親似のリオンとまったく似ていない。細面の鋭い目つきは、硬質で近寄りがたい印象がある。リオンに注がれていたその冷たい視線が、続いて入室してきた人物に移り、わずかに見開かれた。

「リオン、その方は？」

「この人はセイさんといって、一緒に旅をしています。ジョブは黒魔術師、力を貸してくれると言ってくれたんです。セイさん、俺の兄です」

「黒魔術師、そうですか。わたしはシュレイ家次期当主、ヴィクトー＝シュレイと申します。我が愚弟がお世話になっているようですね」

「世話などしておらん。私が勝手についてきただけだ」

不機嫌そうに応じるセイリオスに、ヴィクトーも気圧されてしまったようだ。気品のある物腰と整いすぎた容姿に、どこぞの高貴な身分の者だと思ったに違いない。言葉少なに「ご助力、感謝いたします」と頭を下げ、それからはリオンに向けて言葉を発した。

「モーゼルの状況がどんなものかぐらい調べなかったのか？　薄情者め。たった一体しか召喚できぬ出来損ないでも、いないよりはマシだと言ってやっているのだ。それをふた月も待たせて、何を考えている」

「ここまでモーゼルがひどい状況だとは思っていませんでした。招集に遅れたことは、本当に申し訳ないと思っています」

「シュレイ本家分家の召喚士を総動員して、かつて曾祖父が実現した大召喚を為そうとしていたのだぞ。また分家の者に本家の次男はどうしたのだと陰口を叩かれた。家名に泥をぬるような真似をするな」

「大召喚……それも知りませんでした。ご迷惑をかけてすみませんでした」

ああ、やはりいつものやりとりだ。そう言って頭を下げると、背中にゾクッと寒気が走った。後ろには、セイリオスしかいない。とっさに振り返って、無表情で兄を眺める男の腕を掴む。

「そうだ、セイさん！　この邸の庭は綺麗に整えられているんですよ、ぜひ見てきてください！　さすがに首都は、魔物被害も及んでないようで良かった」

「……」

「お願いします！　作戦のことで、俺はもう少し兄さんと話しますから。ね？」

必死にセイリオスを上目で見つめていると、根負けしたようにセイリオスが「わかった」と言って部屋から出て行った。

「変わった御仁だな。見たところ流しの黒魔術師というふうではなさそうだが。一体何が楽しくてお前なんかと旅をしているんだ」

ヴィクトーがふんと鼻を鳴らして尋ねてきたが、それには答えなかった。まだ少し冷や汗がにじんでいる。

(危なかった。もう少しこの場にいたら、セイさんはたぶん兄さんを殺してた)

それほどの怒気をセイリオスが放ったのだ。間一髪だったと思う。

(セイさん、俺のためにすごく怒ってくれたんだ)

こんな状況なのに、なぜか笑い出しそうになっている自分がいて驚く。いつも兄と話すのが憂鬱で、怖くて、逃げ出したくてたまらなかったのに。なんだか不思議な心持ちで、リオンは兄と話を続けた。

モーゼル国をとりまく状況と魔物の制圧について簡単に説明を受けて、昨年頃から病で寝付いているという父親を見舞って邸を出た。病気になっていることすら聞いていなかったが、久しぶりに会った父親はやや頬が削げたくらいで、「帰ったのか」と素っ気ない言葉をかけられただけだった。これも兄同様、変わらない対応だ。

玄関の支柱にもたれて立つ背の高い男の姿を認めた。

「セイさん！　お待たせしました！　さあ、次は別邸に行きましょう」

「――なんだあの男は！」

珍しく語気を荒らげたセイリオスが、ずいっと詰め寄ってくる。

「あれが血の繋がった兄か。お前をなじり、蔑ろにした。弱みでも握られているのか？　なぜ言い返さない？　もう少しで、あの男の頭を爆ぜさせてやるところだった」

（やっぱり）

判断は間違っていなかったようだ。怒れる元魔王をなだめようとした時、懐かしい声が自分を呼んだ。

「リオン！」

「え？　あっ、ウィル！　久しぶりだな！」

「帰ると聞いていたから待ち遠しかったぞ！」

こちらへ駆けてくるのは、一目で武人とわかる逞しい体つきの青年だ。金髪を短く整え、灰青色の目をしている。ほどよく日に焼けた顔は生命力にあふれ、爽やかさと精悍さを両立させていた。

「三年か？　なかなか仕事で会えなかったよな。今回はリオンも一緒に戦えるんだろう」

「うん。元気そうで良かった！　勇者パーティがどんどん魔物にやられてるって聞いてさ、心配してた」

「簡単にやられるか。しかし、勇者はこれまで四人が敗れた。蘇生が間に合わず二人が死んで、他も動ける状況ではないから……楽観視できる状況じゃない」

「そんなに？　やっぱりかなり強いんだね、アルデバラン、だったっけ」

「お、よく知ってるな。あれは人族だけじゃなくて魔物も気に入らなければ簡単に殺す。まっとうな魔王が立てば南も安定すると思ったんだけど、うまくいかないもんだ」

「ウィルも明後日の制圧任務に加わるんだろ？　今日は兄さんに会いに来たの？」

「そう、ヴィクトー殿と打ち合わせを。今回は魔術師も召喚士も剣士も集めた大きなパーティになるから。なあ、リオン。お前またヴィクトー殿になにか言われたんじゃないか？」

「ん、まあ。いつもの感じ――わぁっ！　ちょ、ちょっとセイさん！」

突然後ろから長い腕が腹に回って引き寄せられた。背中に硬い胸板があたる。けっこうな力で抱きしめられている、というか羽交い締めにされている。見上げるとセイリオスが、むっつりと親友を睨んでいた。

「何者だ」

「あっ、ごめんなさい！　懐かしくて話に夢中になってました！　こっちは幼なじみのウィリアム＝ルロワ。なんと勇者アーロンのひ孫なんですよ！　本人も勇者の称号を持っています。それでウィル、こちらはセイさん。黒魔術師で一緒に旅をしている人だよ」

ウィリアムは突然リオンを抱き寄せた男を見て、そのただならぬ威圧に驚いたようだ。

「ご挨拶が遅れました。紹介いただいたとおり、リオンの幼なじみのウィリアムです。現在は首都守備隊に在籍しております。よろしく」

「そうか。私はリオンに飼われている者だ」

「か、かわれて？」

「いや、気にしないでウィル。ちょっとセイさんは言い回しが独特なんだ」

ぶれないセイリオスは誰に対しても同じ挨拶をする。最近は魔物だとか元魔王だとか言われないだけマシだと思い始めた。

ウィリアムが怪訝そうな顔で、リオンの腹に回った腕に目をやっている。どうしようか、友人は「どういう関係?」と聞きたくてたまらないに違いない。ん? と違和感が襲う。それどころじゃない。

背後の魔王と、目の前の勇者。最悪の組み合わせではないか――。

「あー! そうだ早く母さんに会いに行かないと! またな、ウィル! セイさん、行きましょう」

「おっ、おお。またな」

とりあえず、セイリオスを引き連れて、シュレイ家本邸を後にすることに成功した。


首都サレドニ内は騎士団の精鋭で組織される首都守備隊のおかげで、なんとか破壊を免れ機能している。しかしそこかしこに救護施設が開設され、着の身着のまま逃げ込んできた人々が束の間の休息をとっていた。不安は伝染するようで、首都中が浮ついた、落ち着きのない雰囲気に包まれている。

馬車が走っていたので、セイリオスと共に乗り込み、母の待つシュレイ家別邸へと向かった。馬車の中で、リオンは盛大なため息をついた。

「兄さんもウィルもすごく勘がいいから、セイさんが魔物だってばれないか心配です」

「私は一向にかまわんが。剣を向けてきたら、相手をするだけだ」

「いや、それが心配なんですって。セイさんすぐ殺しちゃいそう。そうなったら、もう一緒にいられない」

「それは聞き入れられん。逃がさないと言っただろう。障害になるすべてを消してでも」

それを聞いてカーッと顔に血がのぼる。不意打ちだった。

「と、にかく、ばれないようにしましょう……ね？」

「お前の願いならばそうしよう」

顔のほてりがようやくとれたころ、サレドニの中でもかなり外れの方にある別邸へ到着した。中心街からも遠く、静かな場所である。ぱっと見る限り、魔物の被害とは無縁のように見えた。リオンはセイリオスを連れて懐かしい我が家へ足を踏み入れる。

「母さん、ただいま！　久しぶり、体の調子はどう？」

「リオン！　会いたかったわ。ああ、あなたも元気そうね」

手紙のやりとりはしているが、なかなか帰る機会がなく、約一年ぶりの再会になった。いつの頃からか、自分より小さくなってしまった母親は、細い両腕をいっぱいにのばして抱擁してくれた。子供の頃から嗅ぎ慣れた優しい匂いがして、心底安心する。

「母さん、手紙でも送ったけど、こちらセイさん。一緒に旅をしている黒魔術師の方だよ」

「まあ！」

母親はセイリオスを見て絶句している。正しい反応だろう。リオンも予想していなかったのは、セイリオスの反応だった。セイリオスはすっと母親に近付き、その細い手をやわらかく握って、優しく微笑んだ。

「私はリオンに会い、喜びを知った。リオンを産み、育てたこと、感謝する」

破壊力の強い美しい微笑みに、母親は一瞬大きく目を見開いたが、慈愛に満ちた顔をして応えた。

「わたくしが不甲斐ないばかりに辛い思いをさせてしまいましたが、心優しい子です。どうぞよろしくお願いしますわね」

「ああ、幸せにすると誓おう」

（ん？　なんだこれ、結婚の挨拶みたいになってないか？）

娘を嫁に出すような、そして娘を嫁に貰うような二人の会話にちょっと待てと言いたくなった。

「ちょ、母さん？　なにか勘違いしてない――」

「さあ、リオン。荷物を置いてくつろいでいなさい。こんなご時世だけど、夕食はあなたの好きなものを用意するわ」

　昔から仕える侍従とともに母親も腕を揮(ふる)うという。リオンはしぶしぶ、何も訂正できないまま自室へ向かった。

　荷物を置いた後は夕食の準備が整うまで、セイリオスに自宅を案内することにした。本邸と比べてこぢんまりした造りの邸で、今は母親と二人の侍従だけで生活している。庭は広く、母親の好きな花々が咲き誇っていた。サレドニに到着するまでに通った村々の現状からすれば天と地の差だ。

　リオンの説明を聞いていたセイリオスが、ふと、庭の彫刻に目を留めた。

「何を見てるんです？　あ、あの白鳥の彫刻ですか？　くちばしのところ、ぼっきり折れちゃってますけど、実は俺が小さいときにやっちゃったんですよね。六歳くらいかな、走り回ってたらぶつかってしまって」

「懐かしいな」

「え？」

「――いや、お前にとって懐かしい思い出なのだなと」

「あっハイ、まあ母親とか侍従からは怒られましたけど」

庭を一通り案内して、屋内に戻って廊下を歩く。一階にある母親の寝室の隣部屋の前でセイリオスが立ち止まる。

「ここがお前の部屋だったろう？」

「そうですね、小さいときはここでした。ある程度大きくなって二階に移ったんです」

今は日当たりのよい二階の角部屋がリオンの自室になっている。それまでは確かに母親の部屋の隣を子供部屋として使っていたのだ。

（ん？　俺、部屋の事とか前に話したことあったっけ？）

自室に着いても、男は興味深そうにリオンの私物を眺めている。なんだかとても機嫌がよさそうだ。

「あまり変わらんな」

「なにがです？　セイさんは今日が初めてでしょ？　なんだかさっきから、うっ」

セイリオスがにこやかに近付いてきたと思ったら、顎をすくわれて唇をおしつけられた。やわらかな唇の感触を味わうように吸われ、歯列を舐められる。うっすら開いていたところに熱い舌がしのび込んできて、「んうっ」と鼻にぬけるような甘い声が出た。顎のラインや首のやわらかいところに舌を這わされる。とろんとなってしばらく体を預けていると、頭の後ろにやわらかい感触があたった。

いつの間にかベッドに押し倒されていた。そしていつの間にか、シャツの前がくつろげられて胸元が露わになっている。

「セイさん⁉　ちょっと何してるんですかっ」

（なんで？　家を案内しただけなのに、興奮する要素あったか⁉）

いやしかし、階下には母親がいる。夕食の準備が整えば、いつ侍従が呼びに来てもおかしくない。

さすがにここでは無理だ！

「やめてください！　下に母がいますからっ！」

「じ、実家ではダメ！」

「抱きたいのだが」

「なぜ」

「どうしてもですっ」

「……」

獣のような低いうなり声を発していたが、どうにか我慢してくれる気になったようだ。ベッドに二人して転がったまま、押しつぶすほど強い力で抱きしめられている。太ももに硬くて熱いものがあたっているけれど、それを指摘すると完全にやぶへびになるので、申し訳ないが知らないふりをした。

そのあと、無事に母親との夕食の席に着くことができ、和やかに食事を終えた。

夜も、いつも一つのベッドで寝たがるセイリオスだが、今回ばかりは抑えがきかなくなると思ったのか、別室で了承してくれた。

（なんか、実家に着いてから、セイさんの言動がおかしい気がするなぁ。なんだろう、この違和感）

とりとめのないことを考えていたが、久しぶりの実家の匂いに安心したのだろう。すぐに眠気がやってきた。

その夜は、生まれて初めて召喚した仔犬の魔物が何倍にも大きくなって、リオンをぎゅうぎゅう押しつぶしてくる、という夢を見た。夕食前、つぶされるような勢いでセイリオスから抱きしめられたのと、実家での懐かしい記憶が混同してしまったようだ。


翌日、忙しいだろうにウィリアムの方から別邸を訪ねてきてくれた。母親もウィリアムのことは子供の頃から知っているので、その来訪をとても喜んだ。リオンは幼なじみとお互いの近況を報告し合う。セイリオスは正体がばれないようにしてほしいというリオンの気持ちを汲んでか、席をはずしている。

「なあ、ウィル。ノエルちゃんとの結婚はどうなってんの？」

「ああ、今年挙式予定にしていたんだが、今こんな状況だろ？　延期ってことにしてるよ。ノエルも今忙しいからな」

「そっか。確かにノエルちゃんも今はめちゃくちゃ忙しいだろうね」

ノエルもリオンの幼なじみの一人である。白魔術師で、おっとりしていながら大事なところは芯(しん)の強い女性だ。男子の間で人気だったノエルと、女子の——というか、今やサレドニ中の女性の目を集める勇者・ウィリアムは、幼なじみカップルで結婚を約束した仲だった。魔物や夜盗と化した人間の暴徒のせいで傷病者が増え、白魔術師の需要が高まっているので、ウィリアム以上に多忙らしい。

「リオンはどうだ？　放浪の旅をして、もちろん成長して帰ってきたんだろ？　目指せ大召喚士って言ってたもんな」

いたずらっぽく笑って言う友人の言葉に、リオンは耳まで真っ赤になる。

「なっ、そんなこと言ってたのガキの頃の話だろ！　やめろよ恥ずかしい！　何も変わってないよ。相変わらず一日一体召喚制限つきの役立たずだよ！」

「そうかなあ、レア級召喚獣からあれだけ好かれるの、お前くらいだと思うんだけど。ナルカミの時も驚いたし」

モーゼルを出奔する前、最後にウィリアムと組んでレア級召喚獣・ナルカミ探しの旅に出たのはもう三年と少し前になる。

召喚獣の発生頻度の高い地域は全大陸に散在している。コモン級召喚獣の多くは高頻度に出現する地域が決まっており、召喚士の力量さえ伴っていれば比較的容易に召喚契約に応じる。しかしレア級召喚獣は遭遇することすら至難の業だ。よほど気に入った召喚士でないとエンカウントしない。幸いにして出会ったとしても、各召喚獣が独自で定める契約基準にそぐわなければ、殺されることすらある。その気性の荒さで有名なナルカミを、リオンは一週間で契約せしめた。

雷が多く、古くからナルカミ出現率の高い村へ赴いて、それこそ命をかけてナルカミと渡り合った末の契約だった。ナルカミの召喚契約は、いわゆる『鬼ごっこ』。全力で駆け回るナルカミに、触れることができれば契約するというものだ。

リオンは飛翔能力の高いペガソスに騎乗し、雷雨の中を喜々として飛び回るナルカミを追い続けた。暴風雨にさらされながらペガソスの上で飲み食いをし、一度も馬上から降りることがなかった。一週間のうちに水がなくなり、飢餓状態に陥ってもリオンはペガソスに騎乗してナルカミを追い続けた。レア級は契約を一度失敗すると、もう二度と交渉にも応じてくれなくなる。

ウィリアムが何度も地上に降りて休養と栄養補給をするよう声をかけても応じず、遂に上空高いところで意識を失った。浅い睡眠程度なら維持できるが、完全に意識を失えば召喚獣は消える。

意識を失い、ペガソスが消滅してしまったリオンが、重力の理に基づいて上空から地面に墜落しようとしたとき、雷の召喚獣・ナルカミが間一髪で駆け寄り、リオンをすくい上げたのだ。

レア級召喚獣が自ら契約の縛りにとらわれることを選択した瞬間だった。ウィリアムが他の召喚士に聞いてもそんなことは起こりえないと言っていたし、リオンの兄ヴィクトーも苦い顔をしてそれを聞いていた。

だからウィリアムは、リオンは召喚士として特別な素質を秘めていると思っている。

「ウィルは俺のこと買いかぶりすぎ。大召喚士になりたいなんて今では口が裂けても言えないよ。召喚獣っていっても伝説の神獣を召喚するんだぞ、落ちこぼれがどうにかできるレベルじゃないんだ」

大陸には、伝説と言われるほど出現率が低く、強大な力を持つ召喚獣が数体いる。それを召喚することを大召喚といい、それを果たした者を大召喚士と呼ぶ。

勇者アーロン一行が南の前魔王を打ち倒したとき、パーティの一員でありリオンの曾祖父であるシュレイ家の召喚士が神獣を召喚し、討伐に大きな役割を果たしたと言われる。それ以降、全大陸で神獣召喚は報告されていないから、シュレイ家の誇りでもあるのだ。

「もー、兄さんの前では絶対言うなよ、そんなこと。めちゃくちゃけなされて終わりなんだからな」

「うーん、ヴィクトー殿の前では言わないようにする。あと、リオンに聞きたいことがあるんだけど」

「なに？」

ウィリアムがすっと真面目な顔をしてリオンを見る。

「セイ殿のことなんだが」

「うん、セイさんが？」

「あの人、なんだか雰囲気が尋常じゃない。どこの国出身の黒魔術師なんだ？　お前は知っているのか？　魔力量は上級魔術師くらいだと思うけど、ただの魔術師ではないと思う」

背中がひやりとした。

（ウィル、セイさんの事気づいてる？）

普段、ウィリアムは憶測で他人を疑うような言動をするタイプではない。さすが勇者だ。魔物に対する感覚が突出しているのだろう。

「セイさんは北方の国出身で、ちょっと変わってるけど、優しい人だ。大丈夫だよ、ウィル」

「──お前がそう言うなら……。だけど、危険がないか心配だ。気をつけてくれ」

「うん、ありがとな」

セイリオスと共に行動したこの数ヵ月で、自分の魔物に対する認識は大きく変わった。しかし多くの人々の認識では、『魔物は絶対悪』なのだ。


南の魔王領に棲む魔物のうち、今最も危険な存在がアルデバランである。人族でもその名が知れだしたのはほんの一、二年前で、魔王不在の不安定な状況を一気に悪化させた。

そんなアルデバラン討伐のため、このたびモーゼル国王の依頼という形で、大規模なパーティ編成が行われた。今回集められたのは精鋭五十名。その中にリオンとセイリオスは組み込まれ、勇者としてウィリアム、筆頭召喚士のヴィクトーも同道する。

ここは最近アルデバランの目撃情報が多発しているという南の魔王領近くの町だ。首都サレドニから馬車で丸一日の距離だった。町は見る影もなく家屋が破壊されていて、とても人が残っているように見えない。

「今、魔物はいないそうだな。ウィル、町の人はみんな退避できたんだろうか」

「多くの人がサレドニや他の町に逃げたそうだが、犠牲者もかなり出た」

隣を行くウィリアムは、首都守備隊に籍をおく騎士であり勇者の称号を持っているので、若いながらこのパーティのリーダーを務めている。他の勇者達も、首都や大きな街を守るべく個別に分かれて活動している。

「都合良くすぐに対面できるわけないだろうし、しばらくこの町で野営だ」

「了解。それにしても、家の崩れ方が半端じゃないよな。そこら辺の大きな木なんかも倒れてる」

まるでこの町を巨大な生物が襲ったように、家屋損壊の程度が激しい。これでは倒壊に巻き込まれてしまった人も多くいたことだろう。ウィリアムは他のパーティメンバーにテキパキと指示を出し、野営の準備に入っている。

三年前より格段にリーダーシップのある『勇者』らしくなった友人に、手放しの賞賛と少しばかりの嫉妬(しっと)を覚えた。唯一と言ってもいいリオンの友人、ウィリアムは皆の期待を裏切らず、十八歳で勇者の称号を得た。さっぱりとした良い性格で、周りにいつも人の輪が絶えない好青年である。幼なじみとはいえ、あちらもリオンのことを親友だと言ってくれているのが照れくさいくらいだ。


天幕の準備をしていると、じいっと物珍しそうにリオンの動きを見ていたセイリオスが天幕の固定具を取り出してきた。

「支柱を立てて固定具で天幕を広げるんだな。了解した、私がやろう」

初めて見た玩具(おもちゃ)で遊ぶように楽しそうにしているからお願いしてみると、あっという間に完璧に天幕を組み立ててくれた。むしろ他のグループより早く終了してしまう。それを見ていた女性陣達が、女性用天幕の組み立てを手伝ってくれと言い出す始末だった。

(いや、さすがにセイさんに労働させるわけにはいかんだろ……)

「俺がお手伝いしますよ。セイさんは疲れたでしょ、休んでいてください」

「別にかまわんぞ」

意外とあっさり元魔王様は労働を引き受けて、女性用の天幕をサクサクと立てていく。セイリオスの手際がよくてやることがなくなったリオンは、他の女性陣とともに少し離れた場所で作業を見ていた。

とんとんと軽く肩を叩かれる。振り向いた先には、四十代くらいだろうか、真っ赤な口紅をつけた女性が立っていた。紫色に染めた髪をベリーショートにし、洒落(しゃれ)た長いローブをまとう姿は、どうも魔術師っぽい。

「あの人、きみのツレ?」

「エッ、あ、はい。ええと、あなたは?」

「あは、いきなりごめん、あたしカミラっていうの。今回同道してる黒魔術師なんだけどさ。きみのツレ、やばいぐらいイケてるけど、何者? 貴族じゃないの?」

「セイさんも黒魔術師で——そうですね、貴族です」

魔物も高位魔族がいるとか聞いたことがあるから、元魔王なら貴族といっても差し支えがないだろう。

「お近付きになりたいなーとか思ったけど、ちょっとあたしのレベルじゃ話しかけられない雰囲気だわね。まあ見てるだけでも眼福っていうか、しけた戦場で楽しみができたわ」

からりと笑う黒魔術師・カミラは、ふとリオンの顔を見つめると、頭のてっぺんから足の先までじろじろと眺めてきた。

「な、何か？」

「いや、あたし、呪術系も得意なんだけどさ。きみ、体調悪くないの？」

「へ？　や、今は特に。な、何ですか、俺に何かあります⁉」

「んん、気のせいかもしれないわ。体調おかしかったら相談して。正式な依頼ならきちんと調べてあげるからさ」

女性はそう言って去って行った。リオンはかなり消化不良な状態でその場に取り残される。

（え、何？　俺って病気かなんかなの？　新手の詐欺？）

「リオン、そこで何をしている。終わったぞ」

そこで作業を終えたセイリオスと合流し、今後の方針会議に加わるべくウィリアムの天幕に向かったのだった。


それから三日間、アルデバランはリオン達の前に姿を現さなかった。けれど平穏に過ぎたわけではない。

「おかしい。魔物の自我が失われている」

ウィリアムが嫌悪感を隠さずに言う。ウィリアムを始めとして、剣士、斧戦士は武器や防具にねっとりと黒い返り血をまとっていて、遠距離攻撃タイプの戦士達も疲労の色が濃い。

人間の戦士達の周りには、討ち果たされたおびただしい魔物が横たわっていた。多くは人族の攻撃が致命傷となっているが、少なくない数のものに魔物同士で争った痕がある。最初は明らかに勇者一行を狙ってきたようだったのに、徐々に見境がなくなって人間だけではなく同族をも襲い始めた。周囲の生き物を襲い、四肢をもがれても痛みを感じていないように攻撃を続けた。異様だった。

精鋭が集められたパーティは三日で二百匹近い低級の魔物を相手にしても軽傷者が数名程度で、幸いにもその被害は軽微だった。しかし得体の知れない気味の悪さでパーティ全体の雰囲気は日を追うごとに重くなっていった。

「セイさん、魔物に同士討ちってあるんですか？　なんか痛みすら感じていないようで、変です」

「敵対する魔物同士が戦うことはあるが、これは明らかにおかしい。まるで——ああ、そうか」

召喚中のリオンの側でその身を守るように戦うセイリオスは、パーティを取り巻く重い雰囲気など意に介さず平常どおりだ。そのセイリオスがふと、顎を撫でながら呟いた。

「アルデバランは狂乱の魔力を持つようだ」

「狂乱？」

その真意を問う暇もなく、白い伝令鳥が甲高い鳴き声を立てて空を駆け抜けてくる。シュレイ一族が使う召喚獣である。一直線にヴィクトーを目指して舞い降りてきた。

伝令鳥から何事か連絡を受けたヴィクトーは、こわばった顔でパーティリーダーのウィリアムに向かって叫ぶ。

「いかん！　首都と南部に多数の魔物が集まっている！　今の待機メンバーだけでは厳しいぞ！」

「なんだと！」

パーティが騒然となるなか、ウィリアムは冷静に指示を出した。悠長にここでアルデバランを待っているわけにはいかない。天幕の解体などもあるので、先発隊と後発隊とを分け、順次首都に戻ることになった。

荷物をまとめ、戦力の中心となるウィリアムやヴィクトーは先発隊として慌ただしく飛び出していった。リオンとセイリオスは後発である。

「首都の守備が手薄になるのを狙ったように来ましたね。アルデバランが首都に現れたら、まずい！」

「狙ったように、ではなくて狙ったんだ。あちらは人間の戦力分布もわかっているのだろうな」

「くっそう、やけに低級の魔物ばっかり出現するなと思っていたんですよ！」

リオンはナルカミを召喚し、後発隊のメンバーと共に荒廃した町を後にした。


しばらく行くと、セイリオスが突然後ろを振り返る。

「追っ手だな」

「え！」

メンバーに通達すると、魔術師達は即座に魔法の盾を出現させ、他の者達は各々の武器を準備した。

ドドド――――ッ！

後方から砂埃をあげて何かが来る。

「なにアレ、いったい何匹いるのよ、まったく！　しかも大きいわッ！」

前に声をかけてきた魔術師のカミラが声をあげた。数十匹のサイに似た魔物である。体長は一匹四メートルはあるだろうか。獣のサイと似ているが全身が鎧のような外皮で覆われている。

「くそっ！　あれじゃ体躯には矢が通らねえな！　目を狙え！」

「白魔術師は結界をお願い！」

「弱点がわからねえから、全属性の攻撃魔法いってみるぞ！」

瞬時に遠距離攻撃のメンバーが攻撃を繰り出し、同時に防御結界を張る。

ザシュッ！

グォオー！

繰り出される矢や攻撃魔法が魔物に到達し、動きが鈍るが、外皮が硬くて防御力がかなり高い。なかなか倒れず、あっという間に近接される。

「ナルカミ！」

リオンが召喚していたナルカミに攻撃を命令すると、帯電した雷雲がたちどころに頭上に集まる。カッと辺りに雷光がひらめき、稲妻がサイを射貫いた。間を置かずにバリバリと雷鳴がとどろく。天上で虎に似た召喚獣が優雅に駆けるたびに幾筋もの雷光がサイを貫き、倒していった。

他の近距離攻撃タイプの戦士達もさすがの精鋭揃いで、サイの首や関節が弱点だと早々に気づいて着実に仕留める。

「だいぶ減ってきました！　他の魔物が集まってきても困るので、みなさんは先に進んでください！俺達、しんがりを務めます！」

ナルカミが最も広汎攻撃に秀でており、リオンは自分が最後尾となるのが最適と判断した。メンバーらも了解して先へ急ぐ。

「リオン、乗れ」

「はい！」

さすがに馬車で走っていては逃げ切れないので、馬に乗るセイリオスに同乗させてもらう。後方ではナルカミの放つ雷光がチカチカと辺りを照らしているが、その間隔が遠のいていった。空を見上げると、ナルカミが得意げに走り寄ってくる。

「よくやったね、ナルカミ！」

「いや、まだだ」

冷静なセイリオスの声が聞こえたかと思えば、ぐいっとリオンの体を片手で引き寄せたセイリオスは馬の背から高く跳躍する。

「ヒヒィーン！」

「うぎゃッ！」

悲痛な馬の嘶きが耳をつんざいた。唐突な浮遊感のあと、着地の時に軽い衝撃が体を襲う。ちょっと舌を噛んでしまった。抱えられたまま目を向けた先には砂埃が立ち込め、先ほどまで騎乗していた馬が胸元から血を流して転倒している。地面から無数に鋭い土の柱が突き出ていて、馬とその騎乗者を狙ったものに違いなかった。

「やっとお出ましか――アルデバラン」

（え？）

セイリオスが砂埃に向けてかけた言葉にリオンは目を丸くした。

「さすがぁ、ばれちゃった。はじめまして、僕がアルデバラン。凄腕の召喚士がいるみたいだからちょっと顔を見に来たんだけど、側にずっと変な雰囲気の魔術師がついてるなぁって思ってたんだよねえ」

砂埃が風に流されると、そこに何者かがいた。

腰まである緋色のゆるく巻いた髪と、額から突き出た立派な二本の角が特徴的な、男性形の魔物だった。体つきも背は高い方だが細身の男性のそれで、顔つきは中性的に整っている。瞳孔がわからないくらいに虹彩が黒く、目は笑っていないのに口元だけやんわり微笑んでいる姿は決して威圧感のあるものではないが——その存在感はどこか不気味な違和感をはらんでいた。

濃厚な魔力の臭いがする。

（これが、アルデバラン……）

リオンは知らず生唾を飲み込んだ。

「ねえ、あなたは何者？」

興味が湧いたようにアルデバランはセイリオスに問う。

応答不要と思ったのか、リオンを下ろして前に出たセイリオスがすっと手を払うような素振りをすると、虚空に氷の槍がいくつも出現し、すさまじい速さでアルデバランに向かって放たれた。

パキィン！

アルデバランの目前に瞬時に分厚い土の壁がそびえ立ち、氷の槍の一部はそれに刺さり、他は折れて粉々に散った。

「ひどいなあ、名前くらい教えてくれてもいいじゃない。やっぱりあなた、魔力の質がなんかおかしい。なんだろうなあ、僕達に近いというか」

相対する魔物は、仰々しい角さえなければ舞台役者をしていてもおかしくないくらいの優男だ。けれど、強い。魔力を見極める力などないリオンでもわかった。

「ふん、やはりこの姿ではらちがあかんな」

「ナルカミ！　あいつを狙って！」

小さく呟くセイリオスの言葉が聞こえたが、リオンもぼけっとしているわけにはいかない。リオンの指示に間髪をいれず反応したナルカミの稲妻からも、アルデバランは大きく飛び退いて難なく逃げおおせた。

「強い召喚獣だねえ、シュレイ家の召喚士？　でも、自分を守る召喚獣を出していないのはなんで？　召喚士自体はただの弱っちい人間なのに」

「――――！」

突然足が地面に埋まったように感じた。足下を見ると、そこだけ地面が泥状化し、リオンの両足を呑み込んでいる。動けない。

ハッと頭を上げると、にたりと笑った優男が大蛇（おおなた）のようなものを携え、リオンに向かって一足飛びに跳躍してきた。

「面倒くさそうだし早く殺しちゃおう」

殺されると思った瞬間にリオンの周りに突風が巻き起こり、間一髪、凶刃は弾き飛ばされる。

「それは許さん」

「！」

アルデバランは驚愕に目を見開いて、大きく後退した。目線の先には、真紅の瞳と、目尻から頬までの美しい文様が特徴的な魔物が立っている。本来の姿のセイリオス。ただいつもの姿と若干違っていた。

（セイさんの髪が、短い？）

いつもは艶やかな黒髪が腰まである。魔力を抑えるというピアスを外した瞬間に、するすると魔法のようにのびる黒髪は、今は肩下までしかない。

「あは！　あははは！　まさか！　あなたは北の魔王か！　死んだって聞いていたのに、こんなところで人族の味方してるの!?　変なの！」

甲高い声をあげてアルデバランが心底おかしそうに笑う。セイリオスはかまわず笑い続ける男に向かって次々と炎の矢や風の刃を放ち、地面から生えたうねる蔦が男の足を搦め捕ろうとした。相手はそれらすべてを弾き、かわしていく。回避しながらアルデバランが口笛を吹くと、地面がボコボコと盛り上がり、太い蛇が何匹も這い出してきた。我先にとリオンに向かうたくさんの蛇はナルカミの稲妻で吹き飛ばされたものの、まだまだ何匹も蛇が這い出てくる。稲妻で殺せなかった蛇はセイリオスが凍結させていく。

吹き飛ばされた蛇は細長い体幹がちぎれかかってもなおうごめき、進めないと知ると怒りに悶えて周りに転がった仲間の蛇に喰いついている。

「あちゃあ。僕が魔法かけると知性の欠片もなくなるんだよねえ。下品なもの見せてすみませんね、魔王さま。でも、いくらでもその辺の魔物を使役できるから地の利は僕にある。しかも魔王さま――魔力、だいぶん消耗してない？」

赤い唇がニイと横にさけ、邪悪な表情をのぞかせたかと思うと、再び口笛を鳴らして、今度は鳥型の魔物を呼んでリオンに向かわせた。それらにリオンを襲わせながら、自身はセイリオスに攻撃をしかける。

ナルカミだけでは処しきれない数だ。セイリオスはリオンを守りながらアルデバランの攻撃をかわしている。セイリオスの表情がいつになく厳しい。

（セイさんの動きがおかしい、前よりきつそう！　しかも俺を気にかけながら戦ってるぶん不利だ！どうしよう、このままじゃ）

自分がせめて普通の召喚士の力を持っていれば、自分の身くらいは守れて、セイリオスの枷にならずにすんだのに。承知の上で己の召喚紋を合わせ他の召喚獣を喚ぼうとしてみたが、当然何も起こらない。胸の古傷がずきっと痛んで息苦しくなっただけだった。情けない。

アルデバランが大地を砕き炎をほとばしらせ、セイリオスは鋭い氷塊を雨のように叩きつけて風の刃と化した竜巻を起こす。これまでリオンが見てきたものと次元の違う戦いである。

アルデバランの使役する魔物は徐々に数を増し、ナルカミは主を守るためにリオンにかかりきりとなった。とてもセイリオスの助力をする余裕はない。リオンを背に庇って戦おうとするセイリオスは注意が分散され、徐々に押されつつある。

「あははは！　弱ってるとはいえあの北の魔王を倒したって言ったら、きっと僕は大陸全土で有名になれるねぇ！」

再び大鉈を携えた男がセイリオスに猛攻を仕掛けると、セイリオスの体勢がわずかに崩れた。大きく振りかぶった大鉈が振り下ろされ――。

「あぶないセイさんッ！」

『おおおおおおぉ！』

一瞬だけ目をつぶってしまったリオンの耳に、獣の雄叫び（おたけび）と、ガキン、と金属と何か硬い物がぶつかりあうような音がした。

「え!?」

果たしてそこには、金の両眼をギラつかせた巨大な獣――牡山羊（おやぎ）――がアルデバランの前に立ちはだかっていた。木の幹ほどもある、太く、ねじれた二本の角が大鉈を易々と受け止めている。

山羊は頭を振り上げることで鉈（なた）を遠くへ弾き、太い前足でアルデバランを踏み潰そうとしたが、相手は後方へ跳躍して逃げる。

「あぁもう、仲間!?　弱った魔王さまと一対一の良い機会だったのに！　くそー、仕方ない。いい感じの『弱点』がわかっちゃったから今回は良いとするか。近いうちに、またね！」

終始にやにやと気味の悪い笑いをはりつけた緋色の髪の魔物は、最後にリオンに向けてそう言い放つと、突然巻きおこった砂塵（さじん）に紛れてしまう。砂塵がはけると、そこに魔物の姿は消えていた。

残ったのは、鳥や蛇の魔物がわずかばかりで、これはすぐにナルカミが一掃する。

「セイさんっ！」

ようやく側へ駆けつけると、セイリオスは膝をついたまま、リオンに「大丈夫か？」と尋ねた。ローブや手に細かい傷を見つけ、涙が出そうになる。

「俺は大丈夫です！　セイさんこそ！」

「お前が無事なら良い。私は大事ない。それより、良くやった、カペラ」

セイリオスがリオンの肩越しに、後ろにいる何かに声をかけた。

「え、カペラさん？」

『セイリオス様……！』

後ろにいたのは巨大な牡山羊。金の被毛と金の両眼が綺麗なその魔物を、セイリオスはカペラと呼んだのだろうか？

混乱したリオンの目前で、その山羊の輪郭はすぐにとろりとほどけて、人の大きさになった。それはリオンを吹き飛ばす勢いでセイリオスの足下に縋り、青ざめた顔でセイリオスの怪我を確認する。

間違いない、小麦色の肌と金の短髪、金の目を持つ魔物でセイリオスの配下であるカペラだ。

「あの牡山羊はカペラさんだったんですね……って、うわッ！」

突然カペラに突き飛ばされ、仰向けに倒れたところに馬乗りにされた。

「お前のせいだ！　お前がセイリオス様に人間の姿でいるよう請い、『聖人の涙』なんぞをつけさせた！　だからセイリオス様はここまで魔力を磨り減らしておられるのだッ！　それさえなければ、あんなものに傷つけられることなどありえぬお方なのだぞ！　お前が悪い、殺してやる――！」

瞳孔が細く引きしぼられ、明らかな殺気が向けられている。あまりの圧に息ができない。ガタガタと体が震える。

「うっ」

「カペラ」

リオンに馬乗りになったカペラの頭を、大きな手ががっしりと鷲掴みにした。そう力を込めたわけでもなさそうなのに難なくカペラを引き離したセイリオスは、やれやれという顔をする。

「やめろ、好きでやっている。自分の力を見誤った私がいかんのだ」

「ですが！」

「これに手を出すなと言ったはずだぞ。落ち着け」

「～っ」

歯をくいしばって拳を握り込むカペラに同情の気持ちすら湧いてくる。一歩間違えれば殺されていたリオンが言えた事ではないが。

「さあ、そろそろサレドニに戻るぞ」

魔物の急襲が報告された首都サレドニと南部地方は、幸いにも大きな被害を免れた。しかしそれはウィリアム率いる精鋭メンバーの帰還によるものではない。一定時間魔物達の攻撃が続いたあとは波が引くように散っていったのだという。

「アルデバランが、おれ達の力を分散させるために仕組んだんだな。まんまとあいつの掌で踊らされたわけか。すまない、リオン。おれの浅慮だった」

「いや、違うよウィル！　あまりにもアルデバランっていう魔物の力を知らなかっただけだ。でも、今回の戦闘でいろんな事がわかった」

ここは首都サレドニのなかでも中心街にほど近い宿で、アルデバラン制圧パーティの拠点となっている。怪我のなかったメンバーを集めての会議だ。リオンは今回アルデバランとの戦闘で判明した事をメンバーに説明し終えたところだった。怪我の治療のためにセイリオスはこの会議に参加していない。

「リオンが聞いたことが確かなら、あいつの力は他の魔物の知性を奪ってある程度の使役ができるってこと、噂どおり一個体でも相当に強いってこと、か。逆に言えば脅威はあいつだけと言う事もできる」

「うん。だけど、あいつの操る魔物の数が多すぎて、俺、自分の身を守るので精一杯だったんだ」

「それで、お前というお荷物を抱えたあの御仁が代わりにケガを負ったというわけか？　たかだかレア級を一体召喚したくらいで油断が過ぎたのだろう」

「す、すみません、兄さん……」

ヴィクトーの放った侮蔑の籠もる言葉に、メンバー達がシンと静かになる。しかし、予期せぬ所から反論の声があがった。

「すごかったわよ、その子の召喚獣。ナルカミだっけ？　後発隊が追いつかれずに済んだのもその子のおかげ」

同じく後発隊だったカミラが腕を組んでヴィクトーに言葉を投げかけると、ヴィクトーは人当たりのよい笑みを浮かべてにこやかに応える。

「それは良かった。シュレイ家の者であれば当然の芸当すらできぬ愚弟の力でも、少しは役に立ったということですね。呼び戻した甲斐があります」

「ヴィクトー殿、それはあまりにも。――今回の出撃では幸い重傷者や死者は出なかった。それだけでも良しとしよう。これからの対策を考えるんだ」

ウィリアムはヴィクトーとリオンの関係を熟知しているので、余計な口出しをするとリオンにはね返ってくることがわかっている。リオンをちらりと見て、ヴィクトーに対する反論を控えたようだった。

(ごめんな、ウィル。気を遣わせちゃって)

兄が自分を認める日が来るとは思えないが、自分のできるだけのことを全力でやるしかない。最近、そういうふうに前向きに考えることができるようになった。側にいて、自分を肯定してくれる相手に出会ったからだと思う。

それから、夜遅くまで会議は続いた。

アルデバランとの戦いからしばらく経った。今度はモーゼル国の西部、湖水地方で魔物による被害とアルデバランの目撃情報が伝えられた。

リオンも数日後に出立する予定だ。夕食後、拠点としている宿で旅支度を整えていたリオンは、ソファにゆったりと座って飽きずにこちらを見ている男に声をかけた。

「セイさん、本当にもうケガの具合は大丈夫ですか？」

「そんなものは疾うに癒えている」

「まだ日程決まってはいないですけど、数日後に湖水地方へ行くってウィルが言ってました」

「そのことだが。リオン、お前はこの国、そして南の安寧を願うか？」

唐突に問われた。家族を守りたいのか、ではなく、モーゼル国含め大陸南部を救いたいのかと聞かれているのか。

「スケールが大きくて、一介の召喚士が言えることではないですけど……、モーゼルや南の魔王領が安定すれば、母さんも落ち着いた暮らしができますし。何よりここは俺の故郷です、守りたい気持ちはあります」

「そうか。――わかった」

「？」

セイリオスは軽く頷いてソファから腰を上げ、リオンに近付いた。

「すでにカペラを使いに出してはいるが、これからしばらく私も別行動を取る。元の姿に戻るから人間の目には触れぬ方がよいだろう」

「え、何をするんですか？」

アルデバランとの戦闘のあと、サレドニに戻ってから、セイリオスは再び魔物にとっては呪いのアイテムに等しい『聖人の涙』を装着して人間の姿をとっていた。カペラはこれ以上魔力を損なわぬよう、そんなものは外してくださいと懇願していたが、聞き入れなかった。

怒りに震えるカペラから、セイリオスの耳朶を飾る綺麗な赤いピアスが、魔物の力を封じ、普通の魔物ならば死に至らしめるほどの効果を持つアクセサリだということを初めて聞かされた。長期間それを装着し続けたセイリオスの魔力の回復が極端に遅くなっていることも。

なぜ無理をしてまでそんなものを身につけていたのか。

――リオンが以前、セイリオス本来の力である『蠱惑』『服従』の力にとらわれるのは嫌だと言い、人間の姿なら怖くないと言ったからだ。それを知り、罪悪感でいっぱいになったリオンだが、結局今まで何も言えていない。

魔物の姿で別行動を取りたいとは、やはりこれ以上人間の姿でいることが辛いということだろうか？

「まあ、あとでわかる。ん？　なんて顔をしている」

「ごめんなさい、セイさん。人間の姿が辛いんでしょう？　俺のせいで無理をさせました。しかも関係ないのに、こんな戦いに巻き込んだりして、本当にすみません！」

「何を謝る。関係ないわけがなかろう。何かというとすぐに謝るのはお前の悪い癖だぞ」

「でも俺のせいです」

広い胸にふわりと抱きしめられた。以前なら恥ずかしくて腕の中から逃げだそうとしたところだが、リオンはおずおずと広い背中に自ら腕を回す。

「違う。お前といられるなら何ら苦痛だとも思っていない。別行動を取るのも、それとは関係がない。お前の望みを叶えることが私の喜びというだけだ」

本当に辛くないのだろうか。自分の事を気遣って言ってくれているだけじゃないのか。飄々とした言動とは裏腹に、この魔物は驚くほどリオンの事を大切に扱ってくれるから。

リオンもセイリオスの事が好きだと自覚したけれど、それをはっきりと口にして言ったことはない。魔物姿だから良くないとか、人間姿だから良いとか、もうそういうふうには考えてもいない。

なんだか今、ちゃんと伝えたいと思った。間近にある男の整った顔を見上げて、リオンはその頬にそっと右手をあてた。

「セイさん。俺、セイさんのこと、す、好きなんです。本当の姿も、真っ赤な目とか、目尻の文様とか、全部、かっこいいなあって思います。『蠱惑』の力、ですっけ。魔力の特性っていっても、どうせ俺は人間モードのセイさんとこうしていてもドキドキするし、何も変わらないんじゃないかって——ンぅ!?」

後頭部の髪をくっと引かれたと思ったら乱暴とも思える荒々しさで唇が塞がれる。顎を固定され後頭部を掴まれ、真上を向いた拍子に開いた口の中に何の遠慮もなく熱いものがもぐり込んできた。舌の裏を熱いものが撫でてきて、うなじの辺りがゾクッとした。

「ふぁっ、やめ、ンン！」

好き放題に口腔内を舐められたあと、下唇を吸いながら強めに噛まれた。一瞬、本当に食いちぎられるのではないかとびくついてしまう。制止の声をあげたいのになかなか口を離してもらえないし、両手で背中を叩いてみても、さらに抱擁がきつくなるだけだった。

後頭部にあった大きな掌は衣服の上からリオンの腰を撫で、臀部へ降りている。声を出せないまま、衣類越しに尻を揉みしだかれるに至って、このままだと完全に抱かれる流れだと直感する。セイリオスの胸元を両手で強く押してなんとか口を離すと、唾液が二人の唇を繋いでいやらしく光った。

「はぁっ、な、なんですか突然！」

「どう考えても誘っただろう。あまり煽ると私でも自制がきかんぞ」

「誘ってません、煽ってません！　ちゃんと気持ちを伝えたくてっ」

「そうだな、私も聞きたい」

「とか言いながら服脱がせないでください！　隣、ウィルが泊まっているんですよ、変な声とか聞こえたらどうするんですか！」

「なおのこと、お前が私に愛でられる声を聞かせてやるといい」

「いやだ、そんな趣味ありません！」

どうやらセイリオスは性的なものを見られることに羞恥がないらしい。むしろ所有権を主張するためなのか、見せつけようとする傾向にある。リオンの感覚とかけ離れすぎていて、はいそうですかと了承できない。服を脱がせようとする男からじりじりと後退して逃げていたが、とうとう部屋の扉に踵があたった。背面は扉、前は元魔王。

「この前も嫌がっただろう。私と交わるのは嫌か」

「ちがっ、恥ずかしいんですって！　セイさんとしたら声抑えられないし、明日多分立てなくなるしっ」

後半は真っ赤な顔でぼそぼそと呟くにとどまる。何を言っているんだ俺は、と冷静な自分がつっこむ。

セイリオスは眉をひそめて、何かをこらえるような表情をした。

「お前をここから攫ってしまおうか」

「明日朝からシュレイ一族に挨拶にいかなきゃいけませんから、だめです」

「……」

しばらくお互いを見つめ合ったあと、セイリオスがはぁとため息をついた。ずいぶん人間くさい仕草だ。

「ではせめて、お前に触れさせてくれ。体に負担がかかるようなことはしない」

「何を」

言うが早いか、男はリオンのシャツを大きくはだけさせて、首筋や胸元——子供の頃の古傷——に舌を這わせていく。胸の突起に軽く口付けをしたあと、徐々に唇は下がり、臍（へそ）の下まで降りてきた。

リオンは扉に背中を預ける形で立ったまま、自分の前に膝をついてしまったセイリオスを見下ろした。淡い橙色（だいだいいろ）の明かりに照らされて、暗い朱色の瞳が一瞬真紅に見えた。それに見とれていると、素早くベルトを外して引き抜かれ、下着ごとズボンを下げられてしまう。

「ひぇっ！　えっ？」

少し芯を持ち始めた性器が突然外気にさらされ、驚愕と羞恥で慌てて股間を隠そうとしたが、腕が動かない。見ると、扉から生えたようにしか見えない太い蔦が、リオンの腕にくるくると巻き付いていた。てっきりセイリオスの手だと思っていたのに。ジロンの村でリオンが逃げ出すのを阻止してきた、あの蔦だ。

「隠すな、見せろ」

膝をついたセイリオスが、情欲を湛えた目でリオンを見つめながら、薄く笑う。すぐに性器は大きな手に握り込まれてやわやわと扱かれた。膝をついたセイリオスの頭はちょうど股間の辺りにあるので、至近距離で性器の状態を観察されているようだ。腕をはなして、とか、もうやめてください、という懇願の声は届かず、次第に息が上がってしまう。

少しずつ膨らんできたソレが、雫を垂らす前――。温かいものにすっぽり包まれた。セイリオスの口の中だ。

「うそっ!?」

人生の中で性器の口腔愛撫なんてされたことがない。思わず大声で叫んで腰を引くが、腰骨を掴まれていて逃れられない。そうしている間にも、男は口の中のものを舌や歯で刺激してくる。

「やあっ、あっ、あっ、だめです！　それ、だめです！」

嘘だ、あんなに格好いい男の口に俺のが咥えられているなんて。うそだ、いけない。じゅぷ、じゅぽ、と秘めた水音が聞こえる。セイリオスが口にそれを含んだまま、ふふと笑う気配がした。

　コツ、コツ……。

　廊下から革靴の足音がする。それはゆっくりとリオン達の部屋に近付き、扉を隔てて、すぐそこで止まった。

「リオン？　どうかしたか？　大声が聞こえた気がしたんだが」

（〜〜！）

　ウィリアムだ。

「なっ、なんでもない！　気にしないでくれ！　ごめんな、大声出して！　――ぁッ」

　ひどく焦って裏返った声で返事をしていたのに、新たな刺激が加えられて思わず小さな悲鳴が出る。

　セイリオスが性器から口を離し、やわらかな陰嚢をねっとりとしゃぶっていた。

「ん？　本当にどうしたんだ？　何かしているのか？」

　心配そうな親友の声を扉越しに聞き、頭は冷静になって返事をせねばと思っているのに、体は反比例するように昂ぶっている。なんとか男の愛撫をやめさせたいが、両腕が蔦で拘束されていて手が出せない。

　陰嚢をちゅくちゅくと咥えられ下肢がぶるりと震えると、セイリオスはリオンの左足を持ち上げ、跪いた自分の肩にかけさせた。

「なん、でも、ないよ、ウィル。旅のしたくをしてた、だけっ」

「そうか？　息が上がってるぞ、鍛錬でもしていたのか？　おい、無理はするなって言っただろ」

「むり、してない、ありがと、うぃる」

セイリオスの指が、後孔に触れた。

まさかと思って目を見開いたリオンと視線を合わせた男は、凄絶（せいぜつ）な色気をはらんだ笑みを返した。

指が一本体内に侵入する。

「んうっ」

「!?　リオン、どうした、扉を開けろ」

コンコンと扉をノックする音が真後ろで聞こえて、脂汗がつうっと額に流れた。長い指は侵略の手を緩めず、緊張してこわばった後腔をほぐすようにぬっ、ぬっと入り込んでくる。

「あ、あ、やめて、おねがいします。ちょっと、まって」

「早く返事をしないと勇者が扉を壊しかねんぞ？」

ものすごく小声でお願いしても、魔物は微笑んだまま指の動きを止めてくれない。

「おい、どうした！　こじ開けるぞ！」

「うぃ、うぃるっ！　いま、だめ。いうこと……ぁっ、きいて、おねがい！」

「……!?」

息をのむ気配がして、ウィリアムが何かを感じ取ったのか、ノックをやめた。

「――わ、わかった。だけど、隣にいるからな、何かあったらすぐに大声を出せよ」

そう言ったあと、しばらく部屋の外で逡巡する雰囲気があったが、靴音が遠ざかっていった。隣の部屋の扉がカチャ、と閉められた音を聞いて、ようやくこわばった体から力が抜けた。しかし、そのタイミングを逃さないように、後孔を犯すものが二本に増える。

「ひぅ！　ウィルに見られるところだった！　ばかっ、セイさんのばか、ううぅ〜」

涙声の訴えを聞いているだろうに、セイリオスは勃起した性器を吸い上げながら、二本の指で体内を探っている。そして、勘のいい指は後腔の腹側にあるやわらかなしこりを探しあててしまった。

（それは、ダメ——！）

隣の部屋の親友に聞かれたくなくて、声をあげぬよう唇を噛みしめたリオンを試すように、前立腺をこね回される。時間にすればたった数分だったかもしれないが、リオンにとってはずいぶん長い甘い責め苦のように感じられた。

下腹から大腿の内側までびくびくと筋肉が引き攣れ、目の前が真っ白になり、リオンは吐精した。男の口の中へ。そのままずり落ちるように床にへたり込み、荒い息をついたリオンを、口角に白い精液をつけたままの男は嬉しそうに眺めていた。

「ああ、リオン。唇を噛みしめていたのか。切れて血が出ている。どれ、治してやろう——」

男から受けた口付けは鉄の味と精液の苦みと、深い情の味がした。


「夜の見張りはわたしが召喚獣を喚ぶ。あとの者は体を休めなさい」

「助かります、ヴィクトー殿」

夜の見張りを請け負うヴィクトーに、ウィリアムは軽く会釈した。湖水地方に到着して五日ほどが経過した。

前回のように首都や大きな街の守備が手薄になると危険なので、戦力を分散させ、今回の精鋭メンバーは二十人になっている。リーダーはウィリアムで、召喚士はヴィクトー、リオン。それに前回も一緒に戦った黒魔術師のカミラもパーティの一員だ。他に格闘家や白魔術師、弓使いなどが加わる。この地域はまだ魔物の出現が少なくて、大きな街に避難せずに残っている人達が多かった。そこに魔物の襲撃と、アルデバランが出現したという情報が入り、精鋭のパーティで乗り込んだというわけだ。

幸い被害はまだ大きくなかった。そしてパーティ到着後は襲撃もぱったりと止んでいた。一日中警戒態勢を緩めてはいないけれど、のどかな住民の雰囲気もあってメンバー達も少し息を抜いているように見える。けれどリオンは素直に喜べない。

ヴィクトーと一緒にいる時間が長くなり、辛辣(しんらつ)な言葉をぶつけられる機会が多くなったためだ。セイリオスが不在となって、自然とウィリアムと行動する時間が増えると、パーティの補佐役とも言えるヴィクトーとも接点ができてしまった。

ただ、これまでとは違って、兄の前に立って何と言われても萎縮(いしゅく)はしなくなった。自分は誰かに必要とされる、認められた人間なのだという自信からか。いざとなれば、シュレイ家の名を捨てても良いと思う。セイリオスと出会ったことで、自分の根っこのようなものが太く確かなものになった気がする。

「そこで突っ立って何をしている、リオン。今日は一度も召喚していないだろう。請願くらいしたらどうだ。少しは大召喚の役に立とうと思わないのか」

「はっ、はい！」

言われなくてもそうする予定ではあったのだが、口答えは禁物。萎縮はしなくても、苦手なものは苦手だ。

『請願』とは、大召喚を成功させるため、今やモーゼル国のすべての召喚士が行っている事だった。百年前、リオンの曾祖父が一度だけ召喚して降臨した、この地のどこかに生息する神獣・アクパラ。

その召喚および契約条件は至ってシンプルで、ただ召喚を希う（こいねが）こと――『請願』すること、である。多くの『請願』があればあるほど神獣の気を引きやすく、その中で気に入った強い召喚士がいれば、戯れに契約を交わすのだそうだ。だが、この百年は大陸全土どこにも降臨していない。この災禍にあって、シュレイ一族だけでなく、モーゼル国中の召喚士が、時間さえあれば『請願』しているのだ。

手の甲の召喚紋は略式なので、野営地の端にあらかじめ召喚陣を描いていた。すでに日が暮れて辺りは暗い。灯火を持って移動するリオンに気がついたらしいウィリアムが駆け寄ってきた。

「召喚の請願というやつか」

「うんそう、深く眠っておられる神獣様にお声かけするの。俺みたいなのでも、呼びかける声は多い方が良いからね」

「おれも見ていていいか？」

「いいよ。変わってるよな、ウィル。別に面白くもなんともないのに」

この地に赴いて、ウィリアムは何を心配しているのか、リオンをいつも気にかけている。リオンを一人にしないように配慮している様子だ。セイリオスが隣にいないことに、何か思うところがあるのだろうか。

召喚陣の中に立って、気を集中し、呼びかけを始めると、リオンの体から淡い光の粒子が立ち上った。蛍のようなふわふわと捉えどころのない白い光が、体にまとわりつく。

(どうか、この国の災禍を脱する力を貸してください)

請願すること一時間ほど。胸の古傷が熱を持ち始め、息苦しくなってくる。だいたい、このくらいが請願の限界だった。胸を押さえながら召喚陣の外に出る。

「いってぇ……」

「またそこか。いつも痛むんだろ？　もう一度医者にかかったらどうだ？　診察してもらったの、大分前じゃないか」

「子供の頃に何度も診せたけど、痛み止めしか対処しようがないって言われたから」

「しかし召喚の時に限って痛むのって変だろ」

「まあね。だけど、死ぬほど痛いわけでもないし、大丈夫だよ。ってか、これしきのことで痛くて請願できません、なんて言ったら兄さんになんて言われるか」

ははは、と笑うリオンをウィリアムは不思議そうな表情で見ていた。

「最近、ヴィクトー殿から逃げなくなったな」

「あ、わかる？　苦手なのは変わらないけど、なんていうか。兄さんも名門シュレイ家を背負って立つ人だから、兄弟なのに力にならない俺の事がもどかしいんだろうってわかってきた」

「強くなったな」

「んー、セイさんのおかげかな。こんなのでも俺は俺でいいんだって言ってくれた」

「……あのな、リオン。セイ殿の事なんだが」

「うん？」


ピイィィィィ！

突如甲高い鳴き声が暗闇に響き渡った。

「兄さんの召喚獣の警告音だ！」

「夜襲か！　行くぞリオン！　住人の避難を急がせよう！」

湖面に炎が映り込んでいる。点在する家屋に炎があがり、住人が逃げ惑っていた。炎を背景に、逃げる人影とそれを襲う異形。

「火を消せ！」

「範囲が広い！　誰か、水の範囲魔法よろしく！」

「あれは半人半獣の魔物？　ケンタウロスは穏やかな種族だろう！　なぜ⁉」

「暴れ方が異常だ、操られているんだ！」

「気をつけろよ、アルデバランが控えている可能性が高い！」

パーティメンバーはすでに装備を整えている。白魔術師や格闘家は住人を庇いながら安全な場所に誘導し、雄叫びをあげながら住人を追いかけているケンタウロスや動きの速い小さな魔物に弓使いが矢を射かけている。ウィリアムはすでに二匹の魔物を相手に切り結んでいた。

召喚獣・ゴーレムが魔物と取っ組みあいの戦いを見せている。ヴィクトーの召喚獣だ。他にも複数の召喚獣を喚び、攻撃・防衛・補助の役目を負っていた。ヴィクトー自身も召喚獣が守っている。

（さすが兄さん！）

召喚獣の質も種類も申し分ない。だがいかんせん、家屋が点在していて消火が難しく、住民の誘導も数少ないメンバーでは手間取っていた。この状況で、何を召喚するのが最適か。自分に許される召喚は一体だけだ。

「よし！　来いッ！」

手指を複雑に絡め、召喚紋を発動させる。この地方ならば。


戦いの中、メンバーは驚愕して空を振り仰いだ。突然大粒の雨が降り注いだからだ。いや、雨ではない。

青白く発光する鱗を持つ巨大な海蛇が、ぬうっと人間を覗き込んでいる。体躯は広い湖につかっていて、その湖の水は渦を巻いて空へ湧き上がっていた。その水の渦が火に包まれた範囲に雨粒となって降り注ぎ、場所によっては滝のような勢いで流れ落ちる。

（大小様々の湖があるから、レビアタンの力がよく発揮できるな）

火の勢いがみるみる削がれていく。消火に力を割かなくてよくなれば、魔物制圧に全力を傾けることができる。何十匹もの魔物が、精鋭のメンバーに次々と撃退されていく。

「さすが、やるぅ！　住人の避難も完了したわ！　魔物もあと少し！」

　いつの間にか近くに来ていたカミラが慣れた仕草で片目をつむってみせた。前回の戦いから思っていたが、カミラはかなりの手練れだ。上級攻撃魔法を全属性使いこなしているし、よく他のメンバーの動きを把握している。

　家が焼けた嫌な臭いは充満しているが、ほぼ鎮火した。レビアタンは周囲の湖水から際限なく水を湧き上がらせ、水属性の範囲攻撃を仕掛ける。もう立ち上がる力のある魔物はいないようだ。ウィリアムはさすがの剣技で、一人で数十匹を倒していた。リオンを見つけ、駆け寄ってくる。

「リオン、おかげで助かった！　さすがだな」

「この土地はレビアタンに親和性が高くてよかったよ」

「あら？　ヴィクトーさんは？」

「ヴィクトー殿は避難民の保護に回ってもらったはずだが。ん、いない？」

「兄さんが？」

　集まったメンバーらもヴィクトーの行方を知らないという。ウィリアムが眉をひそめ、カミラと視線を交わした。

「おれがヴィクトー殿を探してくる。リオンはメンバーと一緒にいてくれ」

「あたしも行くわ」

　嫌な予感がする。自分も探しに行くと言ったが、湖と離れたところを探すからと却下された。湖のないところではレビアタンは具現化できないので、リオンは役に立たない。

「リオン、頼むからここに残っていてくれよ」

「わかった」

何度も念をおしてウィリアムが暗闇の中を遠ざかっていく。


パーティメンバーで住民の避難場所の見張りを交代しながら、リオンは胸騒ぎで腰を落ち着けることができなかった。

(兄さん大丈夫だろうか。もう二時間くらい経ったぞ。ウィルもカミラさんも遅いな)

そう思っていたとき、左耳にふうっと息を吹きかけられた。冷たい。一瞬で全身に鳥肌が立った。

飛び退き、暗闇の中で目を凝らすが何も見えない。

しかし、何かがいる!

「見つけたぁ、魔王さまの『弱点』。しかもまたレア級なんか召喚しちゃって僕の手駒つぶしまくったでしょ。強いねえ、腹たつわ〜。そんでこの召喚士さぁ、君と力の波動が似ていたから捕まえたんだけど、間違っちゃった。血族?」

「う、ぐ……」

何も見えないのに、軽薄な声と、うめき声が聞こえる。兄の苦しむ声がはっきりとわかった。

(アイツの声と、兄さんの声だっ!)

「こっちにおいで。僕と遊ぼう。じゃないとコイツを殺すよ」

「待て!」

声が遠ざかる。メンバーのいる所から少し離れてしまった。伝令鳥を飛ばしたいが、レビアタンを召喚したので、どれだけ低級なものといえども召喚することはできない。セイリオスは側にいない。ウィリアムもここを動くなと言った。

けれど。皆のところへ戻る時間はない。

「兄さんを放せ！　――待て、アルデバラン！」

ここで自分が動かねば兄が殺されるかもしれない。リオンは暗闇の中を、声を頼りに走り出した。

＊＊＊

突然いなくなったヴィクトーを探すため、カミラと駆け出したウィリアムは、何度も後ろを振り返った。

「なに、どうしたの勇者サマ？　リオンくんが心配？」

「あ、いや。じっとしているか気になって」

「お兄さんが行方不明だもんねぇ」

カミラが魔法で周囲を照らしてくれ、足下は明るい。おかしな気配がないか、神経を研ぎ澄ませながら周辺を探索する。ウィリアムが心配なのは確かにリオンの事だ。しかし、カミラが思っているような理由ではない。

湖水地方に出立する数日前。

夕食後部屋に戻って武器の手入れをしていたウィリアムの耳に言い争うような声が聞こえた。リオンが宿泊している隣の部屋からだ。

(誰かと話しているだけか?)

いつも一緒に行動している、異様な威圧感のある黒髪の魔術師とだろうか。

セイ殿。整いすぎた容姿も、他者を見透かすような暗い朱色の瞳も、どう考えてもただの黒魔術師ではない。多くの魔物と戦って、磨いてきた自分の勘は信じるようにしている。そんな男と、リオンはなぜ行動を共にするようになったのだろうか。リオンはあの男にとても親しみを感じているようだ。

八歳頃までは全開の笑みが好ましい闊達な性格だったのに、シュレイ家当主の正妻から熱傷を負わせられ、性格ががらりと変わってしまった。ショックのせいか、召喚に制限がかかるようにもなってしまったらしい。それまでは、たくさんの可愛らしい召喚獣をウィリアムに披露してくれていたのに。

以降、親族から出来損ないと非難されて育ったリオンは、一族の前で萎縮するようになり、人見知りになった。ウィリアムも、幼心に正妻に怒りを覚えたものだが、子供にできることは何もなかった。

そのリオンが連れてきた相手。

相対すると、産毛が逆立つような、脂汗が出るような、本能が危険だと警告する存在だった。

(しかし、リオンにはとても優しく接しているように見えたな。接触が若干過剰なように感じたが)

また、隣の部屋からガタッと音が聞こえてきたので、さすがに心配になる。部屋を出て隣室の扉の前で声をかけると、慌てたように部屋の中にいるリオンから返答があった。扉の近くにいるようだ。

息が上がり、声がうわずっていたので、何度も大丈夫かと、扉を開けろと言ったのだが頑なに扉を開けようとしなかった。絶対におかしい。何度かのやりとりのあと、ウィリアムは扉をこじ開けようとした。

『うぃ、うぃるっ！　いま、だめ。いうこと……ぁっ、きいて、おねがい！』

扉越しに今にも泣き出しそうな友人の細い声を聞いたとき、カッと顔に熱が籠もった。

(!?)

なんて声だ。なんて、エロい。

ウィリアムはこれまで同性に性的魅力を感じた事がないし、リオンをそういう対象に見たことなんて勿論一度もなかった。一瞬でも声を聞いてエロいなんて思ってしまった事に罪悪感が襲ってきて、逡巡しつつも自室に戻った。あの声を思い出すと体が熱くなる。深く考えてはいけない。忘れねば。

頭を切り替え、そのまま寝る準備を整えて、さっさと眠る。

体感では未明。異様な雰囲気を感じ、ウィリアムは立てかけておいた剣を取って飛び起きた。

「何者だ！」

「さすがに勘が良いな、勇者」

月の光がわずかに差し込む暗い部屋で、腕を組んで壁に寄りかかっている黒い影をとらえる。その影の半身を月光が照らした。闇に溶け込むような黒髪と白い肌、暗い朱色の眼が月光を反射している。

「セイ殿か、こんな時間に一体……」

「私はしばらく別行動を取る。不在の間、お前がリオンを守れ」

「リオンを？　なぜだ」

「アルデバランがリオンに目をつけた。どういう手を使ってくるかわからん相手だ。お前に任せるのは気が進まんが、力で言うならば人族の中ではマシな方だからな」

「仲間を守るのは当然のことだ。しかしなぜアルデバランがリオンを？　いや、それよりもセイ殿、あなたは一体何者だ」

「聞かぬ方が良いこともあるぞ」

ふ、と軽く笑って、男は闇に消えた。ウィリアムは冷や汗が顎からぽたりと床にこぼれ、自分が極度に緊張していたことを知る。

その日から、その男の姿を見かけなくなった。


「いないわね、お兄さん。仕方ないわ、一旦帰りましょう、勇者サマ」

「ああ、そうだな」

もう二時間ほど経過したはずだ。これ以上手がかりなく探しても無駄だろう。カミラが帰途の道すがら、ぽつぽつと話しかけてくる。

「なんか不条理な世界よね。人族の幸福のために魔王を倒したのに、魔王不在が続けばそれはそれで人族が苦しむなんて。ま、西みたいに常に戦闘態勢の魔王なんかはやっつけちゃえと思うんだけど、北と東はうまくいってるじゃない？　って、アッ、ごめん。勇者サマの前で言う事じゃなかったわ」

「いやかまわない。カミラ殿の言うとおりだと、おれも思ってる。均衡が傾くといけないんだろうな」

「さすが視野が広いわね、惚れちゃう。あ〜、婚約者いたんだっけ。――均衡、ね。南には新たな魔王が必要なのに、アルデバランみたいなのしかいないのかしら」

メンバーの、そして避難してきた住民を集めた野営地の灯が見えたときだ。

――オォォォン！

腹に響くような低い咆吼が一帯に反響した。湖から可能な限り体をのばし、一方向を見据えるレビアタンの、青白く光る巨躯が視界に入る。

「これってレビアタンの鳴き声⁉」

「リオンに何かあったか！」

ウィリアムは野営地に戻り、リオンの姿がないことを知ると急いで馬にまたがって飛び出した。行く先はレビアタンが見据える方角だ。カミラもなんとか馬に乗ってついてくる。

(湖から離れたらレビアタンの力が及ばない！　くそっ、召喚獣から引き離されたのか！　今リオンは丸腰だ！)

鬱蒼とした森の中に入ると、異質な魔力を感じ取った。

「勇者サマ！　この魔力、アイツよ！」

「ああ！　カミラ殿も気をつけるんだ！」

どんどんその魔力が近付いてくる。ウィリアムは少しひらけた平地に飛び出した。

獅子の頭と山羊の体を持ち、尾が蛇の召喚獣――キマイラが、血まみれになって何かと戦っている。その何かが、ウィリアム達に気づいたようだ。

「げっ、勇者も来ちゃったの？　最悪だなぁ、僕、そのリオンって子を殺したかっただけなのに〜。そっちの召喚士が余計なことするから！　腕折ったのになんで召喚できちゃうわけ？」

場にそぐわない、抜けた声をあげたのは、緋色の髪を腰まで垂らした、痩身の優男。額に太い二本の角が生えた姿は、まぎれもなくアルデバランだった。

瀕死のキマイラが守るのは、二人の人間である。木の幹を背にだらりと座り込んでいるのはヴィクトー、そして兄が崩れ落ちないように支えているのはリオンだ。額から血を流し、顔を真っ赤に染めたヴィクトーだが、どうやら意識はあるらしい。ヴィクトーが、リオンと己を守るためにキマイラを召喚し、アルデバランと戦っていたのだ。

「ウィル！　兄さんが！」

「今行くぞ！　リオン、ヴィクトー殿！」

しかし、ついにアルデバランによって吹き飛ばされたキマイラが光の粒子となって消えてしまった。重傷を負った召喚獣はしばらく回復の眠りにつく。カミラの放った疾風の刃とウィリアムが振りかぶった剣戟も、緋色の髪を数房散らしただけで、あとわずか敵に届かない。

「チッ、手駒も全部やられちゃったみたいだし。余計な事してくれたよ、ホント！」

アルデバランは憎たらしそうに、もう動くことすらできないヴィクトーに向けて暗闇を固めたかのような黒い矢を放つ。形勢不利と見たのか、アルデバランの姿は突如巻き起こった砂嵐の中に消えてしまった。

ウィリアムもカミラも、まさかヴィクトーに向けた追撃がくるとは予想していなかったため防御の一歩が遅れた。

「兄さんッ！」

ウィリアムの視界のなか、ヴィクトーの前に飛び出すリオンの姿がことさらゆっくりと見えた。すさまじい瞬発力でもってウィリアムはリオンの方へ飛び、左手を可能な限りのばした。

「ぐっ――！」

黒い矢はウィリアムの左手掌を貫通する。しかし、それでは完全に威力を相殺できなかった。吸い込まれるように黒い矢はリオンの胸に到達した。庇われた形になったヴィクトーは血が入って赤くなった目を見開き、リオンはぽかんとしたように自分の胸に刺さった矢を見た。

ウィリアムは一瞬、時が止まったように感じる。

その直後、リオンの胸元で小さな閃光弾(せんこう)でも弾けたかのように、白い光が放たれた。

胸がきりきり痛む。しかし、それさえ目をつぶれば、なぜだか体はとても軽い。よく食べよく眠り、さて今日は何をして遊ぼうかと体中に力が満ちあふれていた幼い頃を思い出す。リオンは己の意識が浮上していくのを自覚していた。体はぽかぽかと温かく、もう少しこのまま微睡(まどろ)んでいられたら最高なのにと思う。しかしそれは叶わなかった。

「どういうことだ、勇者よ」

地を這うような声、というのはこういう声なのだろう。直後にドンッと何かを叩きつけるような音がして、リオンは急速に覚醒した。どこかの民家の一室のようだ。やわらかなベッドに寝かされていたらしい。少し頭をもたげて、音のした方をうかがう。

背の高い黒髪の男が、日に焼けた逞しい体つきの男の首を鷲掴みにして壁におしつけるようにつり上げている。ちょうど二人の顔が見えないが、つり上げられた方は足が床についていない。

「ぐぅッ」

「私は、リオンを守れと言ったはずだ」

うめき声は、ウィリアムの声だった。とっさに叫ぼうとしたリオンよりも早く、蹴破(けやぶ)る勢いで扉が開いて紫色の髪のすらりとした女性が飛び込んでくる。

「何してるの男ども！　ここは病人の部屋よ、騒ぐなら出て行きなさいッ！」

一喝したのはカミラだった。虚を突かれた黒髪の男、セイリオスの隙をついて、ウィリアムが体をねじって拘束から逃れる。

腰に手をあてて仁王立ちするカミラと、咳き込むウィリアム、無表情に佇むセイリオス。セイリオスはいつ帰ってきたのだろうか。ちょっと起き抜けの頭には状況が把握できない。

「えっと、みんな一体何をしてるの？」

一斉に三人の目がリオンの方を向いた。


「それはセイさんがやりすぎです！　ウィルが手を犠牲にして庇ってくれたから、俺、こんな軽傷で済んでいるんですよ⁉」

「しかし助けきれなかったのは事実だ」

「動くなって言われたのに動いたのは俺！　しかもウィルの方が重傷なんです！　俺の方が謝らないといけないんですからっ」

「いや、リオン。謝るのは油断したおれの方だ」

「もう！　ウィルは黙ってて！」

幸い、黒い矢はリオンの胸に突き刺さりはしたものの、体表だけで内臓を傷つけるには至らなかった。もちろんウィリアムのおかげである。

ウィリアムの左手は包帯で何重にも巻かれている。神経損傷がなかったということが不幸中の幸いだったといえよう。なのに先ほど合流したばかりらしいセイリオスは、怪我をして意識を失ってしまったリオンを見て激怒し、ウィリアムに対し暴挙に出ていたのだ。リオンはベッドに腰掛けて、元魔王を相手に怒鳴っていた。

深夜に救出されたリオンは半日以上眠り続けたらしく、もう夕方だ。ちなみに拠点近くの空き家を借りたらしい。広い部屋にはカミラの他に、両腕を固定され全身にガーゼや包帯を巻いたヴィクトーが座っている。

「病み上がりに元気なことだな。もう少し静かに話せ。傷に響く」

「すっ、すみません、兄さん」

ウィリアム達が来るまでアルデバランを抑えていたのは、ヴィクトーの召喚獣だった。ヴィクトーはアルデバランに捕まえられたあと、召喚できないように両腕をへし折られていた。メンバーの中では間違いなく最も重傷であろう。

「兄さん、助けてくれてありがとうございました。血の召喚を発動してくれなかったら、俺は今生きていません」

「ハッ、お前のためなどではない。自衛のためだ。何の役にも立たないくせに追いかけてくるなど何を考えている。あの魔物は確かにお前を狙っていたんだぞ。考えて行動しろといつも言っているだろう」

馬鹿者、と言い捨てられるが、リオンは全く傷つかなかった。リオンがアルデバランに追いついたとき、アルデバランは囮の役割を果たしたヴィクトーに興味をなくしたように放置した。

どうしたら楽しく殺せるかと舌なめずりをしながら近付いてくるアルデバランに対し、リオンが冷や汗を流しながら護身用に持っていた小剣を取り出したときだ。

ヴィクトーは血の召喚を行った。額から流れ出た血を、折れた腕にこすりつけて即席の召喚紋を描き、キマイラ召喚に至った。血で召喚紋を描くと、強力な召喚が可能となるぶん、召喚士にはね返る反動が強くてむこう三ヵ月は召喚ができなくなる。

(兄さんだけなら問題なく逃げられたんだ。だけど、俺を助けてくれた)

いくら出来の悪い異母弟とはいえ、見殺しにするのはさすがに寝覚めが悪かったのだとは思う。しかしそれでも十分だ。嬉しかった。

「……お前の傷はどうだ。矢が刺さったとき光が放たれた。おかしな魔法の類いではないのか」

「いや、なんか刺さった直後に目の前が真っ白になって、それから覚えていないんです」

「はいはーい！　それについてだけど、あたしの専門かも」

明るい声が割り込んできた。カミラが手をピンとあげて注目を集める。

「リオンくん、きみさ、呪われてたでしょ」

「はい？」

何と言われた？

ぽかんと口を開いて二の句が継げずにいるリオンを放置し、カミラは話しだす。

「きみを見たとき、なんか変な力が纏(まと)い付いているような気がしてたんだけどね。その傷を見て確信が持てたわけ」

セイリオスが無言でソファを立ち、つかつかとリオンの前まで来ると、有無を言わさず寝間着の前を開いて胸にあてられていたガーゼを剥がした。

「人間が人間を呪うときにのみ使われる術、か」

魔物が感知できない、対人に特化した呪術。

胸の真ん中、胸骨の上に丸く盛り上がった二横指ほどの古い傷痕は、アルデバランの放った黒い矢によって真横に裂かれていた。ほぼ止血していて、わずかに血がにじむ程度となっている。

「そう、ソレ。その古い傷痕の方、年季の入った呪術よ。力を大きく削るタイプの。しかも何の因果か、強い魔力の矢で裂かれたことで強制的に『解呪(ディスペル)』されてる。怪我の功名ってとこかしら」

舌が乾いて声が出せない。なんだ、どういうことだ。だってこの傷は、八歳の時、あの人につけられたものだ。

ガタッと音を立てて立ち上がったのはヴィクトーだった。リオンの傷を、真っ青な顔で凝視している。

「それは……それは母上がつけた傷か」

「ち、ちが」

「リオン、下手に隠しても仕方がないことだろ。ヴィクトー殿、これは確かにあなたの亡きご母堂がつけたものです」

「ウィル！」

あの事件は侍従にも口止めがされたと聞いた。当主である父親が正妻に注意をしただけで、特に罰則もなかったらしい。ヴィクトーには知らされていないはずなのに、なぜ気がついたのか。

「ずいぶん昔、お前が本邸を訪れた時、母上が火かき棒を手にしてどこかへ行くのを見た。おかしいと思っていたら、その直後にお前の泣き声が聞こえてきたことを覚えて、いるのだ。呪術など……なぜ」

「おおかた、リオンの才能に嫉妬でもしたのだろう。己の血を継ぐ者より優秀であってはならぬとでも思ったのではないか」

この場の誰よりも人間の機微に疎いはずの魔物が、さらりと核心をついた。この場の誰も、思っていても言えなかった事だ。まだ呆然としているリオンの頬をセイリオスは慈しむように撫でた。

「抑えつけられていた力が急激に膨らみ、輝きを増している。お前本来の素晴らしい力だ」

(俺本来の力？)

なんだそれは。何か召喚してみたら、違いがわかるのだろうか。ほぼ無意識に両手の召喚紋を合わせようとしたとき、カミラが「まだだめよ！」と制止の声をかけた。

「長年かかっていた呪術を強制的に『解呪』してるんだから、少なくとも数日は召喚をやめておきなさい。どんな反動がくるかわからないから、しばらく体を休めること。さてお兄さんも体を休めなきゃ。もちろん勇者サマもね、各自解散よ！」

てきぱきと指示を出し、カミラは悄然と椅子に座りこんだヴィクトーを誘導する。部屋を出る前に、ヴィクトーは疲れきった顔でこちらを向いた。

「リオン、すまない。考える時間をくれ」

「兄さん……」

この傷は兄さんのせいじゃない、と口に出す前にヴィクトーは背を向けて出て行ってしまった。ウィリアムも、そんなヴィクトーを気にしながら、「また明日な」と言って退室する。

扉の方を向いたまま、固まってしまったリオンの横に腰掛けたセイリオスが、顔を寄せてそっと頬に口付けしてきた。ちゅっ、ちゅっと額や耳に軽い口付けを落とす。

「うっ、セイさん、くすぐったい」

「細かな傷がたくさんできている。治すからじっとしていろ」

「小さい傷ならすぐ治りますから。本当にウィルとか兄さんに比べたら全然平気です。胸がチクチクするくらい」

ふと、顔を離した男は、くつろげたままのリオンの胸元に目をやる。

「呪術か、もっと早く気づいていたら良かったのだがな」

「いや、仕方ないです。十数年間誰も気がつかなかったし、俺自身呪術なんて今も信じられないくらい」

ヴィクトーの母は五年前に病で鬼籍に入っている。若い時は美しい人だったが、傷つけられて以降、殆ど会っていないので記憶がおぼろげだった。

(そんなに子供の頃の俺が許せなかったのかな)

また過去に意識を飛ばしていたリオンは、胸元に熱くてやわらかい感触と、ピリッとした鋭い痛みが同時にやってきて、現実に引き戻される。胸元に顔を寄せたセイリオスが、傷に唇を押し当てていた。時折唇の隙間から赤い舌がひらめいているのがわかる。

傷に口付け、舐めて、癒しているのだ。もう過去のことを振り返る必要はないのだと、無言で伝えてくれる。

――ガチャ。

「ごめん、忘れ物した……って。あ、ホントごめん。さっさと出て行くからね」

部屋に紫色の髪が鮮やかな女性が勢いよく入ってきた。扉近くの椅子に掛けてあった洒落たローブを手に取って、颯爽と戻っていく。

扉を閉める直前、ばちんと片目をつむって、カミラは言った。

「そこのカレシさん。いちゃいちゃするのは結構だけど、リオンくんに無理させちゃダメよ」

胸元に顔をうずめて口付けする男と、それをおとなしく受け入れている自分。どう見えるのかは一目瞭然だった。胸元から口を離さず、セイリオスはリオンを見上げる。

「カレシとはなんだ？　私のことか？」

はいそうです、あなたのことです。リオンは真っ赤になって無言のまま目をそらした。

「アルデバランが近く仕掛けてくる、とはどういうことでしょうか。セイ殿」

首都サレドニの中心街にほど近い宿の一室である。勇者ウィリアムの率いるパーティの拠点として借り上げている宿だ。

「あいつは圧力をかけられることに慣れていないからな、もう音をあげる頃だろう。そうすれば、まずはリオンを狙いにくるはずだ」

「待ってくれ。圧力とは？　セイ殿は一体何をしたんだ？　先日の襲撃もそうだが、なぜリオンを狙うのかがわからない」

「面倒だな」

不機嫌な顔をしてそっぽを向いたセイリオスの代わりに、人間の姿をしたカペラがウィリアムの前に仁王立ちした。そう、湖水地方からサレドニに戻ってくると、当然のようにカペラがいた。メンバーの皆には、セイリオスの配下である、という正直な紹介をし、それはすんなり受け入れられている。部屋にはリオン、ウィリアム、魔物主従と、ヴィクトーの代わりにリーダー補佐になったカミラがいた。

「あのなあ、勇者。お前らが湖水地方に行っている間に、我が主が采配を振ってアルデバランの行動に制限を設けられたのだ！　もうアルデバランは遠い土地で好きに魔物を操れない。つまり、お前らは他の町のことは気にせずに目の前の敵だけを相手にすりゃいいってことだ、わかったか」

「あの、カペラさん。なんでアルデバランが遠いところの魔物を操れなくなったんですか？」

「はあ？　んなこと我が主の魅力で一発よ、イッパツ！」

「全っ然わかりません」

たぶんウィリアム達には言えないこともあるのだろうが、魔物主従は伝える気があるのかないのかわからない説明をした。

近々アルデバランが仕掛けてくるだろうということ。おそらくリオンを狙ってくるだろうということと。リオンが狙われるのは、その身柄が勇者たちだけでなくセイリオスへの牽制にもなるからということ。以前、敵は操った魔物を各地に送り込んで戦力を分断させる策をとっていたが、今回はその策は通用しないということ。戦闘は大規模なものになる可能性があるので、周囲を巻き込むのが嫌ならばあえてアルデバランを別の土地に誘い出した方が良いだろうということ。

根気よく聞いた内容はそういう話であった。信じる根拠に乏しくて、ウィリアムが眉根を寄せて考え込んでいる。

「でも勇者サマ、この前、アルデバランがリオンくんを殺そうと執着していたのは確かよ。狙うなら、またリオンくんでしょうね」

「あれは魔王たる素質はないが、賢く、魔力自体は強大だ。リオンが類いまれな力を持つ召喚士であることに気がついているうえ、私への抑止力になることも知っている」

「セイ殿への？」

「セッ、セイさんはむちゃくちゃ強い魔術師だから、アイツ怖がってるんだよ！」

本当は、この国を好き放題にするにあたって大きな障壁になりえる元魔王を殺したがっている。なぜか元魔王は、よりにもよって人族の勇者パーティの側に付いていて、その弱点となりそうなのがリオンなのだ。

これを伝えようとすると、セイリオスの素性をばらすことになるので、なんとかごまかすしかない。リオンがあわあわと焦っていると、ウィリアムが軽く頷いて顔を上げ、皆を見渡した。

「カミラ殿の言葉も一理ある。サレドニを攻められたら被害は甚大なものになるだろう。こちらの都合の良い場所にアルデバランを誘い出し、総力を挙げて討つことにしよう」

　それから数日後、モーゼル国王や大臣ら、首都守備隊の面々と協議を重ね、勇者ウィリアムの率いるパーティはモーゼル国と南の魔王領との境界にある広い荒野に陣営を張った。この地は雨の降らない乾燥地帯で、不毛の地である。人の住む地域とは距離があり、戦闘の際に一般住民を巻き込む危険性が少ない。

「リオンくん、体調はどう？」

「すこぶる良好です！　まだ無理するなって言われていますから、召喚は控えていますけど」

「そうね。今回お兄さんもいないし、召喚士は君含めて数名しかいないけれど、無理はしないで」

　総勢五十名を越える一大パーティの中に、召喚士はリオンを含めて三名しかいなかった。他二名はシュレイ家の親族だが、出来損ないの本家次男としか思われていないので、接点はない。パーティ以外は国の守備隊から数百人の騎士が派遣されている。

　出立前にシュレイ家本邸を訪れ、ヴィクトーを見舞った。両前腕の骨折に加え、全身の打撲傷のため、療養している。対峙したリオンは、いつも冷徹で毅然としていた兄の、いつになく憔悴した姿に衝撃を受けた。

「母上がお前に呪術をしかけた理由には心当たりがある。お前が幼い頃、父上が言ったのだ。リオンは素晴らしい力を持っている。大召喚士になるのも夢ではない――とな」

それから、母親の態度が激変したのだという。リオンは自身と視線を合わせない兄の姿に動揺し、訪問は早々に切り上げた。

物思いにふけりながらセイリオスとともに陣営をぶらぶらと散策していると、隣を歩く背の高い男に、周囲からの視線が集中する。カペラはセイリオスの後ろを守るように付き従っている。

(セイさんはどこでも目立つなあ。カペラさんとか見てもわかるけど、人間も魔物も、引きつけずにはいられないというか)

これが、アルデバランにはない魔王たる資質なのだろうか。四百年という北の魔王領統治を果たした伝説の魔王が隣をてくてく歩いているとは、なんという運命のいたずらだろうか。

じっと見つめていたリオンの視線に気がついたのか、男が振り向く。

「この戦いでは私は元の姿に戻らねばならん。あれを倒すには中途半端な力では命取りだ」

「すみません、ありがとうございます。俺の故郷のために」

「ふん、お前のためだ。もし私の事が勇者一行に知れたとしても、お前を離す気はない。良いな？飼い主は約束を果たすものだ。そうだろう？」

セイリオスは怜悧な面差しにいたずらっ子のような表情を見せて微笑む。リオンも受けて立つように笑った。もちろんだ。

斯(か)くして、同日黄昏の時、戦いの火蓋(ひぶた)が切られた。

「南の方角から、数百、いや数千の魔物の影あり！」

「魔物の襲撃です！　南の空にも飛翔系の魔物の影が！」

「結界を張れ！」

「近接攻撃の戦士は散れ！　魔術師、召喚士、弓使いを守れよ！」

怒号が飛び交い、人族の中でも名うての騎士やパーティの戦士達が躍動する。だが対する魔物は予想を超える数で攻撃を仕掛けてきた。ウィリアムが次々と指示を投げ、自身も今まさに先陣を切ろうとしている。左手の傷も癒え、勇者は意気揚々と声をかけてきた。

「リオン！　召喚、いけるか！」

「いける！　ウィルも気をつけて！」

己の召喚紋を発動させ、召喚の準備をする。体が軽く、力がみなぎる。いつも当然のように感じていた不快な胸の痛みも、まったく感じない。

すごい、今までと全然違う！

来たれ、と願ったそのすぐあとに、リオンの有するレア級の召喚獣が三体、具現化した。ペガソス、ナルカミ、フェニックス。およそ一堂に会することのない強大な力を持つレア級召喚獣達だ。主の力を言祝(ことほ)ぐようにリオンの頭上を旋回し、命令に応じて敵の殲滅(せんめつ)に向かう。

周囲の魔術師も剣士も、みな一様にどよめいた。

（ああ！　同時召喚できた……！）

感動に打ち震えたリオンだったが、すぐに己と周囲の人達を守るために、オルトロスなどの近接攻撃タイプの召喚獣も召喚する。すごい、全然疲れない。こんな感覚はとても久しぶりだ。

気がつけば、先ほどまで側にいたセイリオスとカペラが姿を消している。

多くの魔物と人族の戦士、召喚獣の間では激戦を極めた。魔物は激しい攻撃を仕掛けてくるだけで、周りとの連係など無視している。しかし、攻撃に特化した圧倒的な数の敵に、徐々に戦士達は押されていた。

「いかん、数で押されている！　応援を呼んではいるが、まだかかる」

「黒魔術師、三人戦闘不能よ！　魔力枯渇を起こしたわ！」

「こっちも弓使いと剣士がやられた。後方に連れていく」

「アルデバランの姿はまだ見えないか！」

ウィリアムやカミラの叫ぶ声が途切れ途切れに聞こえてくる。善戦してはいるが、パーティ以外の騎士達は魔物との戦いに慣れていないのだ。足を折られても、腹を食いちぎられても前進を続ける敵に、恐怖が先立つ人間の心情までは制御できない。

「リオン！　前線が徐々に後退している。ここは危なくなる。後ろに引くんだ」

最前線を馬で駆け、敵を倒し、勇者の鑑(かがみ)たれとばかりに戦場を駆け巡るウィリアムがリオンに声をかけた。それに応じて後退するものの、最前線で戦う召喚獣を操るため、彼らの姿が目に入るところでなければならないという召喚の都合上、どうしてもリオンは前線に出る必要がある。

ドオッ！

突然、荒野の土が数メートルにわたって盛り上がり、地中から爆発するように土の塊や砂埃が舞い散る。地属性をよく操る魔物には心当たりがあった。

「召喚士、見ぃつけたぁ！」

緋色の長い髪を風になびかせ、額から立派な二本の角が生えた人型の魔物が忽然と姿を現す。周りには大小様々な無数の魔物が控えている。

アルデバランだった。戦いが楽しくて仕方ないとばかりに恍惚（こうこつ）の表情を浮かべながら、リオンを見据えている。

「君、気配が変わったね。レア級召喚獣三体も召喚してるの君でしょ？　この前まで一体が限界って感じだったじゃない、どうしたの。やっぱり早く殺しとかないとダメだったなぁ。ところで、魔王さまはどこ？」

アルデバランの出現にすぐさま対応したのは、ウィリアムとカミラだった。リオンが狙われるだろうということがわかっていたから、二人はできるだけ近くで戦ってくれていた。

ウィリアムの目にも留まらぬ剣技とカミラの強力な黒魔術、リオンの守り手として控えていた犬型の召喚獣・オルトロスが一斉にアルデバランを襲う。それをいなして、敵はリオンから目を離さない。

「魔王さまでしょぉ？　魔物を横取りしたの！　おかげで手駒激減しちゃって、ほんと迷惑！　君さあ、魔王さまのお気に入りだろ。君を殺したら、どんな顔するンだろうねえ！」

「魔王!?　何を言っている！」

「勇者サマ！　喋ってる暇はないわよ！　こいつ強い！」

「アハハッ、人族の勇者！　僕に勝てるとでも思ってんの？」

激闘は続く。しかし、近くで魔物と戦っていたパーティメンバーと守備隊の面々から、打ちひしがれたような悲痛な声が聞こえた。

「勇者！　あちらをご覧ください！」

リオンもつられて目を向けた。

黄昏の茜(あかね)の南空に無数の黒い影と、地平線上を覆い尽くす異形の姿を認める。人間ではなかった。

それが、こちらを目指してすさまじい勢いで駆けてくる。人族の援護、ではない。魔物だ。

「くそっ、ただでさえ数で押されているのに！」

「だめだ、この荒野では姿を隠す場所がないっ。どうする勇者！」

こちらを向いて、ウィリアムに判断を請うてくる戦士達を尻目(しりめ)に、リオンは違和感を覚えた。アルデバランの、いままでの余裕のある表情が消えている。南の方を凝視して、整った形の口唇を薄く震わせていた。魔物の援護が来て歓迎するような表情ではない。

みるみる近付いた異形の影は、アルデバランによって操られた魔物達を囲い込み、一定の距離を保ち牽制(けんせい)しているように見えた。

（新しく来た魔物が、操られた魔物を抑えている？　何が起こっているんだ？）

その光景を見たすべての戦士が思った事だ。そこに、甲高いアルデバランの怒号が響く。

「クソがぁぁ！」

ビリッと鼓膜に響くような、甲高く不穏な声だった。一瞬その声に呑まれて体をすくませたリオンの体を、抱き寄せる温かい腕があった。

「下品な物言いだな。だから王たる素質がないと言っている」

「セイさん！」

リオンの肩を抱きながらアルデバランを見てそう評したのは、真紅の両眼を光らせ、その目尻に美しい文様の浮き出た黒髪の魔物だった。艶やかな黒髪は、やはり背中の真ん中辺りまでしかない。

「セイ殿……。やはり本性は魔物だったのか」

「気がついていたか。さすがだ、勇者」

ざわめく戦士達が、新たな魔物の出現に警戒を強める中、ウィリアムは苦い顔で呟く。カミラも唖然とした顔で魔物モードのセイリオスをただぽかんと見つめていた。いち早くセイリオスから距離をとるように飛び退いたアルデバランは、顔をゆがめてこちらを睨みつける。

「クソが！　僕の手駒達を配下にしたなッ！」

「お前の手駒とやらは、自ら望んで私に忠誠を誓ったぞ。お前を討つために全力を尽くすとさえ言っている。よほど嫌われたな」

くくく、と笑うセイリオスの側に、人型の魔物が二体走り寄り、膝をついた。カペラと、リオンの知らない三つ目の魔物だ。

「我が新しき主よ。こちらは準備が整っております。狂乱の力で苦しめられた我々の思いを今晴らさせてください」

「良かろう。まずは暴れている魔物達を抑えろ。指示はカペラに任せる」

「はっ！」

「御意にございます、セイリオス様！」

主に命じられ、らんらんと金の目を光らせたカペラは、三つ目の魔物を伴って走り去る。ウィリアムを振り返ったセイリオスは、厳かな顔で言った。

「さあモーゼルの勇者よ。このたびの戦に限り、我々魔族は力を貸そう」

＊＊＊

アルデバランは生まれて初めて焦りを感じていた。

自我が芽生えたのはほんの一、二年前。自分と周囲というものが認識できるようになると、どうやら己の魔力の特性が『狂乱』であるということに気がついた。自分より力の弱い魔物を好きに操れる。そして自分は強かった。

ただ、操った魔物に知性は期待できず、立ち向かってきた高位魔族ですら、操られた時点でただの獣になりさがる。でもまあ、それで十分だった。操った魔物が気に食わなければ同族で争わせて共喰いをさせたし、魔物を使って脆弱な人間を襲うのも楽しかった。

人族の殺し合いを見たくて小さな村の人間すべてに魔力を向けてみたが、目や鼻や耳から出血し、殺し合う暇なく全員が死んだ。魔力を受け入れる器が小さい人間には自分の魔力は致死的になるのだろう。勝手に死ぬのを見るのは何も楽しくなかった。逃げ惑い、為すすべなく無惨に殺されるのを見るのがいい。魔王になるつもりはないのかと、対峙した魔物から言われた事はあるが、そんな気持ちは一欠片もなかった。別に魔王領を統治したいわけじゃないし、殺したり、殺し合う姿を見たりすることに喜びを感じていたからだ。

自分に刃向かう者がいなくなり、退屈になっていた。人族の集まっている集落を首都と言うらしいが、それを襲って人族を根絶やしにしたら面白いかと考えているところだった。

だから、強い召喚獣を操る召喚士に手を出そうとしたときに退けられた相手が、かの有名な北の元魔王だと気がついたときは興奮した。相手の放つ威圧感はすさまじく、全盛期であったなら、格上だと認めざるをえなかっただろう。しかし何があったのかは知らないが、魔力を制限していたらしい相手の力は大きく減じていた。

対峙しているまさに今も、元魔王の力は完全ではない。しかし小細工のために使おうと思っていた他の魔物のコントロールを、セイリオスに奪われた。同格もしくは格上の魔物に忠誠を誓ったものに、『狂乱』の力は及ばない。

くそ、と思う。

遠隔地の魔物の統制が奪われたことを知って気が急いた。何も考えずに召喚士を含む勇者パーティの足取りを追って襲撃した。弱点であろう召喚士を、先に捕獲しておくべきだったがもう遅い。前回は阻まれたが、一体しか召喚できないという制限があるらしい召喚士を捕獲することなど簡単だと高をくくっていた。

なのに、レア級三体という禁じ手のような召喚をして手駒を蹴散らされてしまった。攻撃の盾にしようと思っていた捨て駒の魔物達も、セイリオスに忠誠を誓ったという南の魔王領の生き残りが抑え込んでいる。弱っちいくせにいろいろ邪魔をしてくる召喚士をぎたぎたにしてなぶり殺してやりたい。

お気に入りの人間のそんな姿を見たら、あの元魔王さまのお綺麗な顔をゆがませられるだろう。

目前には召喚士と、それを守るように立つセイリオス、明らかに強い力を持つとわかる勇者と黒魔術師、そして人族の戦士達。対してこちらの使える駒はない。自分一体だ。

(でもまあ、それでも僕が勝つけどね)

＊＊＊

リオンは気がついた。アルデバランの様子がおかしい。先ほどまで顔をゆがめて睨みつけていたのに、また口元に笑みが戻っている。

「なんで笑ってるんだ」

アルデバランを中心として突然砂煙が舞い、渦を巻いた。急速にその勢いを増した砂煙はまるで意志を持つ竜巻のように範囲を広げる。中心にいたはずの魔物の姿を隠す勢いだ。

「いかん！　視界を奪われる！　みんな攻撃に備えろ！」

ウィリアムがとっさに叫んで指示したときには広い範囲が砂の竜巻に襲われ、反応が遅れた者達は容赦なく叩きつけられる砂礫(されき)にうずくまるしかなかった。ごうごうと轟(とどろ)く砂嵐に、悲鳴のような声がいくつも混ざった。

「なんだあれ――でかい！」

「ぎゃあっ」

パーティの誰かの悲鳴だ。少しずつ砂嵐の勢い自体は衰えているが、もうもうと立ちこめる砂塵は引く気配がない。そこに何か巨大な生き物の影が映った。角を振り上げて、人間も魔物も関係なく突き刺しては高く放り投げている。

「チッ、本性をさらしたか！」

「なにあれっ？　牡牛!?」

セイリオスが舌打ちをしてリオンを抱き寄せ、高く跳躍し距離をとった。

緋色の被毛に覆われた躍動する牡牛は、見上げるほどの大きさだった。体長十メートルはあるのではないだろうか。そんな巨体で突進を繰り返してはその立派な角で目前の生き物を突き刺し、なぎ払い、倒していく。

「お前は結界の中にいろ。あれは勇者だけでは無理だ」

「セイさん！」

セイリオスはリオンをパーティメンバーの近くに運び、すぐさま踵を返す。背中に黒い翼が出現したと思えば、重力を無視する速さで飛び立った。続けざまにウィリアム達に注意を喚起する。

「勇者よ、あれがアルデバランの本性だ！　真正面からの破壊力はすさまじい。角に気をつけろ！」

「了解した！」

その巨大な厄災にも果敢に立ち向かう姿がある。勇者ウィリアムだ。他の動けるパーティメンバーも追従する。そして、飛び立ったセイリオスのあとに続くのはカペラ始め忠誠を誓った魔物達だった。

結界の中からその様子を見て、リオンははたと気がつく。

（そうだ！　召喚獣！）

動揺しすぎて自分の役割を失念するところだった。早急に三体の召喚獣を集め、猛(たけ)る牡牛へ各々の属性攻撃をぶち込む。だが、巨体に似合わず敏捷な牡牛はことごとく攻撃から逃れ、かつ角で魔法を弾きかえした。

（あの角、魔法防御力がめちゃくちゃ高い！　嘘だろ、物理攻撃しか効かないのか!?）

魔法攻撃を主の戦力とする召喚獣も魔術師も、この時点で攻撃を諦めざるをえなくなった。補助魔法や防御に徹するしかない。だからこそ物理攻撃の要たる勇者の卓越した剣技や、斧戦士、弓使いの技に活路を見いだすしかないが、いかんせん敵が大きすぎるうえに敏捷性も高い。ちょっとやそっと武器がかすったくらいでは何のダメージも与えられなかった。牡牛が大きく首を振りかぶるたびに、数を頼りに攻撃していた戦士達が一人、また一人と倒れ、吹き飛ばされた。

そこに、茜の空からよく通る低い声が放たれる。

「私がアルデバランの動きを止める！　勇者、そして我が配下のものよ。時間は限られるぞ。機を逃すな」

空を飛翔するセイリオスが片手を突き出した瞬間、その真下にいるアルデバランを中心として、空間がゆがんだ――ように感じた。

「!?」

少し離れた場所で待機しているリオンにも、突然体に重しをのせられたような、息の詰まる重圧感が襲う。近くにいたカミラががくっと膝をついた。

「こ、これっ、まさか『重力操作』？　古の魔法よ、こんなもの何百年も前に廃れてる！　一体何者なのよ、君のカレシはぁ!?」

「重力……」

ズンッと地響きの音がする。巨大な牡牛が、目に見えぬ何かから頭をぐいっと地面に押さえつけられたように前のめりに倒れた。前足を踏ん張って立ち上がろうとしても叶わない。重力は角の魔力防御を無視して作用した。

『グゥ！　魔王、お前か――！』

押さえ込まれてもがきながら、アルデバランが怒声を張り上げた。獣の声帯から響く声は人型の時の甲高い声と違って腹に響くような重低音だった。

そんなアルデバランに最初に斬りかかったのは、勇者。アルデバランを中心に重力負荷がかけられているので、側にいるウィリアムにも相当な圧がかかっているはずだ。少し離れたリオンですら重苦しく感じるくらいなのだから。ウィリアムは押さえ込まれたアルデバランの角に己の剣を突き立てた。

『僕の角に何をする人間風情がァ！』

「みな！　今だ！　動けるものは攻撃しろ！」

重力負荷に逆らって体を引きずるようにアルデバランに近寄る面々だが、人族でまともに動けているのはウィリアムくらいだ。魔物ではカペラや三つ目の魔物が、なんとか牡牛に斬りかかる。どうやら、額から突き出た角が一番の狙い目のようだ。何度も何度も繰り返し同じところを切りつけては牡牛の攻撃を避けて身を翻す。

口から泡を吹いて、いっそう激しくもがくアルデバランの拘束が、時が経つにつれて少しずつ緩んでいるように感じた。リオンははっと茜色の空を見上げる。セイリオスの表情は逆光で見えないが、虚空で少し体勢が崩れているような気がしたのだ。

「セイリオス様！　まだお体が完全ではないのです！　無理をされてはなりません！」

悲痛なカペラの声が聞こえてきて、やはりそうかと思う。そうだ、まだセイリオスの力は不完全なのだ。どう考えてもこの重力操作には莫大な魔力が消費されている。もう一時間近く経った。知らなかったとはいえ、セイリオスの好意に甘える形で長期間負担を強いる生活をさせていたのは自分だ。

(どうしよう、何か俺ができること。できることは)

ガキィィン！

高い金属質の音が聞こえた。見れば、ウィリアムの剣がアルデバランの右の角に深く食い込んでいる。メリメリと音を立てて角の動揺が大きくなった。そして、大きく揺らいだあと、バキン、と右の角が折れた。

『人間ごときが僕の角を！』

怒りに満ちた重低音の叫びが牡牛の口から放たれた。真っ黒い目は憤怒の炎に燃えている。ウィリアムは、激しく首を振り回した牡牛に吹っ飛ばされた。

「ウィル！」

そのタイミングでリオンが感じていた重苦しさは完全に消失した。空を見上げれば、肩で荒く息をするセイリオスがいる。魔法が解けたのだろう。

鼻息荒く立ち上がったアルデバランは、とどめを刺そうと血走った目で勇者を探している。しかし、それを許すセイリオスではない。

「まだだ、アルデバラン」

今度は空から鋭い氷塊が雨のごとく降り注いだ。先ほどまでは二本の角でいなしていた攻撃だが、片方では体を守り切れぬようで、氷が牡牛の体躯を傷つけていく。鮮やかな被毛が、黒い血で濡れていった。

「今なら魔法も効くわ！　あたし達もやるわよ！」

カミラが立ち上がり、皆に指示を出す。リオンも召喚獣に攻撃の指示を出しながら、目はウィルの安否をうかがっていた。

（どこだ、ウィル！）

リオンは結界から抜けて、友人がはね飛ばされた方へ走る。今が攻撃の機会と、他の戦士達はリオンには目もくれずにアルデバランの方へ駆けていく。集団から外れた行動をする姿が浮いていることに、リオンは気がついていない。

しばらく走ると、すでにパーティメンバーがウィリアムを救出しているのが遠目に見えた。よかった、手足を動かしている。意識もあるようだ。ほっとしたのも束の間、うなじから背中にかけてぞおっと怖気が走った。周囲のざわめく声。

『見つけた、そこにいたのか召喚士ぃ！』

いつの間に接近していたのだろう。

緋色の牡牛がこちらめがけて突進してくるのを、リオンは呆然と立ち尽くして見ているしかできない。

――これは、死ぬ。

ドドドッと地響きをさせ、砂煙を舞いあげて突進してくる巨体の牡牛。的は自分だ。正確に心臓を突けるように頭は低く、一本だけ残った角の照準はリオンからわずかばかりも動かない。

「リオン！　逃げるんだっ！」

これはウィリアムの声か。でもだめだ、もう間に合わない。

(ごめん、みんな。俺、最後まで役立たずだった)

目をぎゅっとつむって体をこわばらせる。

――ズンッ！

鈍い、嫌な音がした。衝撃は、ない。

目をあけると、数歩先に肩幅が広くて背の高い男の後ろ姿が見える。艶やかな黒髪に美しい黒翼を持った姿だ。

「セイ、さ……」

その左の脇腹辺りから、太く鋭い角が突き出している。

アルデバランの渾身の一撃を己の肉体でもって止めたセイリオスは、体を貫かれた体勢のまま角を抱き込んだ。そのまま体躯をねじって太い角をへし折ると、同時に牡牛の額に手をかざして激しい爆発を起こした。

巨体はもんどり打って倒れ、爆風と砂埃で視野が阻まれて辺りは騒然となる。

「セイさん、セイさんッ！　どこですかッ」

リオンは混乱している。セイリオスが身を挺して自分を庇ったのだ。腹を角で破られていた。人間なら、死ぬ。

うそだ、どうしよう、どうしよう。

煙幕のなか、手探りでセイリオスを探す。その手が優しく掴まれた。煙で顔は見えないが、すぐにかけられた声は、慣れ親しんだものだった。

「今のうちに隠れるんだ」

「良かった、セイさんですね！　角が、お腹を！」

「死には、しない。だがしばらく動けん。早く行け、リオン。あまり私を見てくれるな。恥ずべき、姿だ――」

セイリオスが言葉を途切れさせた。ずるっと相手の手の力が抜ける。それと同時に、人と変わらないしっとりとしたセイリオスの手の感覚が徐々に変化していった。

それは大きな獣の前足のような。

徐々に煙幕が晴れ、リオンの足下に荒い息をついて横たわっていたのは。

目を伏せて顔を背けているが、その両眼は宝石のように美しい真紅。美しい黒翼と同じ色の被毛をまとった、大きな——天狼だ。


「セイリオス様ッ！」

カペラが主の名を叫びながら駆け寄り、天狼の身を抱える。呆然と突っ立っているリオンをギリッと音がしそうなほど睨みつけた。

「セイリオス様の身はわたしが守る！　お前は逃げろ、お前を守るために身を挺して庇われたセイリオス様のためになッ！」

それでも動けなかったリオンを今度はカミラが見つけて引きずっていく。

「何してんの！　ここは危ないわ、きみはこっちよ！」

魂が抜けたようになりながら、腕を引かれて戦場を進む。アルデバランは死んだのか。

「カミラさん、アルデバランは」

「死んでない。とどめを刺しに向かったけど、身の回りに砂嵐を張り巡らせて近寄れないの。死に物狂いってとこよ。体力回復されたらたまらないけれど、勇者サマもケガをして戦うのは厳しいわ。一旦、引くしかない」

「そんな」

ウィリアムも、セイリオスも倒れたというのに、アルデバランは生きているだと？　どうするんだ。セイリオスは自分を庇って倒れた。

――セイリオス。あの天狼は……セイリオスなのか？

　黒い翼と被毛、そしてあの美しい真紅の眼の生き物を、自分は知っている。もっとずっと小さくて、仔犬の魔物としか思っていなかったあの生き物は、幼い頃に初めて召喚し、飼うと宣言した自分だけの仔犬。守ってあげると言ったのに、短い時間でお別れすることになってしまった。

『飼い主は約束を果たすものだ。そうだろう？』

　セイリオスから言われた言葉だ。


　リオンは決心した。

「カミラさん、手を放してもらっていいですか。あと、アルデバランからできるだけ離れていてください」

「は？　何言ってんの。え、ちょ、ちょっとリオンくん!?」

　カミラの手を振り払って、局所的に砂嵐が渦巻く場所を目指して走る。どこか突破口はないかと集まっていた戦士達も、諦めて一時撤退の方針になったらしく、アルデバランの周りには誰もいなくなっている。

　砂嵐の壁の中には、大きく肩を揺らしてうつ伏せている牡牛がいる。角は失われて頭も体も黒い血にまみれていた。それでも、リオンの姿をとらえたアルデバランは、獣の顔でもはっきりとわかるほど、嗤った。

『アハハァ。待ってなよ、召喚士。ぐちゃぐちゃに踏み潰してあげるね！　勇者も魔王さまも、もう

戦えないんでしょぉ？　お前を殺してから、あいつらもゆっくり踏み潰してやる。ほらぁ、最後には僕が勝つんだ』

「させない」

護身用の小剣を取り出す。躊躇なく自分の腕を切り裂いた。

『ふふふ。僕に殺されるのが怖いからおかしくなっちゃったのかなぁ？』

じっとりとした嫌らしい物言いも、すでにリオンには届いていない。

＊＊＊

すでに深夜。最初はわずかな大地の揺れだった。めまいかと思うほどの、細かな揺れは、しかし、徐々に立っていられないほどの激しさになる。

「地震か、こんな時に！」

ウィリアムは痛む体を起こして、周囲を見渡した。白魔術師の見立てでは肋骨が何本か折れているらしい。魔法で応急処置はしているが、激しい動きをすれば激痛が襲う。

アルデバランから少し距離をとった所に急ごしらえの陣営を張って、動かせない重傷者の治療にあてた場所だった。今は怪我人も含め、パーティメンバー全員が揃っている。いや、一人を除いて。

「く、リオンはまだ戻ってこないのか。セイ殿はどこにいる」

「動いちゃだめよ、勇者サマ。ごめん、リオンくんを止められなかったわ。あの黒髪の魔物も、深手を負ってる」

そして配下の魔物達が大事そうに運んでいった。援護に来た魔物達も、アルデバランに手を出しあぐねているようだ。

激しい揺れの中に、ザーッ、パキパキ、という、聞き慣れない音が混じってきた。

「地震がひどいぞ。危険だ。皆、撤退の準備を！　おれは、リオンを探して、うッ」

剣を杖にして歩き出そうとするものの、ひどい揺れで骨折箇所が痛み、歯を噛みしめる。魔族の加勢を得てもアルデバランを制圧できなかった。友人の身も危険にさらされている。地震がこれ以上ひどくなる前にメンバーを逃がさないといけない。

焦燥が身を焦がし始めたとき、シュレイ家の召喚士が当惑気味に声をあげた。

「この感じ、ただの地震じゃないぞ……！　これはっ」

重い轟音が響き渡る。一同は目にした光景に絶句した。


荒野に、山が出現していた。暗闇なのにわかるのは、その山が淡く発光しているからだ。木も何も生えていない、むき出しの赤茶けた土がこんもりと隆起したとしか思えないが、確かに山だ。ザーッと土が山の頂から滑り落ちていく。赤茶けた土が落ち、その下から見えたのは、きらきらとやわらかな光を放つ、何か、である。

「あれはまさか、神獣・アクパラ……？　一体、誰が」

呟きのように召喚士がこぼした言葉を、ウィリアムはしっかりと耳にしていた。どんどん土が落ちていき、その姿が露わとなる。翡翠色の美しく硬質な甲羅が淡く発光し、暗闇を照らした。尾にあたる部分にも金色の長い房がついている。ゆっくりと動いているのは、神獣の頭部か。

それは、この大陸には存在しない生き物の形をしていた。硬い甲殻に覆われた体が主体で、山のような椀状の体躯から、ちょこんと小さな頭が出ている。高い知能が秘められていることがわかる理性的な目と、鳥の嘴にも似た口元。ウィリアムは昔、リオンと共に珍しい召喚獣が書き記された書物を見ていたので、この神獣を覚えていた。

何千年という長い時を生きてきた神獣で、絶滅した『亀』という生き物の形態を持つ、守りの召喚獣だ。

優れた視力を持つウィリアムは、その神獣の足下に一つの小さな影を認めた。あまりにアクパラが巨大すぎて、遠近感がおかしくなってしまいそうになるが、あれは人間だ。その神獣が、ゆるりと頭を動かし、踏み潰してしまいそうなほど小さな人間に向かって頷くような所作を見せた。ゆっくりと時間をかけて神獣が向きを変えた先に、牡牛の姿がある。いかに巨体といえど、アクパラの前では人間と大差ない、小さな生き物だった。

一旦おさまっていた地鳴りが再び始まる。アクパラの体から放たれる光が強くなり、暗闇が一転、目が眩むような光が放たれた。

「うっ――!」

ウィリアムは顔を背けた。あまりの光に目が耐えられず、すべての人族と魔族は目を覆う。だから、何が起こったのかを直視できたものは誰一人としていなかった。

『僕がっ、なぜ人間なんかに！　やめろ、いやだ、やめろォォォォ！』

白い視界の中、断末魔の絶叫だけが皆の耳に響き渡った。

＊＊＊

自分という存在は、果たしていつから形成されたのだろう。別段覚えておく必要もない記憶だから、忘れてしまった。権力も何も興味はなかったが、周りから強く請われて魔王という存在になった。境界を侵して入り込む人族どもや定めた規律に従わぬ魔族を罰し、領内に魔力を行き渡らせ、特に何事もなく生きてきた。

魔王の寿命の尽きるときは大きく二つ。小さな力しか持たぬくせに、予想外の力を発揮する勇者と呼ばれる人族に倒される時。そして魔力が尽きて他の魔物に弑逆(しいぎゃく)される時。そのどちらも、自分の身には起こらなかった。

統治が三百年を超えた辺りで、退屈になってくる。時折興味を引かれる人族の勇者もいたが、大抵はすぐに記憶から薄れた。自分に匹敵するような力を持つものがおらず、命のやりとりに熱くなることもない。魔王をやめて北を出れば、なにか新しいことが待っているだろうか。しかし、それすら面倒だった。

今から三十年ほど前、食事にも興味がなくなって殺した相手の魂すら取り込まなくなった。それを十年間続けていると、さすがに魔力が枯渇してくる。体が重くなり、豪奢な寝台に横になっているだけの日が増えた。何が楽しいのか百年以上自分に仕えているカペラが、自分の魂を食べてくれと泣いて縋ったこともある。しかし、それを拒否した。退屈しのぎに、人間の書物を漁ったことがあるけれど、人間は自死することがあるのだとか。魔物が自ら死を選ぶという話は聞いたことがない。これは自死になるのか？　ならば、自死を選んだ最初の魔物になるのも一興だ。久しぶりに、自然と口角が笑みの形を作る。

　その時、寝台の隣でいきなり温かな橙色をした光球が出現した。一抱えはありそうな大きさだ。

「なんだ、これは。……ッ！」

　いきなり体が持ち上がり、耐えがたい力で光球に引き込まれそうになる。

　勇者パーティの仕業か？『重力操作』は、人族ではすでに廃れたと聞いていたのだが、遣い手が残っていたのだろうか。

――しかし、殺意めいたものは一切感じない。むしろ、温かだ。

　橙色の光に包まれたセイリオスは、抵抗を諦め目を閉じた。突如自分がいなくなれば、しばらく王領は混乱するだろうが、プロキオンとカペラがいるので大きな問題はないだろう。

　もう、どうとでもなるが良い。どうせあと少しで消滅する命なのだから。

「わーい！　やったぁ！　わんこ、しょうかんっ！」

　甲高い声だ、うるさい。

まだ頭がぐらぐらするが、なんとか目を開いて状況を確認する。ここはどこだ、異様に視点が低い。目の前には飛び跳ねる人族の子供。その子供は、ふわふわとした金茶の髪とそばかすの浮いた頬、優しげな茶色の目をしていた。てっきり、勇者パーティがセイリオスを殺すべく、武器を振り上げているると思ったのに。

なんだお前は。

口に出そうとした言葉は、「ぐるる」と可愛らしい声になって自分の口からこぼれた。

(なぜだ？　本性に戻っている。しかも生まれたばかりの姿ではないか)

自分の前腕をしげしげと眺めると、可愛らしい小さな桃色の肉球がふさふさの黒い被毛で覆われている。声帯が発達していないからか、人語が話せない。自分の、このような獣の姿は恥ずべき姿だと思っている。何とはなしに原始的で、知性を感じないからだ。こんな姿をさらすのは人型を保てなかった、ほんの短い間だけだったと記憶している。姿を保てないほどに自分は憔悴しているのだなと、淡々と考える。

そんなセイリオスを、少年はお構いなしに抱き上げた。

「ぼくはリオンっていうんだよ。今日からお前をかうんだ！　よろしくなっ」

にこぉっと聞こえてくるような全開の笑みを向けられた。初めて見る、媚びも悪意の欠片もない純粋な笑顔に、セイリオスの心はどくんと大きく跳ねたのである。

それからは新鮮な驚きの連続であった。人族の子供がここまで騒々しい生き物だとは思わなかった。

食物を頬いっぱいに詰め込んだまま喋るし笑うからテーブルを汚し放題だ。何が楽しいのか庭を走り回り、鳥のオブジェを破壊し、年上の女に叱られていた。かと思えば、木の根に足を引っかけて転び、大泣きし始めた。

全く退屈しない。やれやれと思いつつ、すりむいて血がにじむ膝を舐めてやる。滅多に施すことはないが、自分の唾液は他の生き物にとって治癒の力を持っている。傷はみるみる塞がり、子供はびっくりしたように泣きやんだ。まだ目尻に溜まっている涙を舐めると、くすぐったそうな顔をした後、また笑った。

この子供は、血も、涙も美味い。笑う顔も——良い。

ある日、少年の寝台でぎゅうぎゅう抱きしめられるのに閉口していると、少年は眠たそうに目をこすりながら言った。

「ぼくはしょうかんしで、おまえのかいぬしだから、ずっといっしょにいるんだ。ちゃあんと守ってやるからな……」

舌っ足らずな言葉は、そのまま寝息に変わった。

(そうか、召喚士の家系の子供か。しかしこんな子供が、仮にも王たる私を承諾なしで召喚したというのか？　ずば抜けた才能だな)

まあ、消滅寸前になるほど魔力の枯渇した状態だったので、そういうこともあるのかもしれない。

いずれにせよ、将来が楽しみだ。

そう考えて、ふと気がついた。自分が、この子供の将来とやらを見たいと思っていることに。もし自分が生き延びて、このリオンという人間と対峙するときは、魔王と勇者パーティの召喚士、という敵対関係だというのに。

くしゅん。

小さなくしゃみをした子供に気がついて、足下に丸まっていた毛布を咥えて胸元まで引き上げてやる。それから、セイリオスは自ら子供の胸元にもぐり込んだ。共に過ごす時間が楽しくて仕方がない。向けられる声や笑顔に、鼓動が速くなるのだ。

戯れに描く召喚陣はまだ拙いが、十分に強い力を備えた陣で、やはりあふれ出んばかりの才能に恵まれた子供だとわかる。年上の女は子供の母親で、さらに年上の二人の人間と四人でこの邸に暮らしているようだ。母親はよく寝台で体を休めていたが、十分に子供の事を愛し、子供も母親の事を愛していた。

魔物には子孫を増やすことを生存本能として組み込まれていない。あるとき、何かのきっかけで『形成』される存在だからだ。生殖自体は可能だが、そうして仲間を増やしていく魔族は多くはない。だから人間の書物で読んだ親子の情というのにピンとこないのだ。書物によると、家族ならば無条件で共に過ごしていけるらしい。では、魔物である自分が人間と共に過ごしていく方法は何があるのか。使役する？　……そうすると命令にしか従わない木偶人形になる。命じたとしてもあの笑顔を見ることはできないだろう。

氷漬けにして永遠に手中に収めておく？　……ずっと自分だけのものになるという点で魅力的だが、

楽しそうに走り回る姿が見られなくなる。

だめだ。そこでセイリオスは気がついた。

（ああそうだ。最初から、子供が言っていたではないか）

——アレに飼ってもらえば、無条件で共にいられるのだな。私は、アレが、欲しい。

それは本能に訴えかけるような渇望を伴うものでもあった。子供が成長してもっと大きくなれば、人型の自分を受け入れさせる事ができるだろうか。

子供と過ごした時間は生きてきた中で最も濃密な時だった。しかし、たった三ヵ月でその時間は終わりを告げる。子供の父親らしい男がリオンとセイリオスを引き離した。男を殺すつもりで飛びかかろうとした瞬間、あの橙色の光球が現れ、引き込まれた。目が覚めると、そこは長く己の居城となっている北の魔王城だった。

またあの子供に会いたい。笑う顔が見たい。とすれば、今消えるわけにはいかない。

（飛ばされた先がどこの領地だったのか全くわからなかったな。アレが名うての召喚士へと成長すれば、私のもとへ到る可能性も高かろう。次に会った時は——）


あの少年との再会を待ち続けた。

そして、それから二十年の時を経て北の魔王城にやってきた青年を、セイリオスが見逃すはずがなかった。ノール王国で名を馳せている勇者パーティはそこそこ強かったが、配下で処せる程度ではある。しかし、わざと城の最奥部、王の玉座のある大広間まで通させた。あの少年はすでに青年となり、立派に成人したようだ。城に入った瞬間から魔法で彼らの動きを観察していたセイリオスだが、青年の表情に違和感を覚えた。周りをうかがうように一歩後ろを歩き、表情が暗いのだ。セイリオスが心ひかれた笑顔が、なかった。

（なぜだ？）

邪魔な勇者や黒魔術師達を倒し、青年を側に置いておくために交換条件をつきつけたが、あっさりと断られた。しかし離脱直前にレア級召喚獣・フェニックスを召喚した。やはり立派に育ったようだ。

そのあと誰もいなくなった大広間の玉座で、セイリオスは膝を組み、顎に手を添えて考えた。そして、そう時間もかけずに決めた。

魔王を引退して、アレに飼ってもらおう。

＊＊＊

目が覚めてからは、あっという間に時が過ぎた。まずは首都サレドニの大きな診療所に入院して数週間の絶対安静を命じられ、次に自宅療養を二週間である。疲労はあったものの両腕の切創以外は特に痛みもせず、すっかり元気になった。シュレイ家別邸で療養しながら、伝令鳥を介して親友である友人とのやりとりを交わしている。

『大丈夫、もうすっかり癒えたから、明日の謁見の儀には出席できるよ。むしろウィルの方が動けるのかなって心配してるんだけど』
『おれは動ける。問題ないよ』
この国の勇者である友人は偉ぶらない好人物で、間違いなく今回の災厄を撃退した立役者の一人だ。傷がある程度癒えたという判断の下、国の重鎮に強く請われる形で、勇者パーティは国王との謁見の儀が予定された。
アルデバランとの死闘からはおよそ二ヵ月が経過していた。

あの時、決死の覚悟で己の血を用いて召喚陣を描いた。そして、血の召喚陣の中で神獣召喚の請願を唱え続けたのである。どのくらい願ったかはわからないが、ある種の手応えがあり、大地が震えた。立っていられないほどの揺れになった時、突然大地が隆起し、小山が形成され――。

その中から、曾祖父が召喚したという、神獣が現れたのである。この大陸を長く見守り続けた穏やかな瞳と、暗闇を照らす翡翠の甲羅。その光景は一生忘れないだろう。

神獣と目が合ったとき、リオンは神獣からの声なき言葉を受け取った。大事なものを守りたいというその願い、叶える手助けをしてやろう、と。

神獣はゆるりと牡牛の方を向く。その時アルデバランは怒りでぶるぶると震えながら、神獣ではなく、リオンを憎しみの目で睨みつけた。直後に神獣・アクパラの体から強烈な光が放たれ、リオンの視界は白一色で塗りつぶされた。

すでにレア級召喚獣を複数体召喚していた上に、血の召喚で神獣を喚んだリオンの体も限界をとっくに超えていた。急速に体が重くなり意識が朦朧となった。完全に意識がなくなる前に、アルデバランの最期の咆吼が耳をつんざいた。

ウィリアムが言うには、神獣の放った強い光から視界が戻った時には、神獣の姿はすでになかったらしい。たった二ヵ月前のことなのに、ずいぶん前のことのような気がする。アルデバランとの戦闘も、神獣を召喚したことも、あまりに非日常的だったからだろうか。

自室で物思いにふけっていた時、思いがけない人物がリオンを訪ねてきた。

「兄さん！」

「……もう具合は良いのか」

「はい、もうすっかり！　兄さんこそ、両腕の調子はいかがですか」

「腕のいい白魔術師に世話になっているからな、ずいぶん動くようになった」

「ノエルちゃんですね、ウィリアムから聞きました」

ノエルはウィリアムの婚約者で、優秀な白魔術師だ。ウィリアムがお願いしてくれたのだという。

リオンは少し緊張していた。兄が自分を訪ねるなど一度もなかったからだ。会話は少しギクシャクしているが、ヴィクトーの表情には険がない。

「お前の回復を待ってから話そうと思ったので、少し遅くなってしまった。まずはリオン、神獣・アクパラの召喚を見事果たしたこと、シュレイ家の一人として誇らしく思う。再び我が一族から大召喚士が現れた。これ以上喜ばしいことはない」

「やめてください、兄さんまでそんな。皆の呼びかけが神獣の耳に届いただけです。俺個人の力なんかじゃないです」

そう、リオンは見舞いに来る者達から口々に『大召喚士』ともてはやされた。血の召喚を果たしたリオンは、今まったく召喚の力を使えず、そんな大それた事を為したのは夢なんじゃないかと思うほどだ。正直、身の置き所がない。

「お前の力だ。母上がお前に呪術をかけたりせねば、もっと前に開花していたはずの力」

「兄さん……」

「母上はお前の素質に気がついていて、わたしにシュレイ家当主を継がせるために行動を起こしてしまったのだと思う。間接的にとはいえ、わたしのせいで長く力を封じられていたのだ。それなのにわたしは、お前に辛く当たってしまった」

それは当然だろう。たった二人の兄弟で名家を守っていかねばならないのに、使い物にならない弟に、ふがいなさを感じるのは仕方のないことだ。だから、もうお互いにその話は水に流しましょう、と言うつもりだった。しかしヴィクトーは、すっと頭を下げる。

「すまない。取り返しがつかないことをした。わたしはシュレイ家次期当主の座を降りようと思う。当主は大召喚士であるお前が継ぐべきだ」

「エッ？」

今、なんて言ったんだ⁉

頭が真っ白になって目を見開いているリオンが話の接ぎ穂を探している間に、ヴィクトーは頭を下げたまま淡々と続ける。

「このことは父上にも了承を得てある。一族の者へも追って通達を出す」

「待って、ちょっと待ってください兄さん、俺の意見も聞いてください！　俺はそんな、当主を継ぐ気なんてありません。というか当主の仕事なんて一つも知りません」

「仕事などすぐ慣れる。シュレイ家の誉れである大召喚士(おまえ)が当主になるのが妥当だ。その血、その力を後世に残してくれ」

その後もヴィクトーは一歩も引かず、リオンも引くわけにはいかず、平行線を辿る。とりあえず、そのことは後日また話し合わせてくださいと言って今日のところは引き取ってもらうことにした。玄関先まで見送りに出たところで、ヴィクトーはふとリオンを振り返った。

「ずっと辛く当たっていたわたしのことが憎かっただろうに、なぜアルデバランの凶器から身を挺してわたしを庇ったりなどしたのだ」

偶然に胸の呪術を破った、あの黒い矢を受けたときのことだろうか。そんなの当然だ。

「憎いなんて思ったことありませんよ。……正直、厳しくて怖いなって思っていましたけど、俺がダメダメだから仕方ないってわかっていました。それに兄さんだって血の召喚で俺を助けてくれた。兄弟なんですよ、それ以上に理由なんてないです」

リオンは取り繕いもせず、思ったままの事を伝えた。それを聞いたヴィクトーはわずかに目を見張る。

「そうか。ありがとう」

「！」

ヴィクトーの後ろ姿を見送って、リオンはそのまましばらくその場に突っ立っていた。兄のはにかむような笑顔なんて、どのくらいぶりに見ただろうか。それこそ、遠く幼い頃の記憶にしか覚えがない。

兄弟の間の錆(さ)び付(つ)いた歯車が、ようやくゆっくり回り始めた。

翌日の謁見で、モーゼル国王は勇者ウィリアムおよび大召喚士リオンを筆頭としたパーティメンバーに、労いの言葉をかけた。肖像画で見たことがあるというレベルの国主に、壇上から「良くやってくれた」と言葉をかけられ、リオンはあらかじめ用意していた返答の言葉をたどたどしく返す。何度か噛んだが、どうにか及第点だろう。

堅苦しい謁見の儀が終わると、王宮の豪華絢爛(けんらん)な料理がふるまわれ、滅多にない美食と美酒にメンバーは酔いしれる。

「ああ、ここにいたか、リオン」

「ウィル！　ちょっとお前、これ食べてみろよ。むちゃくちゃうまいぞ！」

「もう食べた。さすが王宮の高級料理だな。それよりリオン、話したい事があるから、ちょっとこっちへ来てくれ」

まだ食べていない料理も、飲んでみたい酒もあったので名残惜しかったが、遠慮のないウィリアムに腕を掴まれて王宮の中庭に連れていかれる。魔法の灯火が淡く照らす四阿(あずまや)に、紫の髪が目立つすらりとした女性がいた。

「あ！　ご無沙汰(ぶさた)しています、カミラさん！」

「すっかり体調が戻ったようね、リオンくん」

「ええ、すっかり。家に引きこもってばかりなので、体がなまっちゃいました。ええと、カミラさんまでどうしたんですか？　俺に話って」

「それはおれから話そう」

ウィリアムは皆がレリーフの美しい椅子に腰掛けるのを待って口を開く。

「リオン、セイ殿は今どうされている？」

「……え、セイさん？」

ウィリアムからそう切り出されるとは露ほども思っておらず、心の動揺がそのまま言葉に出てしまう。

神獣を召喚したあの日、セイリオスが倒れたあの日から、一度も会っていなかった。腹を破られ、ひどく憔悴したセイリオスは、あの時リオンに「死にはしない」と言った。けれどそれから一ヵ月ほど経って、どうしても心配になったリオンは外で何度もセイリオスの名を叫んだ。

そうしてやってきたのは、有翼の黒馬に乗って駆けてきたカペラだった。

「黙れっ、馬鹿者！　お前があの方を呼ぶからセイリオス様が落ち着けないだろうがッ」

出会い頭に一喝されたが、どうしてもセイリオスが無事なのかを知りたくて馬上のカペラに縋って聞いたのだ。セイリオスは大丈夫なのか、元気なのかと。

「おい、危ないぞっ、馬に蹴られるから近寄るなバカ！　まったく。あの方は魔物の地にいらっしゃる。もちろん大丈夫だ。しかし消耗が激しくまだお休みになっていただいた方が良い。それなのにお前が呼ぶとふらっと出て行こうとされるのだ。あの方の事を思うなら軽々しく呼ぶんじゃない」

「ああ、良かったぁ……。セイさんは無事なんですね、あんなに血を流していて、さすがのセイさんも死んじゃうんじゃないかって。連絡もないから、怖くて怖くて」

(良かったよぉ。来てくれないから本当に心配で仕方なかったよう)

安心してその場にへたり込んでしまう。馬上から見下ろしていたカペラは、なんだか困ったような顔をしたあと、馬を操ってふわりと飛翔した。

「もう少し待て。セイリオス様は癒えれば必ずお前に会いにこられる」

聞き取れないくらいの小声で言い捨てたカペラは、もう振り返ることなく主のもとへ空を駆け戻っていった。


それからさらに一ヵ月が経過し、未だセイリオスからの音沙汰(おとさた)はない。王宮の華やかな喧噪が、夜風に乗って届いた。視線を落として、四阿の塵(ちり)一つない大理石の床を見ながら答える。

「セイさんとはあれから会ってないけど、大丈夫だっていうことは、聞いてる」

「そうか、良かった。無事だったんだな。リオン、聞いてほしいことがある。謁見の儀のあと、パーティ代表としておれとカミラ殿は別室に呼ばれていたんだ。それで」

呼ばれた部屋には、国の重鎮たる国王、宰相、大臣、守備隊の隊長クラスがずらりと円卓に腰を掛けていたという。そこで話し合われた内容を、ウィリアムとカミラはかいつまんで話してくれた。

「……ということでな。おれはセイ殿ならと同意した」

「あたしも、同意見」

「う、うそだろ。人族の国の方からそういうお願いするなんて聞いたことがないよ！」

「じゃあ、リオンは反対か」

「い、いや。そういうわけじゃないけど」

話し合われた衝撃の内容は、よく考えたらそれが一番人族と魔族にとって良いかもしれないと思われた。けれど。

「でも、それを決めるのは、俺達じゃない。セイさんだ。だから、聞いてみないとわからないよ」

「確かにそのとおり。だからセイ殿の考えを聞きたかったんだが、いつ会えるかもわからなくて、お前に聞いたってわけだ」

「ううう。それが、俺もセイさんがどこにいるのか、どうやって会えるのかわからないんだよ……」

友人と女黒魔術師は、たっぷり同情をこめた目でリオンを見つめた。

アルデバランが消えてから、魔物の侵攻はぴたりと止んだ。

しかしモーゼル国はまだ復興の最中だ。幸い首都サレドニに大きな被害はなかったが、周辺の町はそうはいかなかった。失われた人命はもう取り返しがつかないが、荒らされた土地や家屋を修復することはできる。今は国中が一丸となって、元の穏やかな生活を取り戻すべく動いている。

リオンは今まだ血の召喚の影響で召喚の力が使えなかった。だが、復興支援のために国から派遣される一団に組み込んでもらい、被害を受けた町へ足をのばして、できる限りの手伝いをしている。

この日も首都サレドニから丸一日かかる南方の町まで赴いていた。山の中に取り込まれてしまいそうな、緑深い、小さな町だった。今の自分のできる事といったら、瓦礫の撤去や家屋補修の手伝い、荷物の運搬といったものだ。子供のお使いレベルの雑用だが、何事も嫌がらずに請け負うので意外と重宝された。

「リオン、ここにいたのか。住民のみなさんが食事を準備してくれたみたいだ。暗くなってきたし、そろそろ切り上げよう」

「お、ウィル。やったあ、腹減ってたんだよ！　ちょっと待ってくれ、この薪割ったら終わるから」

そしてウィリアムも希望してその一団に加わっていた。今や救国の勇者などと言われ、最も注目されている時の人である。だから被害を受けた町にウィリアムが顔を出すだけで住人は大喜びし、笑顔が増えた。

「それにしても、召喚の力が戻るまでは自宅で療養していれば良いのに。なんで大召喚士さまがこんなところで薪割りなんかしてるんだ」

「別にいいだろ。召喚はできないけど、体力は戻ったんだしさ」

復興の一団も住民も、まさか雑用を請け負う青年がモーゼル国の大召喚士だとは露ほども思っていないだろう。大陸全土に大召喚士・リオンの名が拡がったのだが、これまで顔も名前もまったく知られていなかったので、『大召喚士』の称号だけが一人歩きしている。

いやそういえば一人だけ、意外なある人物から祝福の伝令鳥が飛ばされてきた。

『マジでリオンが大召喚士!? マジかよ、すっげぇ! いつかモーゼル行くから握手してくれよな！』

という言葉を送ってきたのはタイレス国の召喚士、ノア＝ルグランだった。まったく品格の欠片もない連絡に、ほっこりと笑ったものだ。


この日も宴と化した夕食の席で、ウィリアムの周りには老若男女大勢の人が集まって話を聞きたがった。とくに若い女性は顔を赤らめて若く逞しい勇者の姿に見とれている。

(さすが救国の勇者さま。だけど残念、勇者さまにはすでに美しい婚約者がいるんだよなあ)

人の塊に呑み込まれてしまった友人をにやにや眺めつつ、自分はその喧噪からそっと抜け出す。夜はすでに更け、民家からは温かな光が漏れていた。

「はあ〜、まだかなぁ。まだ、治らないのかなぁ」

盛大な独り言を言いながら、誰もいない小道をぶらぶら歩く。

（連絡もないんだけど、俺、忘れられてないよね？）

アルデバランとの戦闘、神獣を喚んだ血の召喚、そしてセイリオスが負傷してから、三ヵ月が経とうとしている。セイリオスと会えなくて焦燥がつのり、家でじっとしていることなんてできなかったから、少しでも体を動かしていようと思った。何か体を動かしていないと、大声でセイリオスの名を呼んでしまいそうになる。それが回復の妨げになるとカペラは言ったのに。

無事な姿を見たい。いろいろ聞きたいこともあるし、言いたいこともある。

「早く会いたい、セイさん」

小さく呟いたところで、はたと立ち止まる。町の小道に沿って歩いていたつもりだったのに、いつの間にか木々が鬱蒼と茂る山道に入り込んでいた。今日初めて訪れた町だから、全くの不案内だ。すぐに来た道を辿ろうと踵を返すが、灯も持ってきておらず、月の光だけでは足下は真っ暗でわからない。

（やばい、完全に道から外れてる。あああ俺のバカ）

召喚もできないし、宿に帰るだけのつもりだったから灯も持っていない。誰か近くにいるかもしれないから叫んでみるか。迷子なんて恥ずかしいけど背に腹は代えられん。息を思い切り吸い込んだところで。

ずるっ。

足下が滑った。どういう地形かさっぱりわからないがぬかるんだ斜面だ。とっさに手をのばして掴んだものは小枝で、あっけなく折れてしまう。

「うぎゃあ！」

体勢が崩れ、体のコントロールを失ったリオンは、次に襲うであろう衝撃に備えて体をこわばらせるしかなかった。しかし。

空気が変わったと思った途端、力強い腕に抱き留められた。

「まったく」

呆(あき)れたような声は、聞きたくて仕方がなかったもの。

「夜更けにこんなところで何をしている。崖(がけ)から転がり落ちるところだったぞ。お前は目を離すといつも窮地に陥っているな」

「セ……」

「もっと大きな声で私の名を呼べ。小さすぎて聞き逃すところだった」

しっかり自分を抱き留めているのは、真紅の眼が鮮やかな黒翼の魔物。しっかり見たいのに、目頭が熱くなって輪郭がぼやけてきた。

「セイさぁん」

「ん？」

両手をセイリオスの首に回してぎゅうっと抱き寄せ、リオンは安堵と嬉しさと何かわからない感情で破裂しそうになる。

「ん？　じゃないですよ。心配でたまらなかったんですから、もう……」

「私もだ、リオン。会いたかった」

「なら早く来てくださいよぉ」

いつになく自分が甘えているのがわかる。耳元でふっ、と優しい笑い声が聞こえたあと、ふわりと浮遊感がやってきた。セイリオスがリオンを抱えたまま夜空に舞い上がる。ちらっと足下を見ると、リオンが歩いてきた山道は片側が崖になっていて、数メートルの高低差があった。死にはしないが当たり所によっては大怪我するかもしれない高さで、自分の軽率さにひやりとした。

やわらかな夜風が吹くなか、月の光を受けた目の前の魔物は、変わらず美しい。

「ケガはもう治りました？　大丈夫なんですよね？　はっ、すみません、俺重いですよね。傷に負担がかかるから、もう下ろしてください」

「カペラが大事をとって完全に回復するまで会いに行くなと言うからこらえていただけだ。十分回復している。まだ触れていたい」

（あ、髪の長さが最初に会ったときくらいに戻ってる）

今、豊かな黒髪は腰の辺りまである。リオンは、なんとなくセイリオスの髪は魔力の指標のような気がしていて、それは間違っていなかったらしい。

セイリオスがリオンの額や頬に唇をおしつけ、耳元で囁いた。

「リオン、このまま連れ去ってもいいか」

甘い誘いに、もちろん、と答えたかった。だが、今は正式に国から派遣された一団に所属しているし、ウィリアムにも心配をかけてしまう。逡巡していると、少し離れた所から自分の名を呼ぶ声が聞こえた。

「ウィルだ！」

「なんだ、また勇者もいるのか」

「何にも言わずに出てきちゃったんです！　きっと俺を探しに来たんだ。すみません、セイさん。ウィルのところまで連れていってもらえませんか」

「……よかろう」

少し不服そうな雰囲気ではあったが、セイリオスはバサリと翼をはためかせ、灯火を持ってリオンを探す勇者のもとへ向かってくれた。

「なっ!?　セ、セイ殿！」

「いかにも」

夜空からすうっと降りてきたリオンとすさまじい威圧のある何者かに対して、とっさに剣を構えていたウィリアムだったが、驚愕の表情を浮かべた。

「ウィル～！　セイさん無事だった。会いに来てくれた、嬉しい！」

「勇者よ、リオンを貰っていくが、いいな」

「え、あ、ちょっと待ってください！　とりあえず、落ち着いて話しましょう！」

ひとまず、人気のない町の広場に移動する。

「まて、この姿のままではお前に負担がかかる」

そう言ってセイリオスは血のようなピアスを取り出したが、リオンはそれを押しとどめた。『聖人の涙』と呼ばれるそのアクセサリは本来魔物の撃退に使用されるもので、魔物の魔力を大きく削ぐ力を秘めたレア級の装具だ。そこにいるだけで『服従』『蠱惑』を強いる魔力の特性を持ったセイリオスが、リオンの事を思ってそのアクセサリを常用し続けたことで、アルデバランとの戦いで重傷を負ってしまった。

「セイさん。もう、これをつけるのはやめてください。俺、言ったでしょう。セイさんになら、服従したって惑わされたってかまわないって」

「――すまんが勇者。この愛らしいものは連れていくぞ」

「待ってください！　お願いですから！　リオンも落ち着いてくれ！」

「あっ、ごめんウィル」

赤面する。友人の目の前だというのに恥ずかしい事を口走ってしまった。ウィリアムは自身も少し耳を赤くして咳払いした。ちらっとリオンに目配せする。

（あ、そうだ。再会の感動ですっかり忘れちゃってたけど、モーゼル国にとって今一番大事なことを、セイさんに聞かなきゃいけなかった）

それは、謁見の日に王宮の四阿でウィリアムとカミラから聞かされた事だった。

「セイ殿、今からおれが言うことは、魔族の規律もなにも知らぬ人族の戯言（たわごと）だと思っていただいてもかまわない。しかし、これをモーゼル国の意志と取ってほしい。――貴殿が南の魔物の統治者となることを、我々人族は期待している」

一瞬の静寂が訪れた。そののち、艶めいた低い声で哄笑が響き渡る。

「ははは！　人族が魔王を望むのか！　聞いたことがない！　我らは我らの律に則って行動している。それに従わねば人族など喰らうし殺す。何を勘違いしているか知らんが、アルデバラン制圧に力を貸したのはリオンの願いを叶えたかっただけで、お前達人族を救う気など一欠片もなかった」

人族代表として立つ若き勇者を冷笑を浮かべて眺めながら、セイリオスは言い捨てる。

「それでも、優れた統治者が必要な事は人にも魔物にも通じる。人の歴史はそれを示しているし、魔物についてもアルデバランの事でそれがわかった。大半の人族は、魔族は恐怖の対象であり魔王はその最たるものという認識は変わらないだろう。しかし、それでも必要な存在なんだ」

「魔王は魔族の統治者であり庇護者だ。人族となれ合うことなど未来永劫ない」

リオンは、セイリオスの、初めて聞くような冷たい声色に身をすくませた。王者の威厳を漂わせた言葉に、若き勇者は立ち向かう。

「老年の魔術師が知っていた。真紅の眼と黒い翼を持つ美しい姿の魔物の事を。四百年の在位を誇る、冷厳で名高い北の魔王。それが、あなたでしょう。魔物との境界を侵す者は容赦なく処罰するという」

知っていたのか。ウィリアムにセイリオスの素性を喋った事など一度もなかったし、ウィリアムもリオンに尋ねた事はなかったのだが。伝説の北の魔王に関する恐ろしい逸話は、大陸全土の者が知っている。

「知っているならば話が早い。私が魔王になったところで、人族に都合の良い存在ではない」

「人族に都合が良いとは思っていない。調和の問題だ」

「しつこいぞ勇者。私は魔王を退いてリオンと共にあることを望んだ。今更――」

「俺からもお願いしますッ。南の魔王になってくださいッ！」

ここで言わねばだめだと勢いこんだので、大声なうえに声がひっくり返ってしまう。セイリオスがどれだけ魔族の統治者として優れているかは、カペラを始めとして短期間で多くの南の魔物が忠誠を誓ったというカリスマ性に裏打ちされている。

「魔物と人間は相容れないものかも知れません。でも、人は人で、魔物は魔物で、統制されないとお互いに悪影響がでてしまう表裏一体の鏡というか。俺は、セイさんはその統制がとれる希有な存在なんだって、わかりました」

「り、リオン、ちょっと待て。お前も私を魔王にと望むのか？」

「望みますッ！」

若干慌てた様子のセイリオスが、リオンの両肩を掴んで視線を合わせる。

「いや、リオン。魔王というのはな、律を破る者には処罰を与えねばならん。お前がいくら泣いて嫌がろうとも、人を殺すこともあろう。そこの勇者が罪無き魔物を殺せば、魔王は躊躇なく勇者を殺すだろう。いいか。私はお前に嫌われたくはないし、ただのセイリオスであれば、お前の望みに従う事ができるんだ」

「でも、でもモーゼル含めた他の国も、南の魔物達にとっても、あなたが必要だと思うんです。俺が独り占めしちゃいけない」

「待て。むしろ私はお前に独り占めされたいのだが……」

「だめなんですっ！」

駄々っ子をあやすような口調になったセイリオスにたたみかけるように言うと、相手は困ったように眉尻を下げた。

「もう一度確認するが、リオンよ。お前は私に魔王たれと命じるか？」

リオンは勢いのままきっぱりと叫んだ。

「命じます！」

終章　召喚士は最後に笑う

モーゼル国王の乗る馬車とその護衛隊、救国の勇者とその主要メンバーは、南の魔王領と人間の住む領域の境界となる土地に集った。総勢五十人ほどで、王がお忍びで地方巡幸する体裁である。

目の前には、鬱蒼とした森——南の魔王領——が広がり、遠く霞がかかって見えるのは天を突くほどの高い岩山であった。空を飛ぶのは鳥ではなく有翼の魔物で、そこは間違いなく魔物の生息する領域だと知れる。

時刻は黄昏時。いつ魔物が襲ってきてもおかしくはない場所だった。ウィリアムが守備隊のかっちりとした正装を着こなし、周囲に気を配っている。リオンはウィリアムのすぐ側にいて、ずるずると長い裾と格闘していた。召喚士の正装と言われる、白い薄布を何重にも重ねた長いローブだ。

「ものすごく歩きにくい。こんなの初めて着た」

「似合っているぞリオン。なんか、花嫁みたいな煌びやかさだな」

「うっ、うるさいウィル。シュレイ家召喚士の正装だって言うんだから、仕方ないだろ」

「いやだから似合って、ッ、静かに！　何か来た」

ウィリアムが剣を構えると、護衛隊もザッと身構えた。南の空にいくつもの黒点が確認でき、さらに森自体がざわめき始める。ざわめきは徐々に広がり、こちらに近付いてくるのがわかった。

人間の目でも輪郭がはっきりと確認できるようになる。信じられないくらいの魔物の大群だった。

周囲の戦士達が息を詰めてそちらを見据える中で、リオンだけは自然と笑顔になる。大群の先頭に、その姿を確認したからだ。

大群は人族と一定の距離を取って止まり、先頭の魔物がリオンのもとに舞い降りた。セイリオスがウィリアムと、馬車から降りてきたモーゼル国王を見てニィと笑う。

「言ったとおり少人数で来たか。会いたいと言うから来てやったぞ。ふん、人族というのは物好きだな。それほどまでに私が魔王領を統治したという確証が欲しいのか」

護衛隊に守られながら、老いてはいるが矍鑠（かくしゃく）としたモーゼル国王は、一瞬セイリオスの姿に驚きの表情を浮かべ、それから真摯な顔で言った。

「初めてお目にかかる。アルデバランの一件、貴殿の助力に感謝する。良き隣人とはいかぬだろうが、貴殿らの領域に干渉せぬよう徹底する」

「当たり前だ、人の王。その均衡を崩せば貴様の首は胴体から離れることになろう」

王への侮辱とも取れる言葉に護衛隊は騒然とするが、モーゼル国王は手を挙げてそれを制した。

「さて、そろそろ誓約に向かうとするか」

国王との会話に飽きたように、セイリオスがくるっとリオンの方を向いてにこりと笑った。ぽかんと見上げたリオンの腰を片手で抱きよせ、素早く飛び上がる。

（え？）

聞いていない。

リオンは、ただモーゼル国王が新たな魔王との対話を望んだということで、同道するように指示されただけだ。

「セイ殿！　リオンに何を！」

慌ててウィリアムがすでに上空のセイリオスに向かって声を張り上げた。

「連れていく。しばらく返すつもりはない」

そっけないセイリオスの言葉はウィリアムに届いたかどうか。ウィリアムの叫び声が小さくなり、ぐんぐん離れていく地上に呆気（あっけ）にとられていると、側に有翼の黒馬に乗ったカペラが追いついてきた。

「セイリオス様！　やはりそいつを連れていかれるおつもりですか！」

「そうだ。もう私の我慢も限界だ」

リオンを抱えたセイリオスが進むのは、天を突く高さの岩山である。その軌道上にいる魔物は、セイリオスに道をあけるように左右に分かれていく。地上の魔物達もセイリオスの通った端から頭を垂れ、うずくまるような従順の姿勢になっていた。

「セイさん、状況が読めません！　どこへ向かっているんですか⁉」

「私とお前の住処となる場所だ」

「はあ？　どこですか！」

その問いにはカペラが答えた。

「鈍いなお前！　セイリオス様は南の魔王城に連れていくとおっしゃっている！」

たどり着いたのは、普通の人間では決して到達できないだろう岩山の頂だった。雲のさらに上にある頂は台状に広がっており、そこにモーゼル国の王宮にも引けを取らない荘厳な城がある。重力など様々なものを無視した造りのそれが、南の魔王城だった。

セイリオスは迷わず城の高い所にあるバルコニーに着地し、リオンを下ろした。カペラが続き、指をパチッと鳴らすと、閉まっていた扉や窓がきしんだ音を立ててひとりでに開いた。茜の光がすうっと城の中に入り込んでいく。

「あれっ、部屋の造りが北の魔王城と似てる」

「そうだな、私も初めて知ったが魔王城というのは変わりないのだな」

ここは最奥の大広間に繋がるバルコニーだった。奥に豪奢な椅子がある。

「あれが玉座ですか。でも前の魔王がいなくなって百年も経つのに、綺麗なままなんですね」

「王不在時は城も土地も時が止まる。カペラはそこで待っていろ」

「御意」

抽象的なことをさらりと言って、セイリオスはリオンの手を引いて赤い天鵞絨の絨毯をさっさと進む。まだ正確には南の魔王ではないのに、完全に城の主然とした背中だった。カペラはバルコニーから先には進まず、膝を折ってセイリオスに騎士のような礼をとった。

玉座のさらに奥に進むと、小さな部屋がある。そして小部屋の真ん中、リオンの胸の高さくらいに拳の大きさの透明な石が浮いていた。

(浮いてる。魔法かな?)

透明な丸い石は、セイリオスが近付くと待ちかねていたかのように淡く発光し始めた。セイリオスは目を細めて懐かしそうにその石を見ると、今度はリオンを見下ろして確認する。

「いいか。お前が私に望んだことだ。立ち会え」

「は、はい！　もちろんです」

セイリオスは気負いなく光る石に手を乗せた。

カッ！

「ぅわっ」

視界が真っ赤な光に塗りつぶされていく。石が強烈な赤い光を放ち、それが小部屋を真紅に染め上げ、そのまま大広間に、そして城中に赤い波紋が広がっていく。強い光に耐えられず、リオンは目をぎゅっと閉じた。


あとでリオンがウィリアムから聞いた事だが、この時、南の魔王領のほぼ全域が赤い光で染まったように見えたという。一瞬、すべてが炎に呑み込まれてしまったのかと思うような鮮烈な赤がほとばしり、土地が鼓動を打ち始めたような奇妙な感覚だったそうだ。


「リオン、もう終わった」

ぽんと背中を叩かれ、目を開くと、セイリオスが微笑んでいる。また抱き上げられて大広間へ出ると、カペラが感極まったようにセイリオスの足下に駆け寄り、平伏した。

「おめでとうございますっ！　城から王領の端々にまでセイリオス様の魔力が行き渡った事を感じま

した。誓約が成された瞬間、魔物達の歓喜の声もあがり、皆一様に感動に打ち震え……。あ、セイリオス様、どちらへっ？」

「誓約は終わった。あとは任せたぞ、カペラ」

「終わりましたが、これより魔物達がぞくぞくと挨拶に登城いたしますよ」

「しばし籠もる。数日、適当にはぐらかしておけ」

「ええっ、そんな！　すでに百年、魔王の統治を待ち望んでいた者達が城下に集っております！」

「百年待ったのだろう、もうしばらく待ってもかまうまい。頼んだぞカペラ。邪魔するなよ」

「お待ちくださいい、セイリオス様ぁぁ！」

後ろを振り返ることなく大広間の重厚な扉から出て行く主に向かって、カペラが膝をついたまま手をのばし、悲痛な叫び声をあげる。金の眼が潤んで、今にも泣きそうだ。

（う、カペラさん、かわいそう……）

「俺が言うのもなんですけど、南の魔王の就任、おめでとうございます。魔物達が挨拶に来るってカペラさん言ってましたよね。本当にいいんですか、王様が相手をしないで。というかセイさん、なにを急いでいるんですか？」

それには答えず、珍しく急いた様子のセイリオスが広い廊下をぐんぐん歩いていく。まだカペラ以外の入城を許していないのか、他の魔物の気配を感じない。魔法の詠唱もなく、城主の歩む先は自然と松明に火がついて照らし出される。百年無人でいたとは思えぬほど、埃一つ、塵一つ落ちていなかった。

子供のように抱き上げられていて顔が近いから、自然と目がいく。目尻から頬までを飾る流麗な文様が美しい。耳も人間とは違う形だ。真紅の虹彩の中にある尖った瞳孔も、リオンとは違う。

(種族すら違うけど、関係ないな。俺は、セイさんが好きだ)

リオンにかけてくれた言葉も、寄せてくれた想いも、全部優しかった。種としては敵対するもの同士なのに、わかり合えるんだと思った。だからこれからも一緒にいたい。

そんなことをぼんやり考えていると、いつの間にか重厚な扉の前にたどり着いていて、ひとりでに扉が開いていく。部屋は広く、一目で質が良いと知れる調度品と、大きな天蓋(てんがい)付きのベッドが目に入る。

「ふむ、本当に北と変わらんな」

「ここは?」

「私の部屋だ」

「広い部屋〜、わっ」

まっすぐ寝台に向かったセイリオスから、ふわふわのベッドに下ろされる。上等なベッドだ。すぐにリオンの上に乗り上げてきたセイリオスの意図に、遅ればせながら気がついてしまった。

「あの、ちょっと、セイさん……? 何をしようとしてます?」

「何をだと? 私はお前の命を果たした。飼い主は褒美を与えなければならない、そうだな?」

らんらんと輝く真紅の双眸(そうぼう)に射貫かれて、リオンの体は一気に熱くなり、鼓動がはね上がった。

「ん、はぁ、はぁ。まって。聞きたいことが、あります」

押し倒されたあと、すぐに唇を塞がれ舌をねぶられていたので、まともに声が出せなかった。ようやく口が解放されたが、首筋に口付けが落とされ、強く吸われる。チクリとした刺激も、不快ではなかった。体が熱くてドクドクという鼓動が自分の頭に反響するようだ。もう、セイリオスの『蠱惑』の力に体が屈してしまったのだろうか。心地良い波に揺られるような、適度に酒気を帯びたような酩酊感があり、すぐに何も考えられなくなりそうだ。

首筋や顎、耳朶を舐めては甘噛みするセイリオスの表情は見えないが、声を聞いてくれているはず。

「セイさん、俺が子供の時、会っていますよね？」

ぴたっと男の動きが止まる。

「俺が小さい時に初めて召喚した黒い仔犬の魔物。あれ、セイさんが弱ったときの天狼の姿そっくりだった。あの仔犬、セイさん、でしょう？」

「……」

「セイさん？　セイさぁん、お願い、答えてください」

しばしの逡巡のあと、男は視線を合わせないようにしながら、ぼそりと答えた。

「そうだ」

「なんで隠してたんですか？　最初にタイレス国で会ったとき、初めて会ったはずなのにセイさんがあまりに親しげだから、警戒しちゃいましたよ」

「――あのように脆弱で知能の欠片もないような、恥ずべき姿が私だとは思われたくなくてな」

「恥ずべき？　あんな可愛い姿を、恥ずべき姿だって思ってるんですか!?」

「私にとっては……。もう忘れろ」

「いや、あんな可愛い仔犬姿だったら最初から溺愛しますけど！　あうっ」

服越しに股間を撫でられた。もうこの話題はやめろと暗に言われている。だが、もう一つだけ確かめたい。

「じゃ、じゃあ、セイさんがいつも自分を飼えだとか、俺の事を飼い主だとか言うのも、あの時、俺が言った言葉が原因ですか？」

「そうだ。お前が最初に私を飼うと言ったのだぞ。なのにお前はずっと拒んでいたな」

「無茶ですよ、あの時の仔犬ならまだしも、セイさんみたいな人から飼い主になれとか言われて受け入れられるわけないじゃないですか」

「もう黙れ。その話はあとだ」

照れ隠しなのか、すこし拗ねたような口調になっている。あの仔犬とこの男が同じ生き物なんて。こんなに堂々としていて、風格のある魔物なのに、なんだか無性に可愛らしく感じられた。

押し倒したリオンを真上からしげしげと眺めたセイリオスは、何かに気がついたように真顔で呟く。

「今日は一段と愛らしいと思っていたが、この服装はあれか？　人族の男女がする儀式で、女が白いひらひらしたものを身にまとうのだろう。書物で読んだぞ。結婚の儀式、と言ったか」

「へっ？」

確かに召喚士の正装は淡い色の薄布を何重にも重ねて身にまとうものだ。ウィリアムにも花嫁衣装のようだと言われた。かーっと頭に血がのぼる。

「違います！　これは召喚士の正装で！」

「そうなのか？　お前がそのつもりで私のもとに来たのかと思って興奮したのだが。違うなら、それでもよい。愛らしい」

「っ……」

恥ずかしくて絶句していると、たった今褒めたばかりのその服を、男は丁寧に脱がせていく。腰の紐をほどかれると意外とたやすく肌が露出した。

真っ先にセイリオスの顔が近付いたのは、胸元の古傷を射貫かれた、あの場所だ。もう痛みも感じないその場所を、いたわるように何度も舐められた。そして、まだぺちゃんとやわらかな胸の肉粒に向かう。粒をすすって、軽く歯をあてて、明らかに芯を持たせようとする動きだ。逆の方は、指でつまんだり、ねじったりしている。

「女性じゃないから胸なんて触っても楽しくないでしょ。や、やめてください」

「楽しい。コリコリしてきた。お前も気持ちよくなってきただろう」

よもや胸なんかで感じたくない。それなのに、執拗に弄られていると乳首は赤く膨らみ、舌や指が触れるとむずがゆくなってきた。下腹にも直結するような甘いうずきだ。足をもぞもぞさせていると、動きに気づいたセイリオスは乳首を舐めつつ股間に手をのばしてきた。突然触れられてひゅっと喉がなる。

「ほら、ここも起ちあがっている」

「ああっ」

胸を触られて起ったのか。すこしショックをうけたが、大きな掌で性器を包まれて上下されると、直接的な刺激であっという間に汁がにじんできた。シュッシュッという音だったのに、いつの間にかにちゃにちゃと水音が混じっている。

(だめだ、セイさんに触られるとどこもかしこも気持ちよくなってしまう)

『蠱惑』の力を受けていたとしても、淫乱な質だと思われてしまうだろうか。極力声をあげないようにしないと恥ずかしい。口をきゅっと引き結んだとき、セイリオスが言う。

「お前が気持ちよさそうだと、私は嬉しい。声を聞きたい。愛している、リオン」

「!」

ぶわっと胸の中で熱いものが膨らむ。愛しさがつのった。

「俺も大好き。愛しています」

自分から、セイリオスの首に腕を回して形のよい唇に口付ける。おそるおそる舌を入れると、待っていたとばかりに長い舌が絡みつき、吸い上げてきた。性器を扱かれながら舌を絡ませていると、太ももに熱いものがおしつけられた。すぐにそれが何かわかる。セイリオスのモノだ。回していた腕をほどいて、セイリオスの股間を撫でる。

「こら、私は後で良い。先に一度イっておけ」

「やだ。俺が最初にセイさんをいかせる」

「お？」

なんだかよくわからないがすごく興奮してきた。今なら大胆なことでもなんでもできそうだ。驚いた様子のセイリオスの胸を押して、ベッドの上にあぐらをかいた状態で座らせる。まったく服装が乱れていない男の服を脱がせて前立てをくつろげると、まだ完全に起ちきってはいないのにすでに立派な大きさのものが露わとなった。

そして左の横腹にある傷も目に入る。引き攣れたような痕になっていた。

「これアルデバランから俺を助けてくれたときの傷ですね。痕になってる。本当に、すみません……」

「何を謝る？　人族が言うところの、主を助けた名誉の傷というやつだろう。さあ、そんなことはどうでも良い。お前は私に何をしてくれるつもりなのだ？」

セイリオスはリオンが何をするつもりかを察していて、鷹揚（おうよう）に見下ろしていた。

ゴクリと喉が鳴る。なにせ初めてだが、やってみる。

両手で性器の根元を支えて、先端の丸く膨らんだところに口を寄せる。舌を出してチロチロ鈴口を舐めたあと、茎の横の怒張した血管を舐めてみた。頭を撫でるセイリオスの指がピクッと反応したのに気を良くして、両手で上下にこすりつつ、唇で挟み込むようにしながら舐めあげた。手の中のものが、ちょっと大きくなる。

よし、先っちょを含んでみよう。口を大きく開けて膨らんだ先端を全部含む。

(わ、このあとどうするんだっけ。吸えば良いのかな、舐めればいいのかな)

わからないなりに、ずいぶん前にセイリオスからされた口腔愛撫を思い出して真似てみる。できるだけ奥に引き入れて、強く吸って、舌でくびれなんかを刺激する。確かこうだ。

「ん、リオン……」

上目で見上げると、セイリオスと目が合う。目元がわずかに赤い気がする。感じてくれているのか。

奉仕する自分の背中を、大きな手が撫でた。そして、臀部へ降り、割れ目へ。後孔をつつかれて体がびくつく。

「んっ⁉」

思わず性器から口を離してしまった。

「や、まだ、セイさんイってない」

「私も触りたい」

「もー」

しぶしぶ奉仕に戻ると、セイリオスはリオンの先走りを指にからませて後孔に塗りつけた。つぷっと指が入れられても、痛みはない。やはり魔物モードのセイリオスの前では、自ず(おの)と体が受け入れるように変わってしまうのだろうか。

「ふ、ん、ん」

できるだけ深く口腔に引き入れてしゃぶり、手でも刺激を与えていると、どんどん硬くなって苦い汁がしみ出てきた。先走りだ。顎がだるくなって、自分の唾液と先走りの混じった液体が口の周りを汚す。ちょっと休憩させてもらおうかなと思った矢先に、男が腰を突き上げたので、喉奥にあたって吐きそうになった。

「すまない、もういきそうだ」

離れようとしたけれど、頭をやんわりと押さえられ腰を軽く突き上げる動きをされると、逃げられない。

「んぅっ、んっ、ぅっ」

もうだめだ、苦しい、と思った時に喉奥で熱いものが弾けた。とっさに飲み込んだものが多かったが、ちょっと気管に入りそうになって、ゲホッ、ゴホッと咳き込む。

しかしリオンはすぐにベッドに押し倒された。長い黒髪がほてった体にこぼれ落ちてくすぐったい。

「今日は私も、余裕が、ない」

「はぃ……？　あっ」

後孔にはすでに数本の指がぬぷぬぷと蠢いていて、奉仕に夢中になっている間に体がほぐされていたことに気がつく。指が抜かれると、足首を掴まれ、大きく左右に開かれた。膝が胸につくくらいに折り曲げられて、羞恥を感じる間もなく後孔に熱いモノがおしつけられた。先ほど達したばかりなのに、もう硬いのか。隘路(あいろ)が、ぐっと強く割り込まれる。

「うあっ、あぁあ」

痛くない。だけど衝撃は大きい。

数度目の交合で、まだ慣れているとは到底言えないリオンに、それでも新たな魔王は休む間を与えずに押し入ってくる。真上から串刺し(くしざ)にされる体勢なので、ぐ、ぐ、と押し込まれるたびに肺から空気が押し出されて声が出た。

真上から見下ろす男の目はらんらんと光っていて、瞳孔が開いている。獲物を狩る肉食獣の視線だ。それでも、リオンは怖いとは思わなかった。こんなにも欲されているという、満足感。

「は、はあっ、はっ、ぁあ、セイ、さん。だいすき」

「っ！　おまえ、私を試す気か……！」

挿入が一気に荒々しくなり、いつの間にか全長がおさまったのだろう、臀部にセイリオスの下腹部があたる。後孔は目一杯広げられていて、先端は臍の辺りまで貫いているのではないかと錯覚するほどの圧迫感だった。

リオンの顔の横に両腕をつくように覆い被さったセイリオスは、長いストロークで挿入し、リオンの良いところを探すように動いた。

「あっ、んっ！」

「ここだな」

比較的浅いところにあるそれを、集中的に硬いモノでごりごりこすられると目から火花が散るほどの快感が襲う。

「や、そこばっかり、やめ、やめて！」

ずり上がって逃げようとしても男の強靭(きょうじん)な膂力(りょりょく)で引き戻されてしまう。早く解放されたくて自分で性器に最後の刺激を与えようと手をのばすが、あっけなく手も拘束された。

「私のだけでイけるだろう」

「やだあ、やだ！　あっ、あっ、ひぃっ」

無慈悲に最も感じるところを責め続けられ、目の前が真っ白になる。弓なりにのけぞるのと同時に吐精した。ビクッ、ビクッと痙攣しながら中の剛直を締め付けると、セイリオスが「くッ」と艶めいた声を出す。さすがに立て続けに責めるとリオンの体が辛いだろうと思ったのか、じっと動かず、深い呼吸をしながらセイリオスが息を整えようとした。

そんな男の姿を、まだチカチカ点滅する視野でとらえたリオンは、自分の体の中で息づく雄の熱さを感じる。

「はあ、はあ、セイさん。今度は、俺が動く」

(セイさんのも、ドクドクしてる。我慢なんてしないでいいのに)

「なに?」

「ん、抜かないでいいから、このまま、抱っこ、してください」

怪訝そうな顔をしたセイリオスは、言われたとおり、挿入したままゆっくりとリオンの背に腕を回して抱き起こした。セイリオスの膝の上に座って、向かい合わせに抱き合う形になる。

「ふぁ。うう、またちがうとこにあたる……」

「大丈夫か? 無理はするな」

大丈夫、と応えるように男の顔を両手で撫でながら深く口付けた。この体勢なら、自分で膝をついて動ける。セイリオスの大きな手が体中を愛おしそうに愛撫するのを感じながら、リオンは腰を揺らめかせた。体内の性器を刺激するように、たどたどしく、熱心に。

「リオン、お前、何を」

「なかで、いって、ください」

一心不乱に腰をくねらせていると、セイリオスが耐えられなくなったように下から激しく突き上げてきた。何度もリオンの名を呼ぶ声を聞きながら、その激情を受け止める。自身の性器も、硬いセイリオスの腹筋にこすれて、再び膨らんでいた。どのくらい揺さぶられていたかはもうわからない。

「く……ッ！」

強く引き寄せられて、体の深いところに熱い飛沫（ひまつ）が叩きつけられたのを感じた。その熱さに引きずられたように、リオンも二度目の精を吐き出す。びゅく、びゅくっと大量の液体を吐き出したソレが、ようやく抜かれる。

「はぁ、はぁ、ん。セイさん、きもちよかった、ですか？」

自分は気持ちよかった。いつもしてもらうばかりだったから、今日は頑張った。大好きだという気持ちが伝わっただろうか。もうくたくたで指先も動かせないけれど。全身をほてらせて、汗で髪を張り付かせながら、リオンはにっこりと微笑んだ。

魔王はその笑顔を見て硬直する。ややあって、獣のうなり声のような声が男の口から漏れる。

「――私の理性を崩してどうする。壊してしまうだろうが」

意味がわからずきょとんと首をかしげたリオンは、それから一週間、嫌というほどその真意を思い知らされることになる。

＊＊＊

ようやく、モーゼル国にも一応の平穏が訪れつつある。

新たな南の魔王が誕生してから数ヵ月が経過し、人族と魔族は一定の距離を保ちながら、大きな衝突なく過ごしている。

リオンはいつもの革袋に数日分の着替えを詰め込んで、シュレイ家別邸を後にした。母親がいい葡萄酒が手に入ったからと三本も革袋に詰め込んできたので肩に食い込んでいる。待ち合わせ場所に、ウィリアムが立っていた。

「よ、ウィル。今日はどんな内容なの？」

「ようやく国内が落ち着いてきたってのに、西の魔王領の動きがおかしくてな。最近西から難民が流れてくるし、ハグレの魔物も目撃されている。情報を探ってこいというお達しだ。ひどいよな、魔物と探り合いしてこいなんて、殺されるかもしれないんだぜ？」

「セイさんとかカペラさんはそんなことしないよー。でも、西の方がおかしいなんて知らなかったなあ」

「おいおい。朝議で報告が上がってただろ。しっかりしろよ筆頭召喚士」

「う、朝議って皆年上ばっかりだから肩身狭くてすげえ端っこにいるもん、俺。だから聞こえなかったのかも」

朝議とは国の守備を担う戦闘ジョブの代表者が集まり、様々な問題ごとを相談しあう場だ。ウィリアムは勇者としてだけでなく、首都守備隊の隊長職を拝命したから参加するのは当然。しかし、実はリオンもその朝議に参加するはめになったのだ。

モーゼル国の筆頭召喚士として、である。これまではヴィクトーが務めていたものだった。先日、ヴィクトーと話し合ったことを思い出す。勇気を出して兄のもとを訪ね、自分の考えをちゃんと伝えたのだ。

「兄さん、やっぱり、俺はシュレイ家の当主にはなりません。いえ、なれません。俺、大事な相手ができました。その人と生きていきたいと思っています」

「……あの御仁、いや、もう南の魔王か」

「えええええ!? なんで知ってるんですかっ」

「シュレイ家の情報網を甘く見るな」

ふっと笑った兄の顔を直視できず、赤面してしまう。まあ、知られてもおかしくはないのだ。セイリオスが南の魔王となったその日にリオンは当の魔王から拉致され、約一週間軟禁状態だった。殆どの時間を、セイリオスを受け入れた状態で過ごすという、爛れきった思い出だ。

だが他方で、あの場にいた護衛達は、大召喚士が魔王に殺される！ と騒然となったらしい。それをなんとかウィリアムがなだめて事なきを得た。曰く、「魔王は大召喚士を大変気に入り、友好を深めるために連れていったのだ」と。あながち間違いではないが、人間モードのセイリオスと少しでも共に過ごした者達はそれでピンときただろう。

「まあ、そんなところです……。当主は兄さんしか考えられない」

「――相手があの御仁では仕方があるまいな。よもやお前が。いや、それはもういい。リオン、お前は大召喚士だ。モーゼル国の筆頭召喚士としての仕事は、すべてお前に委譲する」

さすがにそれには否やを唱える事はできなかった。そして筆頭召喚士としての仕事が意外と多忙だったのである。


「まあ、俺は今まで家の仕事のことを兄さんに任せきりだったから、このくらいはしないと。けど、ウィルも相変わらず多忙だなあ、新婚さんなのに。ノエルちゃん怒らない？」

「お前の方が大変だろ、まるきり通い妻じゃないか」

「かよいづま!?」

「だってそうだろ、平日はモーゼルで仕事して、休みにいそいそとセイ殿のところへ通ってる」

（ぎゃああ！　確かにそうなのが嫌すぎる！）

思わず頭をかきむしった。

首都サレドニと南の町を繋ぐ道に入ると、途端に細い山道になる。サレドニから南には小さな町や村がいくつかあるのみで、その先は南の魔王領になるから、この道はとても人通りが少ない。

「おい、そろそろだぞ」

ウィリアムは山道からも外れて、獣が通るような細い道を進み、大きな白樺の木の下に立つ。白樺の木に手を触れると、そこから水の波紋のように景色が揺らいだ。二人は躊躇なくその揺らぎを越えて足を踏み出す。

目の前は、鬱蒼と茂った森。後ろを振り向けば、大きな枯木の虚がある。先ほどまで歩いた山道とは、明らかに周囲の木の匂いも湿度も違う。

「カミラさんもすごいこと考えつくよなぁ」

「まさか南の魔王領とサレドニとがこんなふうに行き来できるなんてな」

そう、首都サレドニ郊外の田舎道と南の魔王領の森とを、魔法で繋げてみてはどうかと提案したのはカミラだった。さすがに魔王が国内に出現しては騒ぎどころの話ではないので、それまではリオンが毎回召喚獣に乗ってセイリオスのもとへ行っていたのだが。

『恋人の逢瀬には隠し通路っていうのがセオリーでしょ！　この前、リオンくんのカレシ、いや、魔王さまが重力魔法とか使ってたでしょ。空間縮地なんてお手のものなんじゃないかって思うのよ。おねだりしちゃいなさい！』

と、力強く背中をどんと叩かれたのだ。そのことを話すと、セイリオスは、その手があったかと言って、いともたやすく離れた場所を繋げてみせた。カミラのおかげで、こんなに簡単に魔王領と行き来ができている。

そんなことを思っていると、スッと森のざわめきが消えた。周囲の生き物が、息をひそめて主の到来を待っているかのようだ。

「あ、来てくれたみたい」

バサリとやわらかな羽音がする。降り立ったのは艶やかな黒髪、真紅の双眸を持った風格のある魔物と、黒馬に乗った金髪金眼の魔物。セイリオスとカペラだった。

リオンはすぐに力強い腕に抱き込まれる。

「会いたかった」

「んぅっ？　――や、やめてください、ウィルがいるんですよっ」

「また来たのか勇者」

セイリオスは眉間に縦皺を寄せてウィリアムを睨んだ。口付けの邪魔をされてイラついているらしい。

（いつも人前では止めてって言ってるのに！）

リオンも真っ赤ならウィリアムも耳を赤くして居心地悪そうにそっぽを向いている。親友には見せたくない姿なのだが何度言っても止めてくれない。ごほん、とわざとらしく咳払いをしたウィリアムは、気を取り直して魔王と向かい合った。

「セイ殿、カペラ殿、モーゼル国の代表としてあなた方のご意見を伺いたい」

ウィリアムは道中話してくれたように、西の国からの難民が目立つこと、ハグレの魔物が増えてきたことなどを魔物主従に伝えた。セイリオスはリオンを後ろから抱き込んで離さないまま、耳を傾けている。

「ああ、西の魔王の力が弱まっているからな。魔物の統制が緩んでいるのだろう。さすがにすぐには倒れんだろうから、今からじっくり予防策を整えておくことだ。カペラ、こちらも西の魔物の動向を探れ」

「御意にございます」

リオンの頭越しに、勇者と魔王とのやりとりが始まる。南の魔王領とモーゼル国は、決してなれ合っているわけではないが、密かにこうして外敵の情報のやりとりをするようになった。ウィリアム以外の人族は、セイリオスの威圧の前でまともに立っていられないので、おのずと人選はウィリアム一択になる。

話が一段落したタイミングで、リオンは話しかけた。

「セイさん、モーゼル国の事まで気にかけてくれてありがとうございます」

「何を言っている。人族の国の事などどうでも良い。お前がどうしてもあちらで働くと言うから、お前を守るついでに、あの国も気にかけてやろうというくらいだ」

ウィリアムがぼそっと「リオンのついでかよ……」と呟いた。

「王の身ではこの地から長く離れられぬのでな、心配でならん。そうだ、カペラ、お前があちらでリオンの守護につけ」

「ええっ！　カペラさんが!?」

「セッ、セイリオス様ッ？　どうかご勘弁をッ！　わたしは貴方にお仕えするためだけにいるのですぅぅ！」

静かに控えていたカペラが血相を変えて懇願する。リオンもなんとか取りなして、それだけはやめてもらった。セイリオスと離されたカペラの恨み言を聞き続けるなんて、こちらの胃に穴があく。

「さて、行くか」

「はい。じゃあ、ウィル、行ってきまーす！」

「おう。――セイ殿、くれぐれもリオンを頼みます」

「ふん、お前に言われずとも」

セイリオスがリオンを横抱きにして空に舞い上がる。


南の魔王城は今や活気にあふれた場所になっていた。人間とは違う異形の者達が、主のためにせっせと働く姿は人間のそれと変わらない。魔族の中にたった一人の人族であるリオンは、当初は警戒して常時召喚獣を護衛に召喚していたのだが、それも杞憂に終わった。

「リオンさま、お荷物をお預かりします」

「湯の支度ができております」

「お召し物の準備が整いました」

「食事のご希望は」

なんだかめちゃくちゃもてなされるのである。ほんの少し前までは、魔王城へ乗り込むと言えば死地に赴く事であったのに、環境というものは変われば変わるものだ。

一度カペラに、人族なのになぜこんなに厚遇されるんだろうと聞いてみた。

「お前はセイリオス様が選んだ者だ。もう人族とかいう括りじゃない。お前を害するということは主に牙をむくということだからな。まあそれに、お前が神獣をも召喚する力を持った召喚士だと、皆知っている。それなりにお前の力を認めているってことだ。わ、わたしもな」

と、後半はなんだかぼそぼそと言って去って行った。


セイリオスに導かれて私室に向かう。空のさらに上空に立地する城なのに、地上と変わらず過ごしやすい室温に管理されている。ゆったりとした豪奢なソファに腰掛けるセイリオスの横に座ると、すぐに肩を引き寄せられたので、抗わずに体を寄せた。

「ねえ、セイさん。俺、この一年ですごく変わりました」

「召喚の力か、そうだな。それこそがお前本来の力だ」

「それもありますけど、違います。もっと根幹というか。俺、自信がなさすぎて人の評価で一喜一憂してたんですよ。でもですね、セイさんが最初からずっと『お前は良い人間だ』とか『素晴らしい』とか言い続けてくれたじゃないですか。なんだかそれが自信になって、誰か一人でも認めてくれる相手がいれば、他には何を言われてもいいやって気になりました。そうしたらすごく楽になった」

傍らの男は静かに聞いてくれている。

「ありがとうございます。俺はセイさんのおかげで変われました」

そこで、ふっとセイリオスが笑った。

「何を言う。私などはお前がいなければ二十年前に消えていた身だぞ」

「は!?　何ですかそれ。初耳ですけど、何かあったんですか、二十年前!?」

「言っていなかったか？　まあ、もういいだろう。ただ、お前との出会いが私を変えたのは事実だ。飼われたいと思ったのも初めてだしな」

「あのう、セイさん」

「なんだ」

「最初からずっと飼うだの飼い主だのって言ってますけど、俺は嫌ですよ」

「……この期に及んでまだ拒むか」

「違いますって」

完璧に整った美しい顔をむにっと両手ではさんで、顔をぐっと近付ける。

「飼うとかそんな関係じゃなくて、俺はセイさんと、恋人になりたいんですから！」

リオンは、伝説の魔王を魅了してやまない、見るものを幸せにする満面の笑みでそう言った。

END

番外編　星降る夜に

うだるような暑い日々が過ぎ、爽やかな風に香しい花の香が混じるようになってきた時のこと。

定期的に行われる朝議からの帰り道、リオンとウィリアムは城下街の大通りを二人で歩いていた。朝議は国防の中枢となる戦闘ジョブの老練な代表者が集まって相談する場なので、いくらアルデバラン討伐で名を馳せた勇者と大召喚士といえども、年若い二人は軽々しく意見できる雰囲気ではない。だから朝議の帰りに親友のウィリアムと、あの問題はどうだとかこうした方がいいとか、議題を振り返るのがお決まりになっている。

歩きながら意見交換をしていると、ふとウィリアムの視線がリオンの頭の方に移った。

「リオン、頭に花びらがついてるぞ」

ウィリアムがリオンの頭のてっぺんから何かをつまんで、ほら、と見せてくれる。それは黄色の小さな花びらで、この時期によく目にする花だった。

「なんだっけ、これ」

「おいおい、星輝草だろ。そういえばもうそんな時期だな」

花弁五枚の黄色い星型の花をたくさん咲かせることからそう名付けられたものだ。花びらを手に視線を上げると、大通りには至るところに星輝草が飾られていて、街に鮮やかながらも慎ましい彩りを添えていた。そしてよくよく観察していると、普段よりも露店の数が多く、蝋燭や花束、星形の菓子や飾り物などがたくさん売り出されていることに気がついた。通りを行く人々は楽しそうに商品を見比べ、時には手に取って購入を決めている。

「そこの兄さんたち！　大切な人への贈り物にどうだい？」

二人して立ち止まっていたところに声をかけられた。声の主は少し先に露店を出している中年の女性で、店に並べられた品は星輝草と他の花を束ねたブーケである。ブーケの形やリボンの色などに工夫が凝らされていて可愛らしい作りだった。せっかく声をかけられたのだからと、店に近付いて商品を見せてもらうことにする。

「これなんかは恋人にも良いし、こっちの落ち着いた色合いのものはご両親にも良いと思うよ」

店の女性はにこにことブーケの説明をしてくれるが、花を買う習慣のない男二人は購入をためらっていた。近々誰かの祝い事があるわけでもないし、どうしようかと。しかし、続く女性の言葉で、街の華やかで楽しそうな雰囲気に合点がいく。

「兄さんたち、どうせ普段贈り物なんかしないんだろ？　せっかく魔物騒ぎがおさまって、久しぶりに催される『星夜祭』だよ！　ほんの気持ち程度でもいいから、大事な人に何か準備してやんなよ」

「「星夜祭!!」」

リオンとウィリアムは目を合わせ、揃って声を上げた。

（そういえば、だいぶん前に今年は星夜祭が開催されるって通達が出てたな。仕事に忙殺されてすっかり忘れてた）

どうやらそれは隣の勇者も一緒らしい。そうだった星夜祭か……、という呟きが聞こえる。

アルデバラン討伐から一年半が経過し、人々の心に余裕が戻り始めていた。しかし問題がすべて片付いたのかというとそうではなく、西の魔王領の統制に綻び（ほころび）が見られ、モーゼル国に西の魔物の流入と被害が散発しているため、リオン達は多忙だった。特にリオンは空いた時間を見つけては南の魔王領に入り浸り、愛しい魔物と過ごしているので、さらに国内のイベントについて疎くなっている。

星夜祭とは、三百年ほど前から伝わるモーゼル国の催事である。三百年前に大飢饉がモーゼル国を襲い、食べるものも火を灯すものも着るものさえ手に入りにくい時代があった。時の王は無茶な税を課さず、民と同じような食事をし、慎ましく過ごす穏やかな王であったという。人々の目から希望の光が失われ、他人はもちろん身近な者とまで諍いが増え、殺伐とした空気がモーゼル国を覆い始めた。王はそれを憂え、星の美しい夜に王城前広場を開放し、弱い蝋燭の明かりのもと、国庫に残しておいた最後の食材を、星輝草と共に無料で国民へ配布した。そして皆に語りかけた。

——どうか争わず、一夜だけでもいいから大切な人と身を寄せあい、分け合って食べてほしい。その時には、星を見ながら幸せな話をたくさんしてほしい。

その出来事が影響したかどうかはわからない。おそらく関係はないだろう。しかしその時を境として天候に恵まれるようになり、土地が潤い、人々は苦節の日々を笑って話せるようになったと言い伝えられている。

それから、星の美しい季節に『星夜祭』が行われることとなった。元々は大切な人に星輝草を贈り、夜は星を見ながらゆっくり語りあうだけの質素な催しだったのだが、国が裕福になってからは、夜まで屋台が並び、広場では演劇や演奏会、大道芸大会が開かれる騒がしい祭りとなった。ただ、両親や恋人に星輝草を、年少の者へは星の形を模した菓子や玩具を贈る、という慣習だけはそのまま残っている。

アルデバランの被害が出始めてから昨年まで中止となっていたうえ、リオンもモーゼル国に戻るまで数年間他国を放浪していたこともあって、星夜祭のことはすっかり頭から抜けていたのだ。

「ところで兄さん、イケメンだねえ……。んっ？　もしかして勇者ウィリアム様かい!?　はっ、そっちは大召喚士様!?」

少し視力が低下しているらしい店主の女性が目を細めてウィリアムの顔に見入ると、唐突に素性がばれた。芋づる式にというか、ついでにリオンの素性もばれる。その時の女性の声がかなり大きかったため、周囲の人々の視線が一瞬にして集まってしまった。

それからはもみくちゃだ。国民から大人気のウィリアムを犠牲にして、リオンはこっそり人の輪を抜け、「ごめんよウィル！」と言い残して自宅に逃げ帰ったのである。


「なんだこの花は」

「星輝草って言います。モーゼル国でこの時期に咲く花なんですよ」

怜悧な美貌を持つ魔物は、渡された星輝草のブーケを手にして物珍しそうに眺めている。立っているだけで他を圧する威厳を漂わせる男が、可愛らしい星形の花のブーケを持つ姿には少々違和感があり、リオンは苦笑した。

「モーゼルで年に一度催される『星夜祭』っていう伝統的なお祭りがあるんですけど、アルデバランの被害が出てから中止になっていたものが今年復活したんです。その時期はこの花を贈る習慣があるので、セイさんにも渡したいなあって」
「ほう。人族の祭りの様子は北にいる時に遠目から見たことがある程度だ。詳しく聞きたい」

ここは南の魔王城、その主の居室である。この部屋に入室できるのは限られた者だけで、リオンの他はカペラくらいしか許されていない。

ゆったりとしたソファに腰を掛けたセイリオスは足を組み、星夜祭の詳細を楽しそうに話すリオンを見つめている。見ているだけでは足りないと思ったのか、すっと左手があがり、リオンの頬や唇をふにふにと触れ始めた。

「それで、その時の王様がですね、星輝草と残りわずかな食物を配って――、もうっ、セイさん聞いてますか？　唇をつままないでくださいよ」
「聞いている。続けてくれ」

微笑を浮かべて話を催促する男は、それでも手を止めない。リオンがくすぐったいなぁと思いながらも話を続けていると、少しずつ顔の距離が近付いてきた。

「だから、家族や恋人と星を見ながら語り合うっていうだけの日だったんです。でも今は催し物もたくさんあって、賑（にぎ）やかな祭りになった、ん」

ついに魔物の唇がリオンのそれに触れ、ちゅ、ちゅと小さな音を立てて啄んだ。目を細めていたずらっ子のような表情を浮かべながら、「ふむ、それで？」などと促す。

「それでって、キス、したら喋れませ……ンン。もー、なんか時々子供っぽいところありますよね、セイさん。ふふ」

途中からおかしくなってきて、リオンはセイリオスから唇や額、頬や首筋にやわらかな口付けを受けながら、記憶の中の祭りの様子をとつとつと語った。その間に、ゆっくりとソファに押し倒され、体に愛しい男の重みを感じている。目と鼻の先にある真紅の双眸はリオンだけを映し、かつての自分なら目をそらしてしまうほどの強い光が宿っていた。今はもう、愛情の籠もったその視線に喜びしか感じない。

「それで私にこの花を贈ってくれたのか。ありがとう、リオン。大切にしよう」

「セイさんにはもっと豪華な花束が似合うとは思ったんですけど。祭りの期間は五日間で、明日の最終日が一番盛り上がるんですよ」

一仕事を終え、ようやく今日から数日間の休みが取れた。魔王領に来る前、朝から祭りに沸く城下街の大通りで星輝草のブーケをいくつか購(あがな)い、シュレイ家別邸に住む母親と、本邸に住む兄へそれぞれ渡してきた。母からは星形のお手製クッキーを貰い、なんと兄からも星を模した高そうなマントの留め飾りを貰った。「大召喚士として恥ずかしくないものを身につけるように」と真面目な顔で言った兄の耳が少し赤かったのをリオンは見逃さなかった。そして、意気揚々と恋人のもとへやってきたのである。

そういったことを考えている間にも、男はリオンの上衣をはだけ、鎖骨や胸元に鬱血の痕を残していく。胸の真ん中にある裂かれた古傷だけは、いたわるように唇を押し当ててくれる。抱き合う前の厳かな儀式のようなものだった。そして、それからは愛撫が激しくなっていくことを教え込まれた体は、期待するように自然と熱を帯びるようになった。そういう反応をするように調教されたといっても良いかもしれない。

胸元に顔をうずめるセイリオスの艶やかな黒髪を指で梳きながら、ぽおっとし始めたリオンは、何の気なしに小さな願望を口に乗せた。

「セイさんと、お祭り、行ってみたかったなぁ」

ぴたりと男の動きが止まる。ややあって、胸元から「そういえば」という呟きが聞こえた。

「セイさん、どうかしました？」

どうしたんだろうと上半身を少し起こしたところで、セイリオスがぱっと顔を上げた。

「カペラ」

「はっ、ここに！」

「ちょっ、ええ⁉」

押し倒されたソファの横にはいつの間にか金髪金眼の魔物が膝をついて控えている。セイリオスの呼びかけから一呼吸の時間も無かった。セイリオスはリオンを組み敷いたままだし、自分も衣が乱され胸元の鬱血痕も露わなままなのに。

——この魔物主従の感覚に未だについて行けない、いや、ついて行きたくないところがある。羞恥心が皆無なのだ。以前情事の真っ最中にカペラが呼ばれて隣に現れた時は、さすがに怒った。しかしまいち理解してもらえない。今だって、セイリオスの下から抜け出そうとジタバタもがいているのに腕の力は決して緩まない。

「カペラ、先日樹海に棲む魔物の一族から珍しい献上品があったと言っていなかったか」

「はい！　一族の宝というべき樹齢数千年に及ぶ古木の一枝を、貴方様への忠誠の証として捧げたいと」

セイリオスとカペラの問答から推測するに、どうやらその古木の欠片を燃やして発生する芳香は魔力を覆い隠す性質があるらしく、外敵が現れた際に一族の存在を隠蔽し、守るために使うものらしい。貴方から隠れるつもりも、秘密もございませんという恭順の証明なのだろう。

（なんでいきなりそんな話を……）

人を半裸にして押し倒したままする話ではないと思うのだが。カペラもそう感じたらしい。

「セイリオス様、その献上の品が何か？」

「それを明日使う」

「は……？　あっ、南の軍勢の存在を隠しつつ、西の魔王領にでも攻め込みますか！　最近西の魔物の干渉が煩わしいと思っていたのです。わかりましたセイリオス様、采配はわたしにお任せください！」

「私に使うのだ。明日、リオンと共に人族の祭りへ行くことに決めた」

想像もしていなかったことを言われ、リオンは目を見開いた。

魔王という存在は滅多に魔王領を出ることはない。ひとたび人の領域に顕現すれば、その甚大な魔力で土地の力がねじ曲がり、人々の心身へ及ぼす影響も計り知れないからだ。かつてセイリオスはリオンと旅をするため、魔力を相殺するアイテムを長期間身につけていたのだが、そのことが原因で大怪我をした。二度と使わないでほしいと思っている。

その魔力を隠す香りというものはセイリオスに悪影響はないのだろうか。問題ないのであれば——。

(セイさんと星夜祭に行ける⁉)

それは嬉しい。ものすごく嬉しい。

「人族の祭りですか、セイリオス様⁉　ま、まあ、貴方様のお望みとあらば！　このカペラ、全力で御身の護衛をさせていただきます！」

「ならぬ。明日は裁定を下さねばならん議案が多数あると言っていただろう。お前に任せる」

「ヒィッ……まさかセイリオス様、わたしを置いて行かれるおつもりですか⁉　なりませんよ、絶対について行きますからッ」

「采配は任せろと先ほど言ったろう。頼んだぞ、カペラ」

南の魔王は麗しい微笑みを湛えてそう言った。

モーゼル国首都サレドニ、その城下街は夕暮れにもかかわらず祭りを楽しむ人々で賑わっている。

「セイさん、ちゃんとフード被っててくださいね。目立っちゃいますから」

「魔力は十分に隠されている。目立つことはなかろう」

リオンは隣を歩く長身の男を見上げた。男の瞳は暗い朱色で瞳孔は丸く、耳も尖っていない。久しぶりに人間モードとなったセイリオスである。

魔王城を出立する前、献上された古木の一欠片を燃やしてみると、立ち上った煙はほのかに甘い香りがした。その煙をあびると、セイリオスが纏う甚大な魔力は人間として違和感のない程度に感じられるようになった。しかしながら、品のある立ち振る舞いやミステリアスな美貌、存在感は隠しきれず、すれ違った通行人は十人が十人とも振り向いてセイリオスに見とれてしまう。だから、外套のフードを深く被るように促したのだ。

(セイさんに何かあったらカペラさんに殺される)

昨日急遽祭り見物に行く事が決まってから、留守番を言い渡されたカペラはずっと涙目だった。そして事あるごとに「なぜいつもわたしを置いて行かれるのだ。セイリオス様に何かあったら許さん……」とリオンを睨みつけてきた。カペラは己が優秀すぎるがゆえに留守番役になってしまうことに気がついていないらしい。

「セイさん、あそこで演劇をやっていますよ、見てみましょう!」

「ああ」

セイリオスの手を引いて広場の一角にある天幕に向かう。無料の立ち見席からのぞくと、題目はなんと『勇者一行のアルデバラン討伐』だった。勇者ウィリアム役と面を被ったアルデバラン役の役者が戦う場面で、側には召喚士の正装風の衣装を着た役者が控えている。戦いも佳境にさしかかり、舞台中央で召喚士役と思われる役者が「神獣・アクパラ召喚！」と言うと、ぱっと照明が落とされ、アルデバラン役の「やめろォォ！」という叫び声が反響するという演出であった。

ということはあの召喚士はリオンということになる。まさかこんな劇があるなんて知らず、気恥ずかしくて脂汗が出てきた。素性がばれるといたたまれないので、その場から逃げようとしたのだが、セイリオスが動こうとしない。

「あの男はまさかリオンを演じているのか？　ふざけているな。リオンはもっと愛らしい。不快だ、引きずり下ろそう」

本当に舞台の方に足を向けようとした男の腕にしがみついて引っ張り、なんとか天幕から脱出する。

「お願いですから目立たないでくださいっ」

「あの程度の人間がリオンの真似をするなど許されん。消し炭にする」

真面目な顔でまだ天幕の方に視線を向けるセイリオスに、リオンは思わず噴き出してしまった。

「演劇なんですから！　っていうかあの役者さんの方が何倍もイケメンでしたし、かっこよく演じてくれて嬉しいです」

そう言うと、セイリオスはおもむろにリオンの顎を持ち上げて顔を寄せる。まじまじと顔を見つめられた。

「人族の美醜の感覚はわからん。私はお前ほど愛らしく美しい者を知らない」

「うぐ」

気を抜いていたところに直球で投げ込まれた言葉に、リオンは息をつめた。理解が追いつくと、今度は顔がかあっと熱くなる。この魔物は絶対に嘘偽りを言わない。

「……あ、あっちの方でも何かやってます、行きましょう」

赤くなった顔を伏せ、恋人の大きな手と指を絡ませてリオンは歩き出した。


それから、大道芸人の達者な芸に感嘆の声をあげたり、軽快な音楽に合わせて恋人達が軽やかにダンスを踊る様子に拍手を送ったりした。腹が減るとリオンは屋台で買った軽食をつまみ、セイリオスは果実の蒸留酒を口にしながら、星夜祭を楽しんだ。

夜鳴鳥が鳴く頃になると、そろそろ祭りもお開きの時間となる。これからは大切な人と星空を鑑賞する時間になるのだから。リオンには、セイリオスを連れていきたい場所があった。

「さてセイさん、俺のとっておきの場所があるので、ついてきてください！」


そこは首都サレドニの西にある小高い山の上。緑深い山の頂近くに突然ぽかりとひらけた空間があり、月明かりが皓々（こうこう）と差し込んでいる。リオンが幼い頃、飛行タイプの召喚獣に乗っていたときに偶然見つけた場所で、木こりか獣くらいしか来ないような所だった。昔は星夜祭の夜に親友のウィリアムを誘ってよくここで星見をしたものだが、そのウィリアムも今頃は自宅で妻のノエルとゆっくり過ごしているはずだ。

「ね！　夜空が良く見えるでしょう？」

「ほう、確かにな」

魔王領でも星は見える。だがセイリオスの配下である翼ある魔物が魔王城の周りを飛び回って護衛しているので、なかなか星を鑑賞する気にはならないのである。リオンはやわらかな草の上に仰向けになって夜空を見上げた。セイリオスも楽しげな表情でそれに倣う。

おそらく、伝説とも言われる魔王が草の上に寝転がって星見をするなんて初めてのことだろう。いや、人の祭りに参加すること自体、あり得ないことだったはずだ。何の気なしにこぼした願いを叶えてくれた恋人を、リオンは心から愛おしいと思った。

幸い今夜は満天の星。大切な人と、空を見上げてたくさん話をしよう。


「セイさん、星の話をしてもいいですか？　昔の人達は星に名前をつけて夜を楽しんでいたんです」

「人族は面白いことを考えつくな。魔族はあれに意味を見いださない」

「俺は結構詳しいですよ、だって俺の名前も星の名に因んでますから」

「！」

珍しくセイリオスが驚いたように身じろぎをした。泰然自若を地で行く男にしては珍しい反応だった。

「あの三つ並んだ星が見えますか？　それを腰につけたベルトとして、こう、手を挙げた人に見えません？」

「う、む」

「ふふふ、そう思い込んで見てみてください。あの星達が、大昔の大召喚士が空に昇った姿だと言われています。その大召喚士の名前に因んで、俺はリオンと名付けられました」

リオンの示した星座を食い入るようにして見つめていたセイリオスは、すっと腕を上げてある星を指差した。

「ならばお前の隣にあるあの星、あれが私だ」

――それは全天で最も明るく輝く星だった。光り輝くもの、焼き焦がすもの、とも言われ、古くから崇拝の対象となっている。

(確かに、セイさんにぴったりだ)

星なんて意図して見たこともなかっただろうに、ぱっと選んだものがあの星なんてさすがだなと温かい気持ちになって、隣に寝転がったセイリオスの手をきゅっと掴む。

「そしたら俺達、離れていても空ではいつも一緒ですねぇ」

「ああ。お前が側にいないとき、あれを見て無聊(ぶりょう)を慰めるとしよう」

小さく笑った二人は自然と見つめ合って、お互いの唇を求めた。

セイリオスに覆い被さられ、繰り返し深い口付けを受けていると、ふと男が顔を離した。

「いかん、忘れてしまうところだった」

「どうしたんですか、急に」

「お前に花を貰ってから、私が贈れるものは何かと考えていた」

「花って、星輝草？」

男の背後に広がるいっぱいの星空、その星に似た花を昨日セイリオスに贈った。今朝出立の時、魔王城の最奥にあるセイリオスの主寝室に花が目立つように飾られていたのだが、盛りの時が短い星輝星はすぐに枯れてしまう。落ちた花びらで部屋が汚れてしまう事を伝えると、セイリオスは事も無げに「時の魔法をかけた。この花は永劫の美しさを保つだろう」と宣った。魔術に疎いリオンですら、すごい魔法があるものだと感動したものだ。――もしその場に黒魔術師のカミラなどがいたならば、目をむいて卒倒していただろう。時の魔法は人族の有史以来、歴代の高名な魔術師達が研鑽を重ねても獲得できなかった幻の魔法だった。そんな魔法を、魔王は愛する者から贈られた小さな花にかけたのである。

セイリオスはリオンをじっと見下ろし眉根を寄せて口を開いた。

「考えたがお前の欲するものがわからなかった。金銀財宝だろうか、王座だろうか、強大な力だろうか？　私はそのすべてを贈ることができる。だが、どれもお前の欲しいものではないとも思った。

――私は何をお前に贈れば良い？」

「セイさん……」

昨日花を贈ってから、この魔物はずっとその事を考えていたのだろうか。切なくて、胸がぎゅっと締め付けられるような気持ちになる。思わず涙が出そうになって目をつぶって耐えた。

家に居場所もなく生きていく目標すらなかった自分に、この男は自信を与え、存在する意味を教えてくれた。今だってリオンに対する優しさや気遣い、無償の愛情を注いでくれている。形のない、しかし至上のものを日々贈られているのだ。これ以上何を望むものがあるだろう。

目を開き、神妙な顔をして返事を待つセイリオスを見上げる。

「ええと、じゃあ、多忙なセイさんにはちょっと難しいものを要求しちゃおうかな～。……来年の星夜祭も、再来年もその次も、この場所で一緒に星を見るって約束が、欲しいです」

男の体がぴくりと震えた。

セイリオスは体を起こし、片膝(かたひざ)をついて恭しくリオンの左手を取った。そしてそっと、手の甲に触れるか触れないかのキスを落とす。

「我が命に懸けて誓おう」

ちょうどその時、リオンは空で無数に瞬く星のいくつかが地上へ降り注ぐのを見た。まるでそれは二人の誓いを見届けたという星空からのメッセージのようであった。

あとがき

はじめまして、おぼろと申します。拙作をお手に取って頂き、本当にありがとうございました！

この作品はＷＥＢに公表しておりました本編に加え、書き下ろした番外編を合わせたものになります。コロナ禍の中、生活や仕事、人との繋がり方が変わる中で執筆したもので、まさかこのような機会に恵まれるとは思っておりませんでした。

今回カバーや挿絵で物語に息を吹き込んでくださいました渋江ヨフネ先生、お引き受けいただき、本当にありがとうございました。カバーイラストのラフを頂いたときに感無量……と呟いてしまいました。まさかこの言葉を本当に使う日が来るとは。

担当編集者さま、出版のことを右も左もわからぬ素人に細やかにお声かけくださり、ここまで導いてくださって感謝の言葉しかありません。ほか、ご尽力いただきました多くの方々にも厚く御礼申し上げます。

読者の皆様、日常ではたくさんの困難や辛いことがありますが、少しなりと息抜きできる作品であればと願っております。

令和六年八月

おぼろ　拝

召喚士は最後に笑う 勇者パーティを追い出されたら魔王に「飼え」と迫られました

2024年10月1日　初版発行

著者　おぼろ

発行者　山下直久

発行　株式会社KADOKAWA
〒102-8177
東京都千代田区富士見2-13-3
電話：0570-002-301（ナビダイヤル）
https://www.kadokawa.co.jp/

印刷所　株式会社暁印刷

製本所　本間製本株式会社

デザイン
フォーマット　内川たくや（UCHIKAWADESIGN Inc.）

イラスト　渋江ヨフネ

初出：本作品は「ムーンライトノベルズ」（https://mnlt.syosetu.com/）
掲載の作品を加筆修正したものです。

ISBN 978-4-04-115446-5　C0093　　Printed in Japan